OVUNQUE PERICOLO

LA SERIE LUCA MYSTERY

DAN PETROSINI

DAN PETROSINI
MYSTERY & SUSPENSE AUTHOR
www.danpetrosini.com

Prima edizione: 2025

ISBN Print: 978-1-960286-95-6

Naples, Florida, USA

LA SERIE DI MISTERI DI LUCA

Sono io l'assassino?

Scomparso

L'omicidio di Serenity

Terza possibilità

Un caso irrisolto

Poliziotto o assassino?

Il silenzio di Salter

Un passo falso mortale

Posta in gioco incerta

L'assassino del nonno

Vendetta pericolosa

Dove sono?

Sepolti al lago

L'assassino della riserva

Ovunque Pericolo

Omicidio, soldi e caos

La svendita d'oro

SEGRETI PIENI DI SUSPENSE

Il dilemma di Cory

La fuga di Cory

Il cambiamento di Cory

L'ARTE DELLA VENDETTA

Corsa alla vendetta

Oltre la vendetta

Non è finita

ALTRE OPERE DI DAN PETROSINI

L'ultimo nemico

Testimone complice

Respingi

Ambizione alla scogliera

CAPITOLO UNO

Non avevamo un corpo, ma una persona era morta.

La stanza era buia e l'aria immobile. Ciò che restava di Lisa Ramos sedeva al tavolo di fronte a noi. Un pervertito aveva ucciso la giovane donna che la sua famiglia e i suoi amici descrivevano come piena di vita.

Un catenaccio, installato dopo la visita del giorno prima, rifletteva la sua profonda paura. Avevo interrogato genitori e coniugi i cui cari erano stati assassinati. Mi avevano segnato, ma quello si classificava come il colloquio più carico di emozioni della mia carriera.

La Ramos non era riuscita a dire molto, ma non c'era dubbio su quanto avesse sofferto. Per due volte finsi di dover usare il bagno per ricompormi.

Questa volta, seduta accanto a me, c'era Sophia Livoti, una consulente del Progetto Help. Come faceva a dormire, quella donna, lavorando con donne così distrutte?

Livoti disse: «Abbiamo bisogno che tu sia forte e che racconti a Frank cosa è successo. Io e Frank ci conosciamo da molto tempo, e lui ha sempre sostenuto incredibilmente le vittime di abusi sessuali».

La Ramos si morse un'unghia.

Livoti disse: «Vuoi un bicchiere d'acqua?»

La Ramos scosse la testa.

«Parlare con Frank è il modo migliore per togliere dalle strade il predatore che ti ha aggredita. D'accordo?»

Lei fece spallucce.

«Andrà tutto bene. Frank è una brava persona e sa quello che fa».

Avevo ricevuto un po' di addestramento su come trattare le vittime di stupro e forse ero anche una brava persona, ma mi trovavo con l'acqua alla gola. Dissi: «Quando se la sente. Non c'è fretta».

Non era del tutto vero. Più tempo passava, più diventava difficile risolvere la maggior parte dei crimini. Ma le aggressioni sessuali erano una categoria a parte. Sebbene fosse impossibile conoscerne il numero esatto, solo il sedici per cento delle vittime di stupro denunciava l'aggressione alla polizia.

La Ramos sussurrò: «Va bene».

Mi chinai in avanti e lei si ritrasse, spostandosi verso la Livoti. Indietreggiando, dissi: «Grazie. Se non si sente a suo agio o ha bisogno di una pausa, me lo faccia sapere. D'accordo?».

Annuì.

Sfogliai con le dita il registratore che avevo in tasca. «Mi racconti cosa è successo, partendo dall'inizio».

Deglutì. «Ogni sera faccio una passeggiata nel parco e lui, lui mi ha afferrata da dietro».

Qualcuno la stava osservando a North Collier Park? «Non ha notato nessuno prima?»

«No. Erano da poco passate le sette e il parco era tranquillo.» Scosse la testa. «Non c'erano partite o altro.»

Il parco era aperto fino alle dieci. «Capisco. Faccia con comodo e mi dica cosa è successo quando l'ha afferrata».

«Di solito cammino fino ai campi da baseball, ma, tipo, vicino ai campi da calcio, stavo, stavo cambiando la musica sul telefono e all'improvviso mi ha infilato un sacco in testa. Ero, tipo, stordita e ho fatto cadere il telefono...». Chiuse gli occhi.

Livoti disse: «Fai un respiro profondo, tesoro».

La Ramos inspirò.

«Brava. Va meglio?»

La Ramos annuì.

«Quando te la senti, continua»

«Ho cercato di togliermi il sacco, ma lui, lui mi ha piantato un coltello qui» — si toccò il fianco sinistro — «e ha detto che mi avrebbe uccisa se non avessi fatto quello che diceva».

Dissi: «Mi dispiace. Dev'essere stato terrificante».

Aggrottò la fronte.

«Che tipo di sacco pensa che fosse?»

Fece spallucce. «Tipo uno di plastica e tessuto, un po' ruvido. Forse come una borsa della spesa riutilizzabile?»

«Ottimo. Ora, ha visto il suo volto?»

«No. Non ne sono sicura, ma penso che indossasse un passamontagna o qualcosa del genere».

«Cosa glielo fa pensare?»

«Quando era, uh, sa, sopra di me, potevo sentirlo sul collo. Era come quei berretti che usavamo in Michigan».

«Dopo che l'ha minacciata, cosa è successo?»

«Continuava a pungermi con il coltello e mi costrinse a uscire dal sentiero... Sapevo che sarebbe finita male...».

«Vuole fare una pausa?»

Sperando che dicesse di sì, scosse la testa. «Devo farla finita».

«Certo. Quindi, è stata costretta a uscire dal sentiero, e poi...»

«Non riuscivo a vedere bene dove andavo, ma guardavo un po' sotto il naso, dal fondo del sacco, e sapevo che stavamo... entrando nel bosco... vicino ai campi da calcio...».

«L'ha costretta a terra?»

Annuì. «Mi ha strappato i vestiti come un animale. Io mi sono, tipo, spenta. Come se fossi lì ma non lì, sa, come se stessi guardando la scena dall'esterno».

Un'ondata di nausea mi travolse mentre la Livoti le accarezzava la mano. «Mi dispiace tanto».

Le labbra della Ramos tremarono. Pensai che le lacrime sarebbero sgorgate, ma fece un respiro profondo e raddrizzò le spalle. «Grazie. È difficile ricordare, ma la parte peggiore è stata dire a mio padre cos'era successo».

Il pranzo mi risalì violentemente in gola. «Mi scusi».

La Ramos tirò su col naso. «È un marine. Non l'avevo mai visto piangere prima d'ora».

Prese un fazzoletto e si soffiò il naso.

«Sono padre e non riesco a immaginare quanto fosse sconvolto».

«Mio padre starà meglio se verrà catturato».

«Non è *se*. È *quando*».

Abbassò la testa. «Lo spero».

«So che è stato estremamente traumatico, ma c'è qualcosa che ricorda di lui?»

«Il suo alito. Era disgustoso. Come l'acqua di una boccia per pesci rossi non cambiata da tempo».

Conoscendo bene l'odore, annuii. «Cosa può dirmi della corporatura dell'aggressore?»

«Era forte e più grosso di me».

Era un vigliacco, ecco cos'era. «E la sua voce? Qualcosa di particolare?»

Rabbrividì. «Non la dimenticherò mai».

«Qualche accento?»

«No. Ma aveva una parlata strascicata. E parlava in modo un po' rude».

Rude? Se non avessi strangolato quel bastardo prima ancora del processo, avrebbe scoperto cosa significava «rude» dietro le sbarre. La soddisfazione di saperlo sodomizzato in prigione non placava la mia rabbia.

«Qualcosa di quello che è successo le ha ricordato qualcuno?»

L'allarme le si dipinse sul volto. Dissi: «La prego, non mi fraintenda; non è stata in alcun modo colpa sua. Le persone, anche quelle che conosciamo, hanno, diciamo, ragionamenti contorti. Sto solo cercando di capire se c'è qualcuno di sua conoscenza che potrebbe essere un possibile sospetto».

Scosse la testa rapidamente. «No. No. Non è nessuno che conosco».

«Spero capisca che dovevo chiederlo».

Scosse lentamente la testa. Era ora di smettere di chiederle di rivivere il giorno peggiore della sua vita. «Voglio ringraziarla di nuovo. Sophia resterà ancora un po', e io mi metterò al lavoro».

Di solito davo la caccia agli assassini, ma la tempistica era buona; aver acciuffato il Killer della Riserva significava che potevo concentrarmi sulla cattura del verme che aveva aggredito la Ramos.

CAPITOLO DUE

Tornando in ufficio, usai la chiamata rapida. Il suono della voce di Mary Ann mi diede un certo sollievo. Le chiesi: «Ehi, come stai?»

«Sto bene, ma mi annoio.»

«Hai sentito Jessie oggi?»

«No. Ha lezione. Perché?»

«Così, per sapere.»

«Che succede, Frank?»

«Niente. Volevo solo sentire come stavi.»

«Nuovo caso?»

Beccato. La misi al corrente.

«Non so quante volte te lo devo dire; non puoi riversare ogni caso sulla nostra famiglia.»

«Non è quello che sto facendo. Mi sto assicurando che tu e nostra figlia stiate bene. Non è che ho iniziato a preoccuparmi per la vostra sicurezza solo adesso.»

«So che è difficile fare quello che fai. C'è così tanto male là fuori. Solo che non voglio che ti lasci condizionare.»

Esserne condizionato era meglio che diventarne insensibile. «Sai bene che non è così.»

«Mi preoccupo solo per te.»

«Non sono io quello che ha bisogno di essere sorvegliato. C'è un pazzo là fuori che va a caccia di donne.»

«Lo prenderai. Cerca solo di non perdere te stesso nel frattempo.»

Avrei voluto dirle quello che Ramos aveva detto di suo padre. Forse Mary Ann avrebbe capito la mia inquietudine. «So come separare il mio lavoro dal resto della mia vita.» Non appena le parole mi uscirono di bocca, seppi che era una bugia.

«Anche fare appostamenti nel cuore della notte rientra in questo?»

«Uh...»

«Va tutto bene, Frank. Sto solo scherzando. A che ora sarai a casa?»

«Un paio d'ore, verso le sei e mezza.»

Chiamai Derrick. «Ehi, il traffico è pazzesco. Mi fermo al North Collier Park a dare di nuovo un'occhiata alla scena dello stupro di Ramos».

«Com'è andata con lei?»

«Straziante. Non so se tornerà mai più la stessa.»

«È quasi impossibile. Vive da sola, giusto?»

«Sì. Suo padre è un marine e l'ha presa male.»

«Se qualcuno toccasse mia figlia, gli scaricherei un bel po' di piombo in testa.»

«Lo so, ma non cambierebbe nulla.»

«Non mi importa. Gli farei saltare quella stramaledetta testa.»

«Se succede una cosa del genere, la cosa principale sarebbe prendersi cura di lei, aiutarla a riprendere in mano la sua vita.»

«Non tornerebbe mai più la stessa.»

«Certo che no. Ogni cosa che succede influenza la tua vita, e una cosa come uno stupro... non riesco nemmeno a immaginarlo.»

«Dobbiamo prenderlo, questo verme.»

«Lo prenderemo. Ci vediamo domattina.»

Guidando lungo Livingston Road, pensai di consigliare la dottoressa Bruno a Ramos. Ma lei non era una specialista nel trattamento delle vittime di stupro. Forse conosceva una terapista migliore.

Il North Collier Park era enorme. All'ingresso nord si trovava il Golisano Children's Museum. Aveva un sacco di esposizioni interattive che Jessie aveva adorato. Dall'altra parte della strada c'era il Sun-N-Fun Lagoon. Ogni volta che ci andavamo, tornavo a casa fradicio.

Era un posto per divertirsi, ma non sarei mai più riuscito a pensare al parco senza rivedere lo sguardo spento negli occhi di Ramos. Girai intorno all'edificio principale: campi da calcio a sinistra e un'area boschiva prima dei campi da baseball.

Accostai e scesi. C'erano un sacco di posti dove un pervertito poteva nascondersi in attesa. Era difficile non pensare a qualcuno che osservava la mia Jessie, con gli auricolari, diretta da qualche parte. Portava con sé lo spray al peperoncino che le avevo dato?

Avevamo interrogato i visitatori del parco, ma nessuno aveva visto nulla di sospetto. Si diceva che due uomini fossero stati vicino ai campi da baseball, ma l'età e la descrizione variavano da un testimone all'altro. Era deludente ma non insolito; i testimoni oculari erano inaffidabili.

Guardare verso il bosco mi riportò a quando davo la caccia all'assassino che metteva in posa le sue vittime nei nostri parchi. Questo stupratore stava usando l'area incolta per nascondere la sua perversione. Era stato anche attento. Non aveva lasciato dietro di sé nulla di evidente.

Il parco era frequentato da centinaia di persone al giorno. Sebbene lo stupratore avesse osservato Ramos, sembrava che fosse stata una scelta opportunistica. A meno che non avesse colpito di nuovo, sarebbe stato quasi impossibile rintracciarlo.

Tornando alla macchina, imprecai contro le probabilità che

avevo di fronte. Ramos viveva nella paura. Dovevo fare il possibile, darle un po' di sollievo catturando quel bastardo.

Mentre guidavo verso casa, non riuscivo a scrollarmi di dosso l'immagine di quella bestia che si avventava su Ramos. A peggiorare le cose, non avevamo nient'altro che il suo alito cattivo e un certo modo di parlare.

DIEDI UN BACIO SULLA GUANCIA DI MARY ANN. «COME STAI?»

«Bene. Tu?»

Feci spallucce. «Quella povera donna conta su di noi e non abbiamo niente».

«Avete appena iniziato. Troverete delle piste».

Sospirai. «Spero che prenderemo quel bastardo prima che lo faccia di nuovo».

«Hai controllato il suo M.O.?»

«Derrick sta esaminando le violenze sessuali e i tentativi di violenza».

«Pensi che sia un recidivo?»

«Potrebbe essere. Sembra che fosse preparato, ma vedremo».

«Buona fortuna. Sai, ho appena saputo che Dana Foyle è scappata di casa».

«Dana Foyle? Chi è, di nuovo?»

«Andava a scuola con Jessica, ma era due anni più piccola».

«Hai parlato con Jessie?»

«Sì, sta bene».

«Bene. Che sai della ragazza Foyle?»

«Ero fuori a camminare e ho incontrato Lee — è molto amica della mamma di Dana — che mi ha detto che Dana non è tornata a casa ieri notte».

«E ha, quanti, sedici anni?»

«Sì. Ha litigato con suo padre ed è uscita di casa sbattendo la porta».

«Oh, probabilmente sta facendo i capricci. Tornerà».

«Lo spero. I suoi genitori devono essere in pensiero da morire».

«I ragazzi non si rendono conto dell'effetto che hanno sui genitori. Litigio o no, avrebbe dovuto chiamarli».

«Hai ragione».

Quel consenso era un buon punto per chiudere la conversazione. «Vado a cambiarmi.»

Camminando verso la camera da letto, fui tormentato dalla convinzione che i genitori di Dana avessero chiamato gli amici della figlia, ma che la ragazza fosse ancora scomparsa.

CAPITOLO TERZO

G<small>UARDAI IL MONITOR; ERANO LE DIECI E DIECI</small>.

«Derrick, dove sono quei fascicoli dell'unità crimini sessuali?»

«Hanno detto che li avrebbero portati giù.»

«Di' loro di darsi una mossa.»

«Credi che sia un recidivo, vero?»

«Non ne sono sicuro, ma è un buon punto di partenza.»

«Un branco di maledetti viscidi. Dovrebbero castrarli tutti, come facevano ai tempi dell'Impero Romano.»

Dissi: «Visto che si tratta di una malattia mentale e non possono essere riabilitati, dovrebbero estendere l'uso della castrazione chimica per ridurre le loro pulsioni sessuali.»

«La castrazione obbligatoria è prevista dalla legge da oltre vent'anni, ma è fin troppo sottoutilizzata.»

«Questo perché l'American Civil Liberties Union si oppone, definendola una pena crudele e inusuale.»

«E lo stupro come diavolo lo chiamano?»

Era un'ottima osservazione. «Non farmi iniziare.»

«Mi fa incazzare da morire. Quei bastardi si offrono volontari per la castrazione chimica per uscire di prigione in anticipo...»

Uno stagista entrò con una manciata di fascicoli. «Detective Luca? Questi sono per Lei.»

«Grazie.»

Passai metà della pila a Derrick. «Dividiamoceli e mettiamoci al lavoro.»

La contea di Collier faceva un buon lavoro nel monitorare i criminali sessuali, ma c'erano delle falle nel sistema. Se avevi scontato una pena per violenza sessuale, ti tenevamo d'occhio, avvisando i quartieri quando ti trasferivi.

Se provenivi da fuori contea, eri tenuto a registrarti. Ma ciò richiedeva la collaborazione del criminale. Se arrivava in zona per stuprare qualcuna, non avevamo modo di saperlo.

I criminali erano stupidi, ma guidare per un paio di miglia fino a un'altra contea per garantirsi l'anonimato era una cosa che anche il più stupido di loro avrebbe saputo fare. Convinto che avremmo dovuto guardare oltre Collier, aprii la prima cartellina. La foto di Jorge Blanco mi fissò.

Era difficile essere imparziali; Blanco, con la testa rasata, aveva un sorrisetto stampato sulla sua brutta faccia. Toglierglielo non fu ciò che mi venne in mente. Fargli saltare la testa in mille pezzi, sì. Dopo aver scontato sei anni per aver aggredito sessualmente una donna di North Naples, era stato rilasciato.

Blanco era più piccolo di quanto descritto dalla Ramos. Ma era naturale credere che il proprio aggressore fosse enorme. Ad aumentare la confusione dell'impotenza, c'era la lama con cui l'aveva minacciata.

Ciò che lo rendeva interessante era che era stato liberato un mese prima e la sua vittima originale era uscita per una passeggiata notturna. A contrastare questa ipotesi c'era l'età della vittima, sessantacinque anni.

Blanco avrebbe potuto pensare che la donna fosse più

giovane, o forse, per soddisfare il suo impulso squilibrato, l'età era irrilevante? Bisognava controllarlo. Spostando il fascicolo di Blanco all'angolo della mia scrivania, aprii il successivo.

John Craven. Se i nomi significavano qualcosa, era il nostro uomo. Craven scontò cinque anni prima di essere rilasciato otto mesi fa. Un metro e novanta per novantacinque chili, la stazza di Craven corrispondeva alla descrizione della Ramos.

Il suo modus operandi era diverso, ma comunque predatorio. Una donna era rimasta in panne sulla Golden Gate Parkway vicino a Santa Barbara Boulevard. Con la scusa di volerla aiutare, Craven accostò. Secondo il rapporto, fece un vago tentativo di far ripartire l'auto prima di offrirsi di riaccompagnare la donna a casa.

Invece di portarla a casa sua, la condusse nel parcheggio di una scuola media e la stuprò. Un bidello annotò il numero di targa di Craven e il porco fu arrestato il giorno dopo.

Cinque anni prima di essere condannato per stupro, Craven era stato arrestato in relazione a una rissa al The Center Bar nella Promenade di Bonita Springs. Le accuse furono ritirate, ma secondo i testimoni Craven era stato nel bar solo cinque minuti prima di azzuffarsi con un uomo con cui non aveva avuto contatti precedenti.

La decisione estemporanea di litigare presentava analogie con l'approfittarsi di una donna in panne. Inoltre, era armato di coltello quando fu arrestato. Era piccolo, ma pur sempre un'arma.

Mettendo Craven davanti a Blanco, presi il telefono e chiamai Mary Ann. «Come stai?»

«Abbastanza bene. Ho appena finito di parlare con lo Sheraton.»

«Andiamo da qualche parte?»

«No. Hanno una posizione aperta e, non appena ho fatto domanda, mi hanno chiamata.»

«Te l'ho detto, non voglio che tu lavori. Non fa bene alla tua salute.»

«Neanche stare seduta a non far niente fa bene. E poi, dobbiamo rimettere da parte i nostri risparmi.»

«Oh, andiamo. È ridicolo.»

«Ridicolo? Dopo quello che stiamo spendendo per le mie iniezioni e per quello che costa il college di Jessica?»

«L'assicurazione copre la maggior parte delle spese ora...»

«Sì, ma non abbiamo risparmi. E poi, mi annoio. Mi sento come se stessi deperendo.»

«Che tipo di posizione?»

«Relazioni con i clienti.»

«Puoi lavorare da casa?»

«È un lavoro da remoto, solo tre giorni a settimana.»

«Cosa ti hanno detto?»

«Credo che mi offriranno il posto. Vedremo.»

Non potevo dire di sperare di no. La sua SM era in remissione, ma lo stress era un fattore scatenante. «Okay. Buona fortuna.»

«Grazie. E tu che mi racconti?»

«Sto cercando dei sospetti per il caso di stupro.»

«Deve essere divertente.»

«Già, dopo aver letto un paio di fascicoli, ho bisogno di farmi una doccia.»

«Tieni duro. A che ora pensi di essere a casa?»

«Verso le sei.»

«Va bene, buon pomeriggio.»

«Senti, si è più vista quella ragazzina, Dana Foyle?»

«No. Amy mi ha detto che hanno sporto denuncia di scomparsa.»

«Non è passato molto tempo. Sono sicuro che il sergente ci sta guardando.»

«Speriamo sia solo un caso in cui sta cercando di farla pagare a suo padre.»

«Hai parlato con Jessie?»

«Ha lezione fino alle tre oggi.»

«Okay. Ci vediamo più tardi.»

Riattaccai, mandai un messaggio a Jessie e chiamai Bilotti.

«Ehi, Doc, come stai?»

«Bene, Frank. A cosa stai lavorando?»

Lo misi al corrente del caso di stupro.

«Sembra una brutta storia.»

«Lo è, ma ti ho chiamato per un'altra cosa.»

«Dimmi pure.»

«Mary Ann vuole tornare a lavorare, e sono preoccupato che lo stress possa peggiorare la sua SM.»

«Lo stress potrebbe scatenare delle ricadute, ma dovrebbe essere più dello stress ordinario che la maggior parte dei lavori produce. Cosa sta cercando di fare?»

«Qualche lavoro nel servizio clienti con lo Sheraton.»

«Hmmm. Se non deve gestire i reclami, dovrebbe andare bene.»

«Vedi? È proprio quello che temo. La gente adora lamentarsi quando paga quello che costano le stanze. Sono contrario.»

«È per questioni finanziarie?»

«I soldi ci farebbero comodo, certo, ma dice che si annoia.»

«Allora dovrebbe fare qualcosa. Neanche stare seduta a non far nulla le fa bene. Tenere la mente impegnata è positivo per la salute generale. È una posizione da remoto?»

«Sì.»

«Bene. Assicurati solo che non esageri.»

«Ci proverò, ma ha la testa dura.»

Rise. «So cosa intendi. Prima che tu vada, volevo parlarti di un vino conveniente che ho comprato da ABC Wines su Immokalee. Viene da Montsant, in Spagna. È una regione relativamente sconosciuta che circonda il Priorat. Stanno producendo dei bei vini.»

«Che uva?»

«Grenache.»

«Avrei dovuto immaginarlo. Quanto costa?»

«Ventidue. Ma sembra una bottiglia da cinquanta dollari. Ti mando i dettagli per messaggio.»

Dopo aver riattaccato, controllai il telefono. Jessie non aveva risposto. Presi un altro fascicolo e quasi mi venne da vomitare. Con i capelli unti e gli occhi piccoli e penetranti, Tim Bowler era l'immagine perfetta del pervertito. Mentre leggevo i dettagli della sua aggressione, arrivò un ping da un messaggio.

Pensando che fosse Jessie, lo aprii. Bilotti mi aveva mandato il nome del vino. Lo ringraziai e mandai un altro messaggio a mia figlia.

CAPITOLO QUATTRO

Il sole stava tramontando, ma lo stomaco mi brontolava e guardavo con rabbia Mary Ann attraverso la portafinestra scorrevole. Era al telefono. Dopo aver detto per anni a Jessie che non poteva mangiare finché non fossero tutti seduti, l'unica cosa che potei fare fu infilzare una patata arrosto.

Mary Ann terminò la chiamata ed entrò nella veranda. «Non dovevi aspettarmi.»

Tagliando un hamburger di tacchino, dissi: «Non fa niente. Che cosa ha detto Marilyn?»

«Che Dana è scappata un'altra volta, subito dopo aver iniziato le superiori.»

«Oh, questa è una buona notizia. Per quanto tempo è stata via l'ultima volta?»

«Solo una notte.»

«Ma è uno schema ricorrente. L'hanno detto agli uomini di Gesso?»

«Sono sicura che i genitori devono aver detto qualcosa.»

«Dovrebbero sapere che non abbiamo abbastanza uomini per dare la caccia ai fantasmi.»

«Sono passati più di due giorni.»

«Dannazione, questa cosa non mi piace per niente.»

«Nessuno ha avuto sue notizie, nemmeno il suo ragazzo.»

La cosa mi turbò. «Qual era il motivo del litigio con il padre?»

«Qualcosa riguardo all'andare a trovare il fratello del suo ragazzo alla FSU.»

«È un viaggio che dura una notte. Nemmeno io sarei stato così entusiasta di approvare. La ragazza ha solo sedici anni.»

Lei sospirò. «Non è facile essere un genitore.»

«Questo è l'eufemismo del secolo.»

Mary Ann disse: «Vuoi un altro hamburger?»

«No, due sono il mio limite.» Sparecchiai la tavola. «Ancora non riesco a credere che Jessie non abbia richiamato.»

«Ha mandato un messaggio.»

«Potrebbe averlo mandato chiunque.»

Lei alzò gli occhi al cielo. «Era Jessica. Lo so che era lei.»

«Be', perché non mi ha risposto?»

«Non lo so, Frank. Forse non ha visto la chiamata o ha pensato che ti avrei detto io che stava bene. È impegnata...»

«Ci vuole un minuto. Tutto qui.»

«Vado a fare una passeggiata con Karen.»

«Stai attenta, assicuratevi di rimanere insieme.»

«Sei davvero incredibile.»

«Eri una poliziotta, dovresti sapere...»

«E tu dovresti sapere che sono consapevole dei pericoli e so come difendermi.»

Aveva ragione. «Okay, okay. Basta che stia attenta.»

Non appena lasciò la casa, chiamai Jessie. Dopo cinque squilli, scattò la segreteria telefonica. Lasciai un messaggio e mandai un altro messaggio. Andai nella veranda, cercando di razionalizzare la mia ansia. Il mio stupratore era in Florida, e Jessie era nel campus di Princeton, a milleduecento miglia di distanza.

Ma non significava nulla; gli stupratori davano la caccia alle donne ovunque. Qual era la vera minaccia? Jessie era nei guai o solo presa dalla vita del college?

Tirando fuori il telefono, feci una chiamata.

MARY ANN SI INFILÒ A LETTO E IO SPENSI LA MIA LAMPADA. Stavo per darle la buonanotte, quando disse: «Ancora non riesco a credere che tu abbia chiamato la sua università»

«Ero preoccupato.»

«Essere preoccupati è una cosa. Chiamare la polizia del campus per controllare Jessica rasenta il disturbo d'ansia.»

«Sono suo padre; cosa dovrei fare quando non mi richiama?»

«Non hai detto qualcosa sul personale limitato per rintracciare...»

«Okay, basta. Sono solo preoccupato.»

«Ti ho detto che aveva detto di stare bene. L'hai messa in imbarazzo, trattandola come una bambina di dieci anni.»

C'erano un sacco di ragazzi che erano andati via per il college e si erano messi nei guai, ma sostenere la mia tesi non sarebbe stata una buona idea. «Almeno sa che mi importa, no?»

«È un'adulta, e responsabile per giunta.»

«Sarà sempre nostra figlia. È solo che non voglio che le succeda niente.»

«Devi fidarti di lei.»

«Mi fido. È del resto del mondo che non mi fido.»

SVOLTANDO DALLA ROUTE 41 SU WIGGINS PASS, MI DIRESSI A est. John Craven viveva a Lake San Marino, una comunità di camper. Non aveva un cancello, il che mi lasciava con uno strumento in meno. Una varietà di veicoli, molti dei quali avrebbero avuto bisogno di un carro attrezzi per potersi muovere, costeggiava la strada principale. Craven viveva a Sea Breeze Place. Accostai davanti a un Winnebago bianco sporco con una striscia marrone che correva lungo il fianco.

Il veicolo aveva almeno trent'anni. Con una sigaretta che gli pendeva dalle labbra, un vicino stava sventolando del fumo da un barbecue. C'erano molti odori, nessuno dei quali proveniva dal mare.

Sentii la TV sopra il ronzio di un condizionatore d'aria e bussai alla porta di alluminio. Birra in mano, Craven si presentò alla porta. «Che c'è?»

Le sue spalle si afflosciarono quando gli mostrai il distintivo. «Vorrei farLe un paio di domande.»

«Riguardo a cosa?»

«Martedì, dieci maggio.»

Craven si mosse a disagio. «Non ho fatto niente.»

«Dov'era tra le cinque e le nove di quella sera?»

«Martedì?»

«Sì.»

«A che ora di nuovo?»

Stava prendendo tempo. «Tra le cinque e le nove di sera.»

«Ero a pesca.»

«Per tutto il tempo?»

«Uh, no. Io, uh, credo di aver finito verso le sette. Forse più tardi.»

L'aggressione era avvenuta alle sette. «Era da solo?»

«Sì, ai miei amici non piace pescare.»

«Peccato, a me piace la solitudine.»

«Sì, anche a me, amico.»

«Dove tiene le canne da pesca?»

«Le mie canne?»

Ignorai il suono di un messaggio in arrivo. «Sì. Io le tengo in garage, ma Lei non ne ha uno.»

«Oh, le lascio a casa di un amico.»

«Quale amico?»

«Ah, andiamo, amico. Cos'è questo interrogatorio? Non ho fatto niente.»

«Dov'era martedì?»

«Le ho detto che ero a pesca.»

«Dove?»

«Vicino alla spiaggia, a uh, Wiggins.»

«A che ora se n'è andato?»

«Come ho detto, verso le sette.»

«E poi cos'ha fatto?»

«Ho preso qualcosa da mangiare.»

«Dove?»

«Da Panera.»

«Con chi era?»

«Con nessuno. Ho preso un panino e sono tornato a casa.»

Panera aveva le telecamere. «Quale Panera?»

«Quello proprio qui, dall'altra parte della Old 41.»

«Cosa ha fatto dopo aver mangiato?»

«Sono tornato a casa.»

«È rimasto lì tutta la notte?»

«Sì.»

«È andato a pescare, poi da Panera e poi a casa?»

«Uh-huh.»

Non aveva mai menzionato di aver posato la canna da pesca. Stava mentendo sulla pesca. Il mio cellulare squillò. Diedi un'occhiata; era Derrick. Rifiutai la chiamata e notai che era lui ad aver mandato il messaggio. Arrivò un'altra notifica. Mi irrigidii quando vidi l'anteprima. «I Foyle hanno ricevuto una richiesta di riscatto.»

CAPITOLO CINQUE

I<small>L SERGENTE</small> G<small>ESSO ERA SEDUTO SUL BORDO DELLA MIA</small> scrivania quando entrai. «Cosa abbiamo?»

Disse Derrick: «Questa è una copia di quello che hanno ricevuto i genitori. La scientifica sta analizzando l'originale».

Disse Gesso: «A me sembra che abbia tenuto la matita stretta nel pugno». Sollevò la mano come se impugnasse un coltello per usarlo come arma.

Disse Derrick: «Non sarà facile per i periti calligrafici».

Lessi il biglietto: «Ventimila in banconote di piccolo taglio o non la rivedrete più».

Disse Derrick: «Ventimila dollari non sono un sacco di soldi...»

«Scommetto che è un tossico, probabilmente un fatto di metanfetamine», disse Gesso.

«Può essere. Un rapimento per ventimila di riscatto non vale il rischio. Sembra una cosa improvvisata».

Disse Derrick: «Potrebbe essere un ragazzino stupido che si è cacciato nei guai e cerca una via d'uscita rapida».

Uno scenario plausibile. «Potrebbe essere».

«In ogni caso, è una somma relativamente piccola da racimolare, specialmente quando c'è in gioco tua figlia».

Disse Gesso: «Non vorrei fare il guastafeste, ma chiunque sia stato sapeva abbastanza da impedire al suo telefono di agganciare la cella. Forse ha fatto fuori la ragazza».

Disse Derrick: «Pensi che l'abbia uccisa?»

Dissi: «Io no. La richiesta di riscatto è un punto a favore. Deve immaginare che vorremo una prova che la ragazza è viva prima che avvenga qualsiasi scambio di denaro».

Disse Gesso: «Speriamo. Non credo che ci serva un negoziatore professionista, ma ho chiamato l'ufficio dell'FBI di Fort Myers per averne uno a disposizione».

«Ottima idea. Se la situazione dovesse peggiorare, li coinvolgeremo».

«D'accordo, se avete bisogno di qualcosa, fatemelo sapere».

«Grazie, sergente. Se potessi mettere fretta alla scientifica per analizzare il biglietto, te ne saremmo grati».

«Ci penso io». Mentre Gesso spariva, dissi: «Andiamo a parlare con i genitori».

Mentre ci dirigevamo al parcheggio, dissi: «Credo che questa ragazza se la caverà. Se i genitori sopravvivono allo spavento, andrà tutto bene».

«Pensi?»

«Non voglio gufarla, ma mi sembra un lavoro da dilettanti. La storia delle 'banconote di piccolo taglio' è presa di peso da un film».

«Dirai ai genitori di pagare?»

«Al novantanove per cento. Troppa gente viene uccisa per meno, ma nei rapimenti, oltre il settanta per cento viene rilasciato dopo aver pagato il riscatto».

«Allora vale la pena tentare».

«Il fatto che chieda solo ventimila mi fa pensare che chiunque la tenga non veda l'ora di restituirla».

«Vero».

«Riportiamo a casa questa ragazza e torniamo a dare la caccia allo stupratore».

CORRENDO LUNGO GOODLETTE-FRANK ROAD, DERRICK rallentò, svoltando a destra in un complesso residenziale recintato chiamato Lemuria. DissI: «Non ci sono mai stato. Tu?»

«No. Ma Lemuria significa un continente perduto che sprofondò sotto l'Oceano Indiano».

«E quando sarebbe successo?»

«Circa ottanta milioni di anni fa».

«L'hai imparato su Discovery Channel?»

«No, me l'ha detto mia madre quando ero bambino e non l'ho più dimenticato».

«Parcheggia dietro la volante».

La villetta dei Foyle dava su un lago, come le altre nel piccolo complesso. Squadrai la proprietà. «Secondo te quanto valgono queste?»

Disse Derrick: «Chi lo sa? Direi cinquecentomila, ma con l'impennata dei prezzi...»

«Troppo poco. Adesso siamo più sui sette-ottocentomila».

«Non ne dubito».

Prima che potessi suonare il campanello, un agente in uniforme aprì la porta. «Detective».

«Come stai, Bennett?»

«Bene». Si sporse in avanti. «Sono in cucina, ma sono piuttosto scossi».

«Sono soli?»

«Sì, ho mandato via i vicini, come hai detto tu».

«Ok, ma appena abbiamo finito, assicurati che abbiano qualcuno vicino. Stanno passando un inferno».

Entrammo in un grande ambiente aperto. La signora Foyle

si stava soffiando il naso. Suo marito scattò in piedi dalla sedia. «Dovete riportarmi Dana!»

«Ci stiamo lavorando». Mi presentai e dissi: «Mi dica come ha ricevuto la richiesta di riscatto».

Il signor Foyle disse: «È arrivata per posta. Potrebbe essere stata lì da ieri; non avevamo controllato la posta. Stiamo impazzendo da quando è stata presa».

«Era in una busta?»

«No. Il biglietto era libero».

«Ha notato qualcuno vicino alla sua cassetta della posta?»

«No, nessuno».

«C'era altra posta nella cassetta?»

«Sì, come ho detto, era quella di ieri».

«A che ora le consegnano di solito la posta?»

«Verso mezzogiorno».

«La calligrafia le sembra familiare?»

«Pensa che sia stato qualcuno che conosciamo?»

«Non particolarmente, ma vogliamo restringere il campo di chi potrebbe averlo fatto...»

«Guardi, va tutto bene. Voglio che marciscano in prigione, ma in questo momento, paghiamo questa gente e riportiamo a casa la nostra bambina».

«So che è difficile. Ho una figlia un po' più grande di Dana, ma per garantirle un ritorno sicuro, abbiamo bisogno di quante più informazioni possibili».

«Ok, ok».

«So che c'è stata una discussione che all'inizio si pensava avesse spinto Dana ad andarsene».

«Oh, non è stato niente».

«Di cosa si trattava?»

«Non è scappata, è stata rapita».

Il cellulare del padre squillò. Mi guardò. «Va bene. Mantenga la calma e risponda».

«Pronto?»

Il suo viso si rilassò. «Sì, va bene, venite. C'è la polizia». Riattaccò. «È *WINK News*».

«Non dovrebbe parlare con i media».

«Guardi, devo farlo per far sapere a chiunque ce l'abbia che pagheremo».

«Non è una buona idea».

«Non possiamo restarcene qui seduti e sperare che ci contattino. Devo fare qualcosa».

«Stiamo indagando...»

«Non possiamo perdere tempo. Su Internet dicono che nei rapimenti il tempo è il nemico; più tempo passa...»

Era vero, fino a un certo punto. Nascondere un ostaggio era rischioso. A volte i rapitori cedevano sotto pressione, ferendo o uccidendo il loro prigioniero. «Capisco le sue preoccupazioni, ma è meglio se seguiamo il protocollo...»

«Con tutto il rispetto, signore, la polizia non ha salvato Jessica Lunsford. O sbaglio? Hanno mandato tutto all'aria».

Si sbagliava. Non aveva senso discutere dell'omicidio che aveva portato alla legislazione nota come Legge di Jessica, che rendeva più difficile per i molestatori sessuali commettere nuovi reati. Il pensiero che potesse essere un predatore sessuale mi rivoltò lo stomaco.

«Ho altre due domande prima che parli con il giornalista».

«Faccia pure».

«Sua figlia le ha mai detto di qualcuno che l'abbia avvicinata o che la osservasse? Qualcuno di inquietante?»

«No, abbiamo cercato di pensare a qualcosa, ma non c'è niente. È spuntato fuori dal nulla».

«Ok, continui a pensare a qualsiasi cosa di insolito».

«Mi creda, ci stiamo scervellando».

«Se, uh, quando vi contatteranno, sarete pronti ad avere i soldi? In banconote di piccolo taglio?»

«Sì. Abbiamo un amico alla Bank of America. Sta preparando i soldi e ha detto che sarà qui questo pomeriggio».

CAPITOLO SEI

Una donna introdusse in casa un operatore e un tecnico delle luci. Derrick disse: «Credo che quella sia Emma Heaton del telegiornale delle sei».

«Sì, è lei. Senti, non possiamo perdere tempo. Dobbiamo sondare il vicinato, vedere se qualcuno ha visto o sentito qualcosa».

«Probabilmente hanno lasciato il biglietto a tarda notte».

«Sono sicuro che sia stato col favore delle tenebre, ma non possiamo darlo per scontato».

«Già».

Buttai uno sguardo all'esterno della casa dei Foyle. «Non hanno telecamere».

«Magari ce le ha qualche vicino. Alcuni di questi campanelli con videocamera riprendono le auto che passano per la strada».

«Non so come faccia la gente a sopportare quel suono ogni volta che passa un'auto».

«Immagino che ci si faccia l'abitudine».

Le palme ondeggiarono per una raffica di vento. «Dobbiamo dare un'occhiata al signor Foyle».

«Pensi che sia coinvolto?»

«Voglio solo vagliare ogni possibilità. È lui che ha trovato la richiesta di riscatto e sostiene che Dana se n'è andata dopo un litigio».

«Ecco perché hai chiesto del litigio».

«Per quanto la situazione sia emotivamente carica, dobbiamo essere metodici».

«Non avevo considerato che potesse aver piazzato lui il biglietto».

«Non sto dicendo che qualcuno stia coprendo un omicidio, ma non possiamo farci trovare impreparati se le cose dovessero prendere una brutta piega».

«Vado a fare un giro in un paio di case, poi indago sui genitori».

«Okay. Io rientro».

Con le mani sui fianchi, il signor Foyle disse: «Scegline una e basta!»

Sua moglie sollevò una cornice. «In questa è bellissima, vero?»

«È perfetta».

Studiando la coppia, mi ricordai del pericolo di fare supposizioni. Se non avevano nulla a che fare con la scomparsa della figlia, la pressione di un figlio sparito avrebbe trasformato una statua in gelatina.

Sbattendo le palpebre quando il fotografo accese le luci, mi feci da parte. Quello sollevò un monitor. «Va bene».

Emma Heaton annuì e si rivolse alla telecamera. «*WINK News* è in diretta dalla casa dei Foyle. Dana Foyle è scomparsa da tre strazianti giorni. I suoi genitori hanno voluto parlare direttamente ai nostri telespettatori nella speranza che questo possa accelerare il suo ritorno a casa».

Si voltò verso i Foyle. «Sappiamo che questi sono momenti molto difficili per voi. Cosa vorreste dire ai nostri telespettatori per chiedere il loro aiuto per un ritorno sicuro di Dana?»

Mentre sua moglie tirava su col naso, il signor Foyle fissò la telecamera. «Pagheremo il riscatto. Non dovete preoccuparvi; tutto ciò che vogliamo è riavere Dana a casa».

«Avete ricevuto una richiesta di riscatto?»

«Sì».

«Quando? Quanto chiedono i rapitori?»

Scuotendo la testa, feci un passo avanti e mi passai un dito sulla gola. Foyle disse: «Erano ventimila dollari, ma non posso dire altro».

«Crede che Dana verrà rilasciata?»

«Sì. Confidiamo in chiunque l'abbia presa – e non ci interessa chi sia stato – non appena la rilasceranno, dimenticheremo che tutto questo sia mai accaduto».

Lui forse, ma non c'era modo che io lasciassi correre un rapitore. Anche il padre avrebbe cambiato musica. Tutto era relativo. Se sua figlia fosse stata liberata, la sua attenzione si sarebbe spostata sui rapitori.

«Ma non vuole giustizia?»

«Vogliamo solo Dana a casa. Grazie». Foyle trascinò sua moglie fuori dall'inquadratura.

Mi affrettai ad avvicinarmi. «So che sta facendo ciò che ritiene giusto, ma i rapimenti sono una, ehm, questione delicata. Dobbiamo avere il maggior controllo possibile».

«Capisco, detective, ma se sono di parola, lasceranno andare Dana dopo che avremo pagato».

Stava riponendo la sua fiducia in una pericolosa miscela di ingenuità e speranza. O stava recitando la parte del disperato per creare un diversivo? La reporter disse: «Vorremmo davvero coprire la storia del riscatto. Com'è avvenuto il contatto?»

Alzai una mano. «Mi dispiace, signora, ma i Foyle hanno detto tutto quello che potevano per ora. Qualsiasi altra informazione potrebbe mettere in pericolo la loro figlia».

«Ma...»

«Il detective ha ragione. Abbiamo detto la nostra», disse il signor Foyle.

Era un bene che fosse d'accordo, ma era in contrasto con la decisione stessa di parlare con la stampa. Voleva rendere pubblica la cosa, ma solo fino a un certo punto, il che non funzionava mai con i media. Indicando con un cenno del mento la signora Foyle in lacrime, dissi: «Si occupi di Sua moglie. Appena se ne saranno andati, parleremo».

L'aria calda era rilassante. Una trentina di vicini si erano radunati dall'altra parte della strada. Un giornalista si diresse dritto verso di me. Lo liquidai con un gesto mentre il mio telefono squillava.

«Detective Luca».

«Scusi il disturbo, signore. Sono Felix Ramos, il padre di Lisa».

«Salve, signor Ramos. Cosa posso fare per Lei?»

«Lisa ha detto che Lei è responsabile delle indagini su, ehm, quello che le è successo».

«Sì, sono io a capo delle indagini».

«Qual è la situazione?»

«Non posso discutere di un caso aperto».

«Avete un sospettato?»

«Siamo ancora all'inizio, ma stiamo sviluppando delle piste».

«Sviluppando? Con tutto il rispetto, signore, sembra che non abbiate fatto nulla».

«Non è così, signore. Io e il mio partner ci stiamo lavorando, ma al momento ho altre responsabilità».

«È chiaro che il Suo caso non ha la priorità che dovrebbe avere».

«Ce l'ha, certamente».

«Allora lo dimostri: intensifichi gli sforzi per catturare il delinquente che, che, ehm, ha aggredito mia figlia».

«Mi risulta che Lei sia un militare».

«Tenente colonnello in pensione, Corpo dei Marine».

«Apprezzo il Suo servizio, signore».

«Grazie».

«Con la Sua esperienza, saprà che al pubblico sembra che non stia accadendo nulla, ma dietro le quinte le cose si muovono. Potrebbe volerci più tempo di quanto Lei sia disposto ad aspettare, ma assicureremo alla giustizia chiunque sia stato».

«È deplorevole, e con tutto il rispetto, non ho la Sua stessa fiducia».

«Capisco, signore. Mi dia solo l'opportunità di dimostrarlo».

«Lo farò».

«Grazie. Devo andare».

Lanciai una rapida occhiata alla strada. La folla chiacchierava. Erano turbati e scioccati che uno di loro fosse scomparso. Simpatizzavano con i Foyle, ma non avevano idea di cosa stessero passando i genitori di Dana. Per quanto fossi vicino alla situazione, non riuscivo a immaginare di essere nei panni del signor Foyle.

Un giornalista che rispondeva al telefono mi riportò alla conversazione con il padre di Lisa Ramos. Solo il suo addestramento militare teneva a bada la sua rabbia. Chi poteva biasimarlo per la sua insistenza nel chiedere un arresto? Non potendo tornare indietro, era l'unica cosa su cui poteva concentrarsi.

Scacciando quei pensieri, tornai verso la casa dei Foyle per affrontare un altro padre angosciato.

CAPITOLO SETTE

L'ODORE D'AGLIO MI FECE BRONTOLARE LO STOMACO. MARY ANN mi vide e terminò la telefonata. Le diedi un bacio sulla guancia. Lei disse: «Hai fame?»

«Sì. Che hai preparato?»

«Spaghetti alle vongole. Ho pensato che, dopo la giornata che hai avuto, avresti avuto bisogno di un po' di cibo di conforto.»

Per qualche motivo credeva che fosse uno dei miei piatti preferiti. Era buono, ma quando avanzava si ammassava come se fosse incollato. «Sembra ottimo.»

«A che punto sei con i Foyle?»

«È solo una questione di attesa. Gesso ha messo un paio di agenti con loro. Non appena stabiliranno un contatto, entrerò in azione.»

«Spero che accada presto. Non riesco a immaginare cosa stiano passando.»

«L'incubo peggiore di un genitore.»

«Ventimila è una cifra strana da chiedere.»

«Sì. C'è qualcosa che non quadra.»

«Pensi che abbiano accettato troppo in fretta? E che chiederanno di più?»

«Senza dubbio è un rischio, ma non credo che succederà.»

«Non pensi che lei possa essere...»

Non aveva senso farla preoccupare. «No, no. Probabilmente andrà tutto bene; dobbiamo solo superare la consegna del denaro.»

Il microonde suonò e Mary Ann tirò fuori la ciotola di pasta. Inondandola d'olio d'oliva, disse: «Hanno i soldi pronti?»

«Sì, hanno un amico in una banca.»

«Segnerai le banconote con gli UV?»

«No, anche se ho detto loro che non si sarebbe notato, Foyle ha detto che potrebbe mettere in pericolo sua figlia.»

Mi mise davanti le vongole e la pasta. «È invisibile.»

Infilzai le linguine con la forchetta e le arrotolai. «Lo so. Mi ha fatto storie quando gli ho detto che dovevamo registrare i numeri di serie delle banconote.»

«È un tipo rigido.»

Mi squillò il telefono. Prima di rispondere, dissi: «Forse.»

«Ehi, Derrick. Che succede?»

«Sei impegnato?»

Posai la forchetta. «No, va tutto bene. Che c'è?»

«Devi vedere il video di un campanello Ring di fronte a casa dei Foyle.»

D ERRICK SCESE DALLA SUA AUTO MENTRE PARCHEGGIAVO DIETRO di lui. Prima che estraissi le chiavi, la portiera del veicolo di *WINK News* dall'altra parte della strada si spalancò. Mentre si avvicinavano, dissi: «Non rilasciamo commenti.»

Seguii il mio partner verso una casa di stucco grigio, diagonalmente opposta a quella dei Foyle. Il proprietario si collegò al suo account Ring, recuperò il filmato e porse il telefono a Derrick.

Derrick lo mise a schermo intero e premette play. Non si vedeva la porta d'ingresso dei Foyle, ma il loro vialetto fino al marciapiede era visibile. Dopo venti secondi, apparve un uomo che camminava lungo il sentiero lastricato dei Foyle in direzione della strada.

Sussurrai: «Sembra il signor Foyle.»

Lui mise in pausa e ingrandì l'immagine. «È quello che penso anch'io.»

«L'orario segna le nove e cinquantacinque di sera. È preciso?»

Derrick riprese la riproduzione al rallentatore. «Sembrerebbe di sì.»

«Sta andando verso la cassetta della posta.»

«Sì, ma aspetta.»

Un secondo dopo, un furgone della UPS scese lungo la strada. Rallentò, ostruendo la vista di Foyle e della sua cassetta della posta. Quando passò oltre, Foyle si era voltato verso casa.

«Gesù! Non lo abbiamo ripreso mentre andava alla cassetta della posta.»

«Potrebbe aver lasciato il biglietto in quel momento.»

«Fallo ripartire.»

Fissai Foyle mentre percorreva il sentiero. «Si sta guardando intorno.»

«Potrebbe controllare che la via sia libera.»

«Ma perché non uscire nel cuore della notte, invece di rischiare?»

«Forse non voleva insospettire sua moglie.»

Era una buona osservazione. «Chiedi al vicino se ci autorizza ad avere una copia del video.»

L'uomo si mostrò disponibile e Derrick gli disse che avrebbe avviato le pratiche burocratiche. Dissi: «Andiamo a parlare con Foyle.»

Un agente con cui avevo lavorato a un caso di omicidio stradale ci fece entrare. I Foyle erano seduti attorno a un tavolo da cucina con il piano in vetro.

Gli occhi della signora Foyle scrutarono il mio viso. «Avete trovato Dana?»

«Non ancora, signora. Vorremmo parlare con suo marito.»

Il signor Foyle si irrigidì prima di alzarsi. «Certo. Cosa succede?»

Entrai nel salotto. «Mi dica cosa ha fatto ieri sera.»

«Ieri sera?»

«Sì.»

«Niente, ero qui, con Judy. Eravamo malati di preoccupazione per Dana.»

«È andato da qualche parte?»

«No. Siamo rimasti in casa tutto il tempo.»

«Ne è sicuro?»

«Sì, ne sono sicuro.»

«Abbiamo delle segnalazioni che la collocano fuori casa.»

«Segnalazioni? Che diavolo significa?»

«Calma, signore. Stiamo solo cercando di ricostruire gli eventi che hanno portato alla... di sua figlia.»

«Cosa? Pensate che io c'entri qualcosa?»

«Non abbiamo detto questo, signore.»

«Forse no, ma vi state comportando come se fosse così.»

«È uscito di casa o no?»

Esitò. «Cioè, potrei essere uscito a prendere un po' d'aria o qualcosa del genere. O, sa, credo di essere uscito a controllare la strada, per vedere se Dana era lì.»

«È andato alla cassetta della posta?»

«La cassetta della posta? Perché avrei dovuto prendere la posta?»

«Per abitudine...»

Il telefono di Foyle stava squillando. Lo tirò fuori. «È un numero riservato.»

«Potrebbe essere un telefono usa e getta. Risponda.»

Foyle disse: «Pronto.» Annuì rapidamente, mimando con le labbra: *Sono loro.*

Mi chinai e lui allontanò il telefono dall'orecchio perché potessi sentire. Disse: «Hanno riattaccato.»

«Cosa hanno detto?»

«Di mettere i soldi in una busta della spesa e di iniziare a guidare. Ha detto che devo essere solo e che se ci fossero stati poliziotti o elicotteri, avrebbero ucciso Dana.»

«Dove le hanno detto di andare?»

«Hanno detto che avrebbero richiamato.»

Era discutibile che fosse stato al telefono abbastanza a lungo per tutto quello. «Prepari i soldi.»

Foyle se ne andò e io mi voltai verso Derrick. «È stato un modo intelligente di giocare la partita. Chiama Gesso e fagli mettere un paio di auto civetta in zona.»

«Okay.»

«Rimani con la signora. Proverò a seguirlo.»

Foyle tornò con in mano una busta di Whole Foods, carica di soldi. Dissi: «Qui deve essere estremamente cauto. Non sappiamo con chi abbiamo a che fare.»

«Me ne rendo conto.»

«Non cerchi di fare l'eroe. Appena la chiamano, mi chiami.»

«Hanno detto niente polizia.»

«Non lo sapranno...»

«Sì, invece: faranno del male a Dana.»

«Non le starò neanche vicino, ma se le cose dovessero sfuggire di mano, devo essere in posizione per poter aiutare.»

«Sta mettendo a rischio mia figlia.»

«Non sappiamo con chi abbiamo a che fare. Potrebbe mettere in pericolo se stesso.»

«Non mi importa di me. Voglio solo che Dana torni.»

«Guardi, dobbiamo fare a modo mio. Non sarò visibile, ma devo essere nelle vicinanze quando avverrà la consegna. Se

qualcosa va storto, ho degli elicotteri pronti. Chiuderemo le
strade e prenderemo quei bastardi.»

«Hanno detto niente aerei o elicotteri...»

«Sono a terra finché non prendono i soldi. Tutto quello che
deve fare è chiamarmi quando le daranno il luogo della
consegna e quando lo scambio sarà completato. D'accordo?»

Annuì.

«Bene. Andiamo a riportare a casa Dana.»

Scivolando al volante, pensai che avevamo buone possibilità
di catturare chiunque fosse dietro al rapimento. La maggior
parte dei piani di estorsione, specialmente quelli architettati da
dilettanti, portava alla cattura dei colpevoli.

Mentre Foyle usciva in retromarcia dal suo vialetto, vari
scenari mi balenarono in mente. Dovevo beccare chiunque
avesse preso una delle bambine della nostra comunità.

Il successo o il fallimento di quella notte dipendeva in gran
parte dal fatto che Foyle facesse le telefonate. Ma la sua paura
di inimicarsi i rapitori lo avrebbe spinto ad aspettare fino a
dopo il loro contatto. Avrebbe ritardato fino a dopo aver
consegnato la busta con i soldi. La sua unica preoccupazione
era riavere sua figlia.

Mentre le luci posteriori di Foyle scomparivano, mi
ricordai cosa fosse in gioco. Partendo, sentii i muscoli delle
spalle irrigidirsi. Quella notte, Dana doveva dormire nel suo
letto.

CAPITOLO OTTO

I FANALI POSTERIORI DI FOYLE ERANO PUNTINI ROSSI. STAVA guidando verso nord sulla Goodlette-Frank Road. C'erano altre due auto sulla strada. Tenni i fari spenti. L'auto di Foyle si avvicinò al semaforo dell'incrocio con Immokalee Road. Era verde. Probabilmente avrebbe svoltato a sinistra per imboccare la Route 41.

Foyle svoltò a destra. Prima del semaforo. Stava entrando nel centro commerciale che ospitava la Bone Hook Brewery. Strinsi il volante. Qualcuno stava per impossessarsi della sua auto? La richiesta di riscatto era un pretesto per rubare ventimila dollari?

Un lampo dei fari di Foyle suggerì che avesse svoltato nel parcheggio, in direzione del Landmark Hospital. Cercai di ricordare la disposizione della zona vicino alla struttura specializzata. Lì vicino c'erano il Veteran's Park, il complesso Arthrex e un paio di edifici per uffici.

Aveva ricevuto la chiamata, ma non me l'aveva fatto sapere. Mentre prendevo la radio, l'allarme della vescica suonò. Di nuovo. Non era il momento di andare sul sicuro con la vescica che i medici mi avevano costruito. «Qui il detective Luca: servono pattuglie nella zona dell'aeroporto e di Immokalee, e attorno a Mercato. Dite loro di tenere i lampeggianti spenti e di non farsi vedere. Chiamerò io quando sarò pronto.»

Foyle spense i fari. Parcheggiò all'estremità più lontana del parcheggio dell'ospedale. Svoltai a sinistra, parcheggiando in uno spiazzo da BurgerFi.

Rimanendo rasente all'edificio, sbirciai da dietro l'angolo. Foyle stava risalendo in macchina. Aveva lasciato i soldi?

Digitai il suo numero mentre si avvicinava a Goodlette-Frank. «Li ha incontrati?»

«No. Hanno detto di lasciare i soldi nell'ultimo posto auto.»

«Cosa hanno detto di Dana?»

«Che sarebbe tornata a casa tra un'ora, dopo che si fossero assicurati che non avessi avvertito la polizia.»

«Okay. Vada a casa, la raggiungo lì.»

Tenendo gli occhi puntati sul parcheggio vuoto, valutai se istituire dei posti di blocco. Qualcuno stava venendo a prendere i soldi o si trovava nel bosco, in attesa di afferrare la borsa. In ogni caso, avrebbe avuto bisogno di una via di fuga.

Scrutai l'area circostante. Un puntino luminoso catturò la mia attenzione. Stava scendendo. Mi ci volle un istante a capire. Era un drone.

Gli scattai due foto e chiamai Gesso. «Sergente, stanno usando un drone per il recupero dei soldi per Foyle.»

«Accidenti.»

«Mi serve uno dei nostri droni per seguirlo.»

«Ci vorranno dieci minuti per farne decollare uno. E un elicottero?»

«No. Lo vedrebbero.»

«Dovranno pur far atterrare quel drone da qualche parte. Vuoi che blocchi le strade?»

«No, lascia perdere. Rintraccerò io quei bastardi non appena la ragazza sarà tornata a casa.»

«Sei sicuro?»

«Sì. Ne parliamo più tardi.»

La borsa con i soldi si sollevò da terra. Scattai altre foto mentre volava verso est. Fluttuò appena sopra la linea degli alberi e scomparve dalla vista.

CAPITOLO NOVE

ERO ALLA TERZA TAZZA DI CAFFÈ, MA NON ERA LA CAFFEINA LA causa dei miei nervi a fior di pelle. I Foyle erano in piedi vicino alla finestra, in attesa che comparisse Dana. Erano passate due ore.

Derrick si avvicinò. «Credi che starà bene?»

«Lo spero proprio. Ma c'è qualcosa che non quadra in tutta questa storia.»

«Lo so.»

«Usare un drone per il ritiro è stata una gran bella idea. Non torna con la richiesta di soli ventimila dollari.»

«Forse sì, invece; peseranno una ventina di libbre. Facili da portare via per un drone.»

«Allora non può essere un drone giocattolo.»

«Esatto. Ho cercato su Google; quelli amatoriali trasportano solo dalle tre alle cinque libbre.»

«Dobbiamo tenerlo a mente. Forse dovremmo concentrarci su chi sa pilotare questi cosi.»

«Non ci vuole molto a imparare. Uno dei nostri vicini ha guardato un paio di video su YouTube e in due giorni lo faceva sfrecciare dappertutto.»

«Fantastico.»

«Mi scoccia dirlo, ma tutta questa storia del drone potrebbe essere una prova generale.»

«Vuoi deprimermi?»

Derrick ridacchiò. «Dici sempre che niente è impossibile. Può essere difficile, ma...»

«Eccola!»

Sospirai mentre i genitori correvano verso la porta d'ingresso. Afferrai Derrick per un braccio. «Lasciamo loro un minuto. Ma chiama un'ambulanza; la ragazza deve essere visitata.»

La signora Foyle non lasciava la presa su Dana, e suo padre continuava a baciarla sulla testa. Sembrava tutto autentico. Mi ricordai che il mio lavoro consisteva nell'esaminare ogni possibilità. Il padre era un sospettato plausibile, ed era un sollievo che una brutta situazione non stesse peggiorando.

La signora Foyle teneva un braccio attorno alla vita di Dana. «Vuoi qualcosa da mangiare?»

«No. Sto bene.»

«Ti hanno fatto del male, tesoro?»

Lei scosse la testa. «No.»

«Ti hanno trattato bene?»

Annuì.

«Ero così preoccupata per te.»

«Va tutto bene, mamma. È finita.»

Dana mi vide e distolse lo sguardo. Feci un passo avanti. «Salve, Dana. Siamo contenti che stia bene.»

Lei abbassò gli occhi, mentre suo padre si avvicinava. «Non ora. È appena tornata a casa.»

«È meglio se parliamo adesso, mentre ha ancora tutto fresco in mente.»

«Non so.»

«Sarà una chiacchierata veloce. Faremo un interrogatorio completo domattina.»

Dana si accigliò. «Devo proprio?»

Il signor Foyle disse: «Sarà veloce. Non più di dieci minuti. Vero, signori?»

«Per noi va bene.»

«Ok. Possiamo usare lo studio.»

Non volevo il signor Foyle nella stanza, ma era in modalità protettiva. Avremmo avuto la possibilità di parlarle da sola il giorno dopo.

Foyle tirò fuori delle sedie pieghevoli per noi prima di scivolare dietro a una piccola scrivania. Dana si lasciò cadere su una poltrona con lo schienale basso.

Dissi: «Sono certo che sia stanca, ma i ricordi tendono ad annebbiarsi, anche solo dopo un giorno.»

Dana si mise a giocherellare con una cucitura dei jeans. «Sono un po' stanca.»

«Saremo rapidi. Ci dica dove L'hanno portata.»

«Non so dove fossi.»

«Dove si trovava quando L'hanno rapita.»

«Stavo tornando a piedi da casa di Carmen. E avevo, tipo, appena attraversato Goodlette, vicino alla chiesa.»

«Quale chiesa?»

«Quella all'angolo, vicino a Vanderbilt.»

Il signor Foyle disse: «È la Naples Christian Church.»

«Ok, cos'è successo?»

«Non lo so. È... è successo così in fretta, e questo furgone... ha accostato, più avanti rispetto a me, e mentre ci passavo accanto, mi hanno trascinata dentro, e basta.»

Il signor Foyle si allungò e strinse la spalla della figlia. «Mi dispiace.»

«Il furgone era più avanti di Lei? Aveva accostato?»

«Sì, più o meno nella stradina per arrivare alla chiesa.»

«Ha visto il numero di targa?»

«No. Ma credo che fosse della Georgia o qualcosa del genere.»

«Di che colore e di che marca era il furgone?»

«Ehm, bianco. Sono abbastanza sicura che fosse bianco, ma non me ne intendo di macchine.»

«Ma era un furgone?»

«Credo di sì.»

«Aveva una portiera laterale?»

«Sì. Era un furgone.»

«Quante persone c'erano dentro?»

«Quante persone c'erano nel furgone?»

«Sì.»

«Ehm, due, credo.»

«Uomini o donne? Che aspetto avevano?»

«Erano uomini. Ma non li ho visti. Mi hanno, ehm, messo un sacco in testa.»

Sospirando, il signor Foyle scosse il capo. «Bastardi.»

«Va tutto bene, papà. Ora è finita.»

«Sa chi potrebbe averlo fatto?»

«No. Nessuna idea.»

«Cosa Le hanno detto quando L'hanno fatta salire sul furgone?»

«Di stare zitta, e che se l'avessi fatto, non mi sarebbe successo niente.»

«Avevano qualche accento riconoscibile?»

«No.»

«E la loro età? Cosa può dirmi di quanti anni potevano avere?»

«Mmm, erano decisamente più grandi. Uno aveva, tipo, una voce roca.»

«Parlavano tra di loro?»

«No.»

«Hanno guidato in silenzio?»

«Sì, tranne una volta: uno di loro ha chiamato l'altro Frank.»

«Uno degli uomini si chiamava Frank?»

«Sì, sono un po' confusa, ma credo che abbia detto il nome due volte.»

La ragazza aveva subito un'esperienza traumatica, ma perché non aveva esordito col nome di uno dei suoi rapitori? «E l'altro uomo? Ha sentito il suo nome?»

«Non lo so. Sono tutta confusa. Voglio solo sdraiarmi.»

«Capiamo. Si riposi. Rivedremo tutto nel dettaglio domani.»

Alzandomi, dissi: «Non deve preoccuparsi. Lasceremo una pattuglia qui davanti, per sicurezza.»

Il signor Foyle disse: «Crede che questa gente sia una minaccia?»

«No. Nella peggiore delle ipotesi, terrà lontana la stampa dal darvi fastidio.»

Derrick chiuse la portiera della macchina. «La ragazza ne ha passate tante, ma c'è qualcosa che non torna.»

«Ti sento forte e chiaro.»

CAPITOLO DIECI

REMIN SI AVVICINÒ AL PODIO. IL SUO ABITO ERA IMPECCABILE. «Buongiorno.»

La sala gremita di giornalisti si quietò. «Grazie per essere qui. Siamo lieti di comunicare che Dana Foyle è stata rilasciata ed è a casa con la sua famiglia.»

Un applauso serpeggiò per la sala.

«Prima di rispondere alle domande, volevo ringraziare tutti voi e i membri della stampa non presenti oggi. Apprezziamo la vostra collaborazione nel seguire le nostre direttive sulla copertura di questo rapimento. Spero che potremo consolidare questo successo e lavorare insieme per garantire la sicurezza dei residenti e dei visitatori della Contea di Collier. Ora, chi ha una domanda?»

Quasi tutte le mani si alzarono di scatto. Riconoscendo che *WINK News* aveva collaborato con l'ufficio dello sceriffo, Remin indicò la giornalista che si era occupata della lettera di riscatto. «Emma Heaton, *WINK News*. Qual è lo stato delle indagini sui rapitori?»

«Non posso commentare un'indagine in corso, ma posso dirvi che non risparmieremo alcuna risorsa per catturare i responsabili. Gli uomini e le donne di questo dipartimento si assicureranno che siano consegnati alla giustizia.»

«Avete un sospettato principale?»

«Mi dispiace. Per quanto mi piacerebbe, non posso rispondere.»

Remin si rivolse a un uomo con una giacca gialla. «Earl Hening, del *Naples Daily News*. Dato il breve lasso di tempo tra il rapimento e il pagamento del riscatto, non teme che il sequestro di persona possa essere usato da alcuni come un modo facile per fare soldi?»

«No. L'estorsione non è un modo né rapido né facile per fare soldi. E posso promettervi che questo dipartimento rimarrà vigile nell'affrontare ogni minaccia alla sicurezza e al benessere dei nostri cittadini e dei visitatori.»

Remin era un politico per natura, diceva molto senza dire nulla. Andò avanti a vaneggiare per altri dieci minuti prima di chiudere la conferenza stampa.

Lo seguii nell'anticamera. Disse: «Conto su di te per chiudere questa faccenda in fretta».

Invece di dire «E allora perché mi hai fatto perdere tempo ad ascoltarti sproloquiare», dissi: «Interrogherò Dana Foyle tra un'ora, e Derrick sta facendo dei controlli sui precedenti».

RIASCOLTANDO LA CONFERENZA STAMPA, SVOLTAI SU VANDERBILT Beach Road. Aveva la giornalista ragione, insinuando che pagare un riscatto avrebbe motivato altri a rapire gente dalle nostre strade?

Questi erano gli Stati Uniti, non il Messico o la Nigeria, dove un paio di persone al giorno venivano sequestrate a scopo di riscatto. Mi agitai sul sedile; la ricchezza di Naples rendeva facile per dei cretini architettare piani per arricchirsi in fretta.

Una soluzione rapida avrebbe impedito che semi di quel genere venissero innaffiati.

Svoltando a Lemuria, notai le parabole satellitari dei furgoni delle televisioni. Sperai che i Foyle rispettassero le nostre istruzioni e parlassero con i media solo dopo che avevamo interrogato Dana.

Un manipolo di giornalisti si accalcò verso la mia auto. Scesi e dissi: «Non rilascerò alcuna dichiarazione oggi, quindi apprezzerei se deste spazio a me e alla famiglia».

Canticchiando per non sentire le domande che mi urlavano, salutai con un cenno gli agenti parcheggiati di fronte e suonai il campanello.

Strinsi la mano al signor Foyle. «Come sta Dana oggi?»

«Non è in sé. Immagino che ci vorrà del tempo per superare quello che è successo.»

«Forse dovrebbe trovarle un aiuto. Potrebbe farle bene parlare con un professionista.»

«Non saprei.»

«Si fidi, un terapeuta può fare molto bene. Conosco una persona eccellente, se Le interessa.»

«Le faremo sapere.»

Annuii. «Come sta la signora?»

«Bene, ma, che ci creda o no, sta ancora dormendo. Immagino che lo stress l'abbia distrutta.»

«Senza dubbio. Neanche Lei ne è immune, sa?»

«Io sto bene. Non Si preoccupi per me.»

«Dicevo anch'io la stessa cosa. Faccia attenzione.»

«Lo farò. Vado a chiamare Dana. È seduta fuori, è al telefono da stamattina.»

Sorrisi. «Lo so bene. Abbiamo una figlia più grande di Dana.»

«Questi ragazzi sono incollati ai loro telefoni.»

Annuii. «Guardi, ha il diritto di assistere, ma penso sia

meglio se parliamo da soli. Potrebbe trattenersi se Lei è presente.»

Esitò. «Crede?»

«Si fidi.»

Annuì e se ne andò. Un minuto dopo, Dana, in infradito e pantaloncini tagliati, seguì suo padre. Mi salutò a malapena e io li seguii nello studio.

«Dana, parleremo solo noi due.»

I suoi occhi saettarono verso suo padre, che disse: «Va tutto bene. Il detective Luca è qui per aiutare.»

«Vogliamo assicurarci che Lei e la Sua famiglia siano al sicuro. Se in qualsiasi momento si sente a disagio, può interrompere l'interrogatorio.»

«Okay.»

Presi la stessa sedia pieghevole della sera prima. «Bello essere a casa, non è vero?»

«Sì.»

«Dove l'hanno tenuta?»

«Uhm, credo fosse un seminterrato o qualcosa del genere.»

C'erano meno seminterrati nel sud della Florida che marziani. «È sicura che fosse un seminterrato?»

«Uhm, forse no. Ero confusa, perché mi avevano messo un sacco in testa.»

«Era un sacco di carta o di stoffa?»

«Una specie di tessuto. Grattava parecchio.»

«Glielo hanno tenuto addosso tutto il tempo?»

«Sì. Non volevano che li vedessi.»

Il suo viso non mostrava segni di irritazione. «Torniamo a quando è successo. So che me l'ha raccontato ieri sera, ma Le sarei grato se lo ripetesse.»

Si attenne alla sua storia, ma sembrava imparata a memoria. «Ed è sicura che fosse un furgone? Uno bianco?»

«Sì, ci ho pensato, ed era decisamente bianco.»

«E gli uomini, ha detto che erano anziani.»

«Decisamente. Avevo paura che, sa, stessero per, uhm, sa?»

Lo sapevo. Non potevo parlarle dello stupro su cui stavo lavorando. «Grazie a Dio non l'hanno fatto.»

Fece spallucce.

«Dove ha dormito?»

«Uhm, su un divano.»

«Di che colore era?»

«Blu. Era...»

Si corresse, ma era troppo tardi. «Continui.»

«Ne ho visto un pezzo, sa. Ho sollevato il sacco dalla testa. Insomma, si respirava a fatica.»

«Cos'altro ha visto?»

«Uhm, niente. Era buio.»

«Era sola?»

«Sì, ma credo che avessero delle telecamere o qualcosa del genere.»

«Cosa glielo fa pensare?»

«Non so. Mi sentivo come se mi stessero osservando.»

«Era legata? Immobilizzata in qualche modo?»

«No. Ma non potevo scappare, volevo, ma...»

«Aveva paura?»

«È stato davvero spaventoso.»

«Le hanno chiesto se i suoi genitori avevano i soldi per pagare un riscatto?»

«Non erano tanti soldi.»

«Le hanno detto la cifra?»

«Io, uhm, non so se me l'hanno detta loro o mio padre. Ma erano tipo trentamila dollari, giusto?»

«Ventimila.»

«Oh, giusto.»

«Cosa ha mangiato mentre era prigioniera?»

«Mangiato? Perché vuole saperlo?»

«So che è una domanda stupida, ma ci obbligano a farle.»

«Abbiamo mangiato la pizza.»

«Hanno mangiato con Lei?»

«No. L'hanno solo lasciata nella stanza in cui mi trovavo.»

Era curioso che avesse usato "abbiamo" se non avevano mangiato insieme. «Come fa a sapere che hanno mangiato la pizza?»

«L'ho solo immaginato.»

«Dove l'hanno presa, la pizza?»

«Da Rosedale... credo. Sono stanca e mi sto confondendo. Voglio davvero finirla qui.»

«Solo un'altra domanda, d'accordo?»

«Va bene.»

«Ha detto che uno di loro si chiamava Frank.»

«Sì, a quel tizio è scappato il nome.»

«Conosce qualcuno di nome Frank?»

«No. Nessuno.» Si alzò. «Sono davvero stanca.»

La mia esperienza con i rapimenti era limitata, ma in ogni caso, questo era un interrogatorio strano.

CAPITOLO UNDICI

Mentre aspettavo il momento giusto per immettermi su Goodlette-Frank Road, tirai fuori il telefono per chiamare Derrick e notai un messaggio in segreteria. Premetti play: «Detective Luca, sono Felix Ramos. Lei ha detto che mi avrebbe tenuto aggiornato. Vorrei sapere se ci sono novità. Per favore, mi richiami».

Fissai il telefono. La mia era stata più che altro una promessa di circostanza. Sperai che non si aspettasse che lo chiamassi ogni giorno. Mentre un'auto mi sfilava accanto, chiamai Derrick.

«Ehi, Frank. Com'è andata?»

La ragazzina meritava il beneficio del dubbio, ma misi da parte il mio istinto paterno. «La sua storia aveva più buchi di uno scolapasta».

Lui ridacchiò. «Che ti ha detto?»

Lo misi al corrente e aggiunsi: «Il fatto che non abbia menzionato subito il nome Frank e che sostenga di non conoscere nessuno con quel nome? Non me la bevo. Non ha nemmeno provato a pensare a qualcuno che potesse conoscere, ha semplicemente sputato fuori un no».

«Una risposta preconfezionata?»

«Sembrava proprio di sì. La domanda è: perché?»

Derrick disse: «C'è qualcosa che non quadra».

«Si è riferita a loro usando il "noi", come se li conoscesse».

«E mi hai detto che un momento aveva il sacco in testa e quello dopo non più?»

«Conosce chi siano stati e vuole proteggerli».

«Pensi davvero?»

Accelerai e uscii da Lemuria. «Non posso escluderlo».

«Ho parlato con le sue amiche. A nessuna è venuto in mente qualcuno. Sembravano delle brave ragazze e hanno parlato molto bene di Dana, a parte il fatto che a nessuna sembra piacere il suo ragazzo».

«Cosa hanno detto di lui?»

«Si chiama Bradley Richter. Ha un anno più di lei e hanno detto che è un tipo autoritario».

«Da quanto tempo stanno insieme?»

«Circa due anni».

«Due anni? Perché non era con la famiglia?»

«Bella domanda».

«Le sue amiche hanno detto se i due avessero litigato o qualcosa del genere?»

«Gliel'ho chiesto, ma mi hanno detto di no».

«In ogni caso, va tenuto d'occhio».

«Sto andando da lui proprio ora. Abita vicino alla Golden Gate Middle School».

«Okay. Vedi cosa ha da dire. Mandami le sue informazioni per messaggio; farò un controllo sui suoi precedenti quando torno».

«Ci sentiamo dopo».

Riattaccai e girai a destra su Vanderbilt Beach Road, accostando sull'erba. Questa telefonata non poteva aspettare un semaforo rosso. «Signor Foyle, sono il detective Luca».

«Oh. Qualcosa non va?»

«Non in particolare, ma il ragazzo di Dana, Brad Richter...»

«Cosa c'entra lui?»

Il suo tono cambiò. «Mi risulta che stiano insieme da due anni. Verrebbe da pensare che avrebbe dovuto essere a casa, con lei e sua moglie...»

«Bradley non è il benvenuto in questa casa».

«Capisco. Posso chiederle perché la pensa così?»

«Non è all'altezza di Dana».

Era un lamento comune da parte dei genitori, di cui ero colpevole anch'io. Per molto tempo trattavo con freddezza chiunque uscisse con Jessie. Lei non portava a casa nessuno, il che peggiorava le cose. Ancora non mi fidavo al cento per cento del suo giudizio, ma Mary Ann diceva che avevo fatto dei progressi. «C'è qualcosa in particolare che la riguarda?»

«No. È tutto l'insieme».

«C'è stato un incidente che ha peggiorato le cose?»

«Fin dal primo giorno, non mi piaceva come si comportava Dana con lui. È cambiata da quando l'ha conosciuto».

«Direbbe che è un tipo autoritario?»

«Non so cosa succeda tra loro due, ma non è un bene per Dana».

«Capisco. Mi dispiace averlo tirato in ballo».

«Non si preoccupi. Per quanto non mi piaccia Brad, non credo che abbia avuto niente a che fare con il rapimento».

Non potevo dire a nessuno che ero deluso che non fosse il ragazzo. Una risoluzione rapida mi avrebbe permesso di tornare a concentrarmi unicamente sullo stupro di Ramos.

Dopo aver caricato le foto che avevo scattato al drone, chiamai il laboratorio. «Ehi, Charlie, ti ho appena mandato le immagini del drone usato nel rapimento Foyle, scattate col cellulare».

«Aspetta. Lasciami controllare».

Digitò qualcosa sulla tastiera. «Sì, le vedo».

«Ho bisogno di aiuto per identificarne il tipo e dove viene venduto».

«Mio figlio ne ha uno simile. Le ingrandisco e faccio dei confronti».

«Non c'è bisogno che ti dica che è una priorità, vero?»

«Non è il tuo secondo nome?»

Riattaccai. Sarebbe stata una giornata lunga e avevo bisogno di qualcosa che mi tirasse su.

La caffetteria era vuota. Tirai giù la leva e, mentre il caffè fumante gocciolava nella mia tazza, sentii dei passi. «Ehi, Frank. Come stai?»

«Bene, Brian».

«Ehi, come sta la ragazza dei Foyle?»

«Sembra stare bene».

«Bene. Senti, abbiamo avuto un tentato stupro stamattina presto...»

«Ahi!» Lasciai andare la leva e mi scrollai il caffè dalla mano.

Brian mi passò una manciata di tovaglioli.

«Grazie.» Mi asciugai la mano e il bancone. «Parlami del tentato stupro».

«Non so molto, ma sapevo che ti stavi occupando di quello a North Collier Park quando ti hanno messo sul caso Foyle».

Forse il padre di Ramos aveva ragione. «Sto lavorando a entrambi. Su in Jersey, avevo anche dieci casi contemporaneamente».

«Cavolo, non riesco neanche a immaginarlo».

«Cos'è successo?»

«Questa donna, Joan Samus, è in città a trovare sua madre ed è stata aggredita mentre andava verso la sua auto».

«A che ora è successo?»

«Dopo l'una di notte».

«Dov'è successo?»

«Aveva parcheggiato vicino a Third Avenue, dalle parti della scuola media».

Era una sfida trovare parcheggio vicino a Fifth Avenue. «Com'è riuscita a scappare?»

«Il tizio la stava trascinando verso la pista di atletica e ha cercato di metterle qualcosa in testa quando lei l'ha morso. Il verme l'ha lasciata andare e lei è corsa verso il negozio CVS».

«Potrebbe essere lo stesso uomo; ha coperto la testa anche dell'ultima vittima».

«È quello che mi ricordavo».

«Parlerò con il sergente, ma fammi un favore, passami il rapporto il prima possibile».

CAPITOLO DODICI

La trentottenne Joan Samus era di Lake George, New York. In visita da sua madre, aveva fatto tardi, trattenendosi al bar Vergina fino all'orario di chiusura alle 2 del mattino.

A quell'ora le strade erano deserte. La maggior parte di Naples dormiva già da quattro ore quando la signorina Samus lasciò il ristorante sulla Fifth Avenue. Eravamo intervenuti lì un paio di volte per risse dovute all'alcol, ma mai per un crimine grave.

Considerando l'ipotesi che un cliente l'avesse tenuta d'occhio, Derrick entrò deciso in ufficio. «Indovina chi penso sia il responsabile del rapimento?»

«Cosa hai scoperto?»

Sogghignò. «Indovina. Non ci crederai.»

Non avevo sedici anni, né la pazienza di un tempo. «Dimmi e basta che cosa hai scoperto.»

Il suo sorriso svanì. «Dana e il suo ragazzo, Bradley Richter, si sono inventati tutto.»

Saltai sulla sedia. «Cosa te lo fa pensare?»

«Il ragazzo mentiva ed era incoerente. Gli ho chiesto dove fosse quando Dana è scomparsa e ha detto che era a casa. Ma sua madre ha detto che non è tornato a casa fino a tardi e che aveva saltato la cena.»

«Hai parlato con la madre separatamente?»

«Sì, e sai qual è stata la parte migliore?»

«Ti ha preparato dei biscotti?»

«Scusa, non riesco a trattenermi.»

«Fidati, lo sei. E la madre?»

«Bradley ha negato di avere un drone, ma sua madre ha detto che gliene hanno comprato uno un mese fa, dopo che lui aveva espresso un improvviso interesse per quei cosi.»

«Che tipo gli hanno preso?»

«Non lo sapeva e ha detto che di solito sta in garage, ma che non lo vedeva da un paio di giorni.»

«Dobbiamo scoprire che modello hanno comprato.»

«Avrebbe chiesto a suo marito. Ha detto che era stato lui a comprarlo.»

«Hai fatto un ottimo lavoro. Sono fiero di te.»

«Grazie, Frank. Faccio solo il mio dovere.»

«Cosa ne pensi del ragazzo? Cederà facilmente, se lo torchiamo un po'?»

«Faceva il duro, ma è solo un ragazzino.»

«Ho mandato le foto al laboratorio. Se otteniamo una conferma del modello che corrisponde a quello che ha lui, li portiamo dentro entrambi.»

«Mi sembra un buon piano.»

Mi sedetti. «Hai sentito che c'è stato un tentato stupro in centro?»

«Sì. Stavo per dirtelo, ma immagino di essermi entusiasmato dopo aver parlato con il ragazzo.»

«Nessun problema.» Ugh, odiavo usare quella frase. «Sto pensando che sia collegato. L'aggressore ha cercato di coprirle la testa.»

«Potrebbe essere.»

«Lei l'ha morso.»

«Ben gli sta, a quel bastardo. Spero che gli abbia staccato un pezzo a morsi.»

«Anch'io. Sarà qualcosa da cercare in un sospetto.»

Dirigendomi a est sulla 41, svoltai a destra su Thomasson Drive, sul lato opposto del Tamiami Trail. Si chiamava Rattlesnake Hammock Road. Era un'altra strada che cambiava nome, confondendo turisti e residenti.

Rallentai, avvicinandomi all'East Naples Community Park. Avevo sentito parlare della sessantina di campi da pickleball che c'erano lì. Naples era la capitale americana di quello sport in crescita. Con dieci minuti di anticipo sul mio appuntamento, svoltai a sinistra nel parco.

Dopo un rapido giro, uscii dal parco. Era sorprendente che la maggior parte dei campi fosse occupata. Sembrava divertente. Forse io e Mary Ann avremmo potuto provarci.

La madre di Joan Samus viveva in un nuovo complesso di appartamenti in affitto vicino al parco. Una recinzione alta un metro e ottanta circondava la proprietà, ma il cancello non presidiato era alzato.

Suonai il campanello dell'appartamento al piano terra. «Chi è?»

«Detective Luca, dell'Ufficio dello Sceriffo della Contea di Collier.»

«Ha un documento?»

«Sì, signora.»

«Lo metta davanti allo spioncino.»

Feci come richiesto e la porta si aprì. «Mi scusi. Bisogna stare attenti di questi tempi.»

«Ha fatto la cosa giusta.»

Rimasi stupito dalla facilità con cui la gente lasciava entrare in casa propria qualcuno che sosteneva di essere un agente di polizia o un funzionario. Il novanta per cento delle volte che mostravo il distintivo, la persona dava solo una rapida occhiata. Con la qualità delle imitazioni di oggi, era un errore.

Innumerevoli volte avevamo detto a Jessie che, se qualcuno si fosse presentato alla porta sostenendo di essere un agente, o se fosse stata fermata da un'auto senza insegne, doveva chiamare la polizia per verificare la situazione.

«Joanie è nella camera degli ospiti. È lì dentro da quando è successo. Ha paura di uscire.»

La seguii fino a una porta chiusa. La madre bussò. «Tesoro, c'è il poliziotto.»

La porta si aprì lentamente. Con indosso un pile, Joan Samus era esile come un uccellino. Era un miracolo che fosse riuscita a respingere il suo aggressore. «Salve, Joan.» Le porsi la mano. «Sono il detective Frank Luca.»

Non mi strinse la mano. «Salve.»

«Ho alcune domande su quello che le è successo. Mi rendo conto che è scossa, ma è meglio se ne parliamo oggi.»

«Okay.» Si sedette sul letto, abbracciandosi le ginocchia.

«Mi racconti quanti più dettagli ricorda. Lei era al bar Vergina, quindi partiamo da lì.»

Deglutì. «Mi stavo solo godendo la musica e bevendo qualcosa.»

«Era sola?»

«Sì. Cioè, un paio di uomini mi si sono avvicinati, ma niente di che.»

«Qualcuno che potrebbe essere stato l'aggressore?»

Scosse la testa.

«Ha notato qualcuno che potesse averla osservata?»

«No, cioè, c'era un sacco di gente. Ma ero presa dalla musica; il DJ era bravo.»

«A che ora è uscita?»

«Quando hanno annunciato l'ultimo giro.»

«Quanto ha bevuto?»

«Ho preso due drink in tutta la serata.»

Probabilmente erano quattro e, data la sua corporatura, più di due avrebbero avuto il loro effetto. «Quando è uscita, si è accorta che qualcuno la stava seguendo?»

«No! Non sarei andata alla mia macchina, se così fosse stato.»

«Che strada ha fatto?»

«Ho attraversato dritto la piazza.»

«Quindi è passata a sinistra del Sugden Theatre?»

«Sì, vicino a quel ristorante, Truluck's.»

Sulla strada da cui era uscita c'era una postazione per il parcheggiatore. Forse qualcuno aveva visto qualcosa, se era rimasto fino a così tardi. «Poi cos'è successo?»

«Stavo camminando e controllando il telefono e, un attimo dopo, quest'uomo mi ha afferrata da dietro.»

CAPITOLO TREDICI

Era tutto pronto. Ma invece di fremere per l'attesa, mi sentii combattuto. Non toccai la temperatura di nessuna delle due stanze. Era inutile peggiorare una situazione già difficile per entrambe le coppie di genitori.

Derrick mi raggiunse in corridoio. «Sarebbe bello convincere i genitori a lasciarci interrogare i ragazzi senza di loro nella stanza».

«Per me va bene. Potrebbe giocare a nostro favore».

«In che senso? Non ammetteranno mai niente davanti ai loro padri».

«Non so. Potrebbero aprirsi con il paparino nella stanza. Potrebbe essere imbarazzante se lo facessero, ma con il padre presente potrebbero sentirsi protetti. Fa più paura essere soli e ammettere qualcosa a un poliziotto».

«Spero tu abbia ragione».

«Anch'io. Senti, voglio farlo da solo. In due nella stanza, potrebbe essere troppo spaventoso».

«Non ti preoccupare. È già abbastanza intimidatorio».

Fui contento che non se la fosse presa. Lasciai correre quell'idiota espressione: «non ti preoccupare».

«Bene, vediamo dove ci porta questa cosa».

Bussai alla porta della sala interrogatori 1. «Buongiorno, sono il detective Luca».

Mentre si alzava, il signor Richter diede un colpetto al figlio e tese la mano. «Frank Richter».

Bradley fece un cenno col mento.

Posai un fascicolo spesso sul tavolo e lo squadrai. «Questo non è un interrogatorio formale, ma sono comunque vincolato dalle regole che mi obbligano a registrarlo».

Suo figlio si tormentava una pellicina mentre il signor Richter diceva: «Capiamo».

Premuto il pulsante di registrazione, dichiarai chi fosse presente nella stanza. «Bene, vediamo se riusciamo a chiarire cos'è successo a Dana».

«Gliel'ho già detto, non so niente».

Aprii la cartella ed estrassi una manciata di immagini. Mentre le disponevo a mo' di mosaico, il signor Richter disse: «Quella è casa nostra. Avete tenuto sotto sorveglianza la nostra casa?».

«Suo figlio conosce bene Dana. È la procedura standard».

Appoggiai sul tavolo le foto del drone che aveva recuperato la borsa con i soldi. Accanto, posizionai le foto prese dal web del modello che Richter aveva comprato a suo figlio.

Indicando col dito il drone che trasportava il riscatto, dissi: «Ecco il recupero in corso».

Il signor Richter scosse la testa. «È pazzesco». Brad si agitò sulla sedia.

«E Bradley, questo è il drone che ha Lei. È esattamente lo stesso modello».

«E allora? Ce ne sono un sacco in giro».

«Meno di un sacco. Per essere precisi, ne sono stati venduti centoquarantotto nella contea di Collier e solo tredici da Tech World sulla Naples Boulevard».

«Mi scusi, dev'essere una coincidenza. Spero non stia

cercando di dire che, siccome abbiamo un drone come quello usato, mio figlio sia coinvolto».

«Io non credo alle coincidenze».

«Pensa che mio figlio c'entri qualcosa?».

«Da quello che ci ha detto Dana, sembra proprio di sì».

Bradley scattò in piedi. «Cosa ha detto?».

«Non posso rivelarlo finché l'accordo con Lei non sarà finalizzato».

Il signor Richter disse: «Che tipo di accordo?»

«Un accordo di cooperazione. La solleverà da qualsiasi...»

«È una stronzata! Voglio un avvocato»

«Bradley! Controlla il linguaggio!»

«Ma papà!»

«Niente ma. Stai zitto». Il signor Richter si rivolse a me. «Devo trovare un avvocato per mio figlio?»

«Non posso rispondere a questa domanda, ma ha diritto all'assistenza legale»

Lui strinse le labbra. «Posso avere qualche minuto da solo con lui?»

Mi alzai. «Certo». Premendo il pulsante di stop, dissi: «Non si deve preoccupare, nessuno sta ascoltando. Le do mezz'ora e vi faccio portare qualcosa da bere»

Derrick era fuori dalla porta. «Scommetto due a uno che chiamerà un legale»

«Probabile. Vado a fare un tentativo con Foyle.»

———

Remin si sistemò la cravatta. «Frank, sei sicuro di non voler rispondere alle domande della stampa?»

«Preferirei una devitalizzazione»

Remin ridacchiò. «Non è così terribile. Devi solo sapere come gestirli. Dagli quello che vuoi che la gente sappia e possono diventare una risorsa»

«Questa storia riceverà più attenzione di quanta ne meriti. C'è più interesse adesso di quando la ragazza è scomparsa»

«Svanirà tutto in un paio di giorni. Andiamo»

Remin aprì la porta della sala stampa e si diresse verso il podio. Tenni la porta aperta, scrutando la folla di reporter. Emma Heaton era seduta in prima fila, un altro posto d'onore.

«Aspetta un attimo, Frank»

«Ehi, Sarge. Che succede?»

«C'è il signor Ramos. Gli ho detto che sei impegnato, ma non se ne vuole andare»

La sensazione positiva che avevo provato svanì rapida come il messaggio di un biscotto della fortuna. «Fallo gestire a Derrick»

«Si è rifiutato di parlare con Dickson. Ha detto che parlerà solo con te»

«Va bene, fallo accomodare nel mio ufficio»

Vedere Ramos mi fece raddrizzare le spalle. Quel tipo doveva avere un manico di scopa infilato lungo la schiena. Indossava scarpe lucide, molleggiava sugli avampiedi, ma aveva le borse sotto gli occhi.

«Signor Ramos»

«Detective Luca. Mi scusi se ho insistito per vederla, ma...»

«Nessun problema. Come ho detto, il caso di sua figlia è una priorità»

«Qual è lo stato delle indagini?»

«Non ci sono novità, ma non lo prenda come un fatto negativo. Stiamo sviluppando delle piste che ci condurranno a persone di interesse»

«E intanto questo cretino è a piede libero, mia figlia è barricata in casa e io non riesco a dormire»

«Mi dispiace. Comprendo il suo stato d'animo e quello di sua figlia»

«Lei non ha idea del prezzo che stiamo pagando»

«Ha ragione. Ma ho anch'io una figlia e so che dev'essere...»

«Se fosse sua figlia o quella di un altro poliziotto, sono sicuro che tutti sarebbero là fuori a dare la caccia a questo bastardo»

«Non è vero. Trattiamo tutte le vittime di reato con la stessa urgenza e attenzione»

«Senza offesa, detective, ma da quel che ho visto non è abbastanza. Non riesco a darmi pace sapendo che quello è là fuori»

«Mi creda, signor Ramos, ci stiamo lavorando e le posso dire che sono determinato a trovare il colpevole e a consegnarlo alla giustizia»

«Lo porti da me. Gliela mostrerò io, la giustizia»

CAPITOLO QUATTORDICI

Entrando in casa, fui avvolto dall'aroma di cipolle e aglio che soffriggevano. Dovrebbero farci un dopobarba. Non importava cosa ci fosse per cena, avrei aperto un buon vino rosso.

Guardando attraverso le porte scorrevoli, vidi che il tavolo in veranda era apparecchiato con calici da vino. Quella donna aveva un sesto senso. Mary Ann uscì dalla camera da letto. «Ciao.»

Le diedi un bacio sulla guancia. «Che buon profumo.»

«Io o la cena?»

«Entrambi.» Le massaggiai le spalle. «Cosa stai preparando?»

«Tu griglierai dei gamberi. Da Publix avevano i gamberoni, e ho voluto fare una pazzia, visto che entrambi abbiamo qualcosa da festeggiare.»

«Che succede?»

«Inizio a lavorare lunedì.»

«Fantastico. Cerca solo di non esagerare.»

«Non lo farò. Raccontami cos'è successo con Dana. Ho visto la conferenza stampa, ma è stata povera di dettagli.»

«Prima lasciami prendere una bottiglia di vino.»

«Oh, aspetta.»

«Cosa?»

«Il padre di Jan, Freddie, è morto oggi.»

«Aveva la sua bella età.»

«Novantaquattro anni.»

«Com'è successo?»

«È morto nel sonno.»

«Era un brav'uomo, uno che ha fatto tutto come si deve.»

«Fatto cosa?»

«Vivere a lungo e morire in fretta.»

Bottiglia alla mano, andammo in veranda. Mary Ann posò un contenitore Tupperware con i gamberi in marinatura. Accesi la griglia e afferrai il cavatappi.

«Che bella serata. Che vino è?»

«È spagnolo. Bilotti ha detto che l'annata 2020 è davvero buona.»

«Costoso?»

Stappai la bottiglia. «No. Per niente. Tieni, assaggia.»

«Solo un goccio, per festeggiare.»

Le riempii il bicchiere a metà e mi versai una dose generosa. Feci cin cin con il suo bicchiere e roteai il mio. «Guarda che colore: è viola scuro.» Annusai. «Non ha un grande bouquet.»

«Bouquet?»

«L'aroma.»

«Ci stai proprio prendendo gusto, eh?»

«È divertente. E poi mi mette allegria.»

Le baciai il collo.

«Ehi, non ora.»

«Più tardi?»

«Se fai il bravo.»

«Promesso. Laverò perfino i piatti.»

Scoppiò a ridere. «Metti su i gamberi e raccontami cos'è successo con Dana. Ancora non ci credo.»

«Avevamo Dana in una stanza con suo padre e il fidanzato con il suo in un'altra. Ho messo in bella mostra un sacco di foto delle loro case e di loro. Per far sembrare che li tenessimo d'occhio.»

«Non so se mi piace. Da dove ti è venuta quest'idea?»

«Ti ricordi quella serie poliziesca francese che stavamo guardando?»

«Quella con i sottotitoli?»

«Sì, ambientata a Parigi.»

«Le didascalie mi fanno addormentare.»

«Comunque, il fidanzato non voleva confessare, ma Dana non ha resistito a lungo. Ha detto che era stato Brad a inventarsi di inscenare il suo rapimento per fare un po' di soldi.»

«Ma stava rubando alla sua stessa famiglia.»

«Lo so. Ha detto che lui aveva preso l'idea da un video su YouTube, dall'Inghilterra, in cui dei cani venivano rapiti ai loro padroni per un riscatto.»

«Perché l'avrebbe assecondato in una cosa del genere?»

«A detta sua, aveva paura di lui e non riusciva a dirgli di no. Lui le aveva detto che gli servivano i soldi per una macchina e le aveva promesso che avrebbero fatto un viaggio.»

«È incredibile. Ce l'ha in pugno. Ho letto un articolo online: diceva che un quarto delle ragazze delle superiori aveva relazioni violente.»

«Disgustoso, ma ci credo. Mi è dispiaciuto per lei. Piangeva come una bambina e suo padre era sotto shock.»

«Terribile, ma la cosa buona è che questa è la fine per Dana e Brad.»

Mettendo i gamberi sulla griglia, dissi: «Spero tu abbia ragione. Queste relazioni sono più tenaci della supercolla.»

«Saranno presentate delle accuse?»

«Il signor Foyle non vuole sporgere denuncia per furto, e ora se ne occupano i ragazzi del minorile. Sembra che

entrambi se la caveranno con i servizi sociali, se risarciranno la
contea per le spese che abbiamo sostenuto.»

«Che imbarazzo per i Foyle. Io traslocherei, se succedesse a
noi.»

«Gli adolescenti non sono le creature più brillanti di Dio.»

«Non riesco a immaginare cosa stiano passando i genitori.
Cosa ne ha pensato Remin?»

«Era solo contento che si fosse conclusa bene per il dipartimento. Remin non ha figli e non capisce il lato emotivo della
faccenda.»

Girando i gamberi, pensai a Ramos. Quel padre stava
cercando di tenere duro, ma la tensione era evidente. Se il caso
non si fosse risolto, avrebbe potuto piantarsi una pallottola in
testa.

Volevo raccontare a Mary Ann del caso Ramos, ma avevo
bisogno di una pausa dalla negatività. In più, volevo tenermi
buone le possibilità per quando saremmo andati a letto.
Sorseggiai un po' di vino. «Ti senti bene, vero?»

«Sì, perché?»

Baciandole la guancia, dissi: «Volevo solo esserne sicuro. Sai
di aver fatto una promessa prima.»

Rise. «Hai un chiodo fisso.»

«Sono un uomo. Cosa ti aspettavi? Allora, parlami del
lavoro.»

Non volendo rovinare le mie possibilità di fare l'amore,
accettai di guardare un altro film di Hallmark, trattenendomi
perfino dal fare commenti sarcastici. Appena finì, dissi: «Bene,
andiamo a letto.»

«Aspetta un paio di minuti, sta per iniziare il telegiornale.
Voglio vedere cosa dicono dei Foyle.»

Sintonizzò su *WINK News* e la conduttrice disse: «Buona-
sera. Stasera abbiamo un servizio sul lieto ma bizzarro finale
della scomparsa di Dana Foyle.»

Uno schermo diviso mostrava Dana a sinistra e la casa dei Foyle a destra.

«Lo sceriffo Remin, della contea di Collier, ha tenuto oggi una conferenza stampa, confermando la notizia che la scomparsa era una messinscena. Dana Foyle e il suo ragazzo, Bradley Richter, hanno orchestrato il rapimento nel tentativo di estorcere ventimila dollari alla famiglia di Dana.

«Sebbene non sia confermato, le nostre fonti ci dicono che Richter ha pianificato il colpo, facendo pressione su Dana affinché partecipasse al piano. Invece di essere prelevata per strada da due uomini in un furgone, come originariamente dichiarato, Dana si nascondeva nella casa della nonna di Bradley, che era in crociera per due settimane.

«I vicini, che si erano mobilitati a sostegno dei Foyle, sono rimasti scioccati nello scoprire la verità. Abbiamo parlato con una di loro, che faceva da babysitter a Dana, la quale si è sentita tradita.

«Il caso è stato deferito al Dipartimento di Giustizia Minorile della Florida e vi forniremo ulteriori dettagli non appena emergeranno.»

L'immagine dietro la giornalista cambiò, mostrando due persone mascherate che correvano fuori da una casa. «Con un furto sfrontato a Livingston Estates, due persone si sono introdotte in una casa isolata. Ma non erano i gioielli o i contanti il loro obiettivo. Se guardate attentamente la persona a sinistra» — la telecamera zoomò — «questi ladri hanno portato via un amato terrier appartenente ai proprietari della casa.»

Mary Ann esclamò: «Oh mio Dio. Rubano i cani?»

«L'ultimo rapporto dell'Interpol che ho letto menzionava un'ondata di furti di animali domestici in Inghilterra. Con i prezzi di alcune di queste razze, vendono quelli rubati sul mercato nero.»

«È un furto aggravato.»

«Sì, ma sono sicuro che i tribunali non stiano comminando pene severe.»

«A meno che il giudice non sia un amante dei cani.»

«A proposito di amanti...» Mi alzai dal divano e le misi le mani sulle spalle. «Possiamo attenerci a quelli umani?»

«Ah, che bello.»

«Ho appena iniziato.»

CAPITOLO QUINDICI

LA RAGAZZINA FOYLE ERA STUPIDA COME POCHE, MA ERA SANA E salva a casa. Quella fu una gran serata. Dormire sei ore fu la ciliegina sulla torta.

Il sole splendeva e l'umidità era bassa. Era un quadro quasi perfetto, ma c'era una nota stonata: il caso Ramos.

Attraversando il parcheggio verso l'ufficio, mi dissi che, una volta archiviato il caso Foyle, ci saremmo concentrati sullo stupro. Spinsi la porta ed entrai nel mio ufficio.

Derrick sbirciò da sopra il monitor. «Giorno, Frank. Come stai?»

«Bene.» Afferrai il caffè che mi aveva comprato. «Grazie.»

Il mio partner sollevò il *Naples Daily News*. «Hai visto il giornale? Non si parla d'altro che dei Foyle.»

«Ho visto il telegiornale ieri sera.»

«Ma dove li vanno a pescare titoli del genere? "Il colpo col drone della ragazzina finisce male".»

«So che gli adolescenti fanno errori, ma non riesco a immaginare la mia Jessie fare una cosa del genere. Mi dimetterei e mi trasferirei in Idaho.»

«Mi piacerebbe pensare che non succeda a gente del nostro mestiere, ma ti ricordi di McKloskey?»

«Quando c'è di mezzo la droga, va tutto a rotoli. Un tossico ruberebbe anche a sua nonna.»

«Questo paese farà meglio a gestire il fentanil, o ci ammazzerà tutti.»

«La maggior parte arriva dal Messico e dalla Cina. Dovremmo costringerli a bloccare tutto.»

Un agente più anziano, che spingeva un carrello della posta, si fermò sulla porta. Prese una pila di lettere legata da un elastico ed entrò. «Ecco a voi, signori.»

«Grazie, Judd. Come stai?»

«Tutto bene. Cinquantasei giorni alla vacanza permanente.»

«Ottimo.»

«Niente più stronzate come dare la caccia ai rapitori di cani.»

«Folle, no?»

«Ho sentito che hanno chiesto un riscatto.»

«Cosa?»

«Sì, me l'ha detto Tommy D.»

Scossi la testa e lui disse: «Ci vediamo domani.»

«Derrick, controlla se è vero.»

«Pensi che affideranno il caso a noi?»

«Neanche per sogno. Ma scommetto che questi stanno copiando la ragazzina Foyle. I genitori hanno pagato il riscatto un paio di giorni fa e adesso spunta questo?»

«Dev'essere una coincidenza.»

Inarcai le sopracciglia.

Lui disse: «So che non credi alle coincidenze, ma hai mai visto il video *The Dog Detective*?»

«*The Dog Detective*? No, mai visto.»

«È su YouTube. È fatto piuttosto bene. Uno di quegli ispettori britannici che dà la caccia alla gente che ruba cani di valore e li rivende.»

«Qualcosa del genere era nel bollettino dell'Interpol. Li vendono a un prezzo scontato rispetto alle cifre folli che raggiungono alcune razze.»

«Guadagnerebbero di più chiedendo un riscatto al padrone. La gente ama i propri animali e pagherebbe qualsiasi cosa. Lynn ha portato il nostro cane a farsi pulire i denti ed è costato quattrocento dollari, più di quanto facciano pagare per il nostro bambino.»

«Lo so. Un mio vicino ha pagato novemila dollari per un'operazione all'anca del suo cane. Credo avesse un cancro.»

«La gente è matta. Quanti ne vedi al ristorante di questi tempi? La situazione sta sfuggendo di mano.»

«I ladri sono bravi in una cosa: identificare un punto debole. Se i padroni pagano, ne vedremo sempre di più. Scopri se è vero e poi mettiamoci al lavoro sul caso Ramos.»

Derrick sollevò la cornetta. «Ho ricevuto un altro paio di nomi dall'Unità Crimini Sessuali quando sono arrivato stamattina.»

Non aspettava più le mie direttive come una volta. Ero orgoglioso di lui, ma non era facile vedere la mia importanza svanire lentamente. Stirai le dita e inspirai; c'era uno stupratore a piede libero.

Era ora di leggere gli appunti su John Craven. Non solo aveva mentito sulla battuta di pesca, ma l'aveva fatto malamente. Non era da me dare credito a un criminale, ma di solito si inventavano una scusa per coprire le proprie tracce. Craven non lo fece, il che era un punto a sfavore nel gioco dei sospettati.

Tuttavia, in questo caso, avevamo a che fare con uno stupratore. Gli esperti dicevano che gli stupratori non avessero un disturbo comportamentale o mentale. Sostenevano anche che non esistesse alcuna patologia che potesse costringere qualcuno a commettere uno stupro.

Nel loro mondo, probabilmente avevano ragione, ma io ero

un poliziotto, non uno psicologo. Forse non era l'approccio migliore, ma per me funzionava vedere gli stupratori come persone con una malattia mentale. Ciò significava che il pensiero razionale non c'entrava. Si trattava di un bisogno di potere e dell'incapacità di controllare i propri istinti animali.

Era una prospettiva priva di sfumature, ma era difficile sostenere che fosse fuori strada.

Craven era il punto di partenza naturale. Ma c'era l'altro molestatore sessuale, emerso subito: Jorge Blanco. Fregati dalla bufala dei Foyle, non avevamo ancora indagato su di lui.

Stavo fissando il predatore sessuale quando Derrick riattaccò. «È vero. I proprietari hanno ricevuto una telefonata con una richiesta di tremila dollari.»

«Che razza di cane è?»

«Un meticcio.»

«È pazzesco.»

«Tu non hai un cane. Non importa la razza. Fanno parte della famiglia. Specialmente per le persone i cui figli sono andati via di casa; sono qualcosa su cui riversare le cure materne.»

«Immagino tu abbia ragione. Non ho mai avuto un cane, da piccolo, ma mi piacciono.»

«Sei decisamente un tipo da cani. Ogni volta che vieni da noi, Prince ti viene subito vicino.»

«È carino. Che razza è?» Squillò il telefono della mia scrivania. «Detective Luca.»

«Sono Felix Ramos.»

Quel tizio era un pitbull. «Salve, cosa posso fare per Lei?»

«Lei sa perché sto chiamando. Voglio sapere che diavolo sta succedendo con il caso di Lisa.»

«Ci stiamo lavorando. E, a dire il vero, stiamo uscendo per interrogare due persone di interesse.»

«Dove vivono?»

«Non posso dirglielo, signore.»

«Oh, chiedevo solo per sapere se vivono dove, ehm, è successo.»

«Dobbiamo andare. Buona giornata, signor Ramos.»

«Era di nuovo il padre di Lisa Ramos?»

«Già. Mi dispiace per quell'uomo. La sua unica figlia ha vissuto l'esperienza più traumatica e disumanizzante che si possa subire, e lui non può fare nulla per migliorare la situazione. La cosa peggiore per ogni padre è sentirsi impotente.»

«Gli copriamo le spalle. Gli daremo un po' di giustizia.»

Era più fiducioso di me. Non serviva a nulla ricordargli che, in due terzi degli stupri denunciati alla polizia, non veniva effettuato alcun arresto. «Dai un'occhiata a ciascuno dei nomi che hai ricevuto stamattina e stila un elenco di priorità. Io vado a trovare quello stronzo di Blanco.»

CAPITOLO SEDICI

Svoltai dalla Route 41. Meno male che erano le dieci del mattino. Altrimenti, mi sarei fermato da LowBrow Pizza per un paio di tranci. Mentre riflettevo sulla scelta di dare a un locale un nome dalle connotazioni negative, squillò il telefono. Era Derrick.

«Che succede?»

«Puoi parlare?»

«Sì, sono a pochi isolati da casa di Blanco. Che sta succedendo?»

«È appena entrato Gesso; ha detto che è scomparsa un'altra ragazza.»

«Dov'è successo?»

«Non ne sono sicuri. Il padre ha chiamato stamattina e Gesso ha mandato una pattuglia. La ragazza era uscita per un giro in bici e non è più tornata a casa.»

«Quanti anni ha?»

«Sedici.»

La stessa età di Dana Foyle. «In che quartiere?»

«La ragazza si chiama Debbie Holmes. Abita a Briarwood,

dalle parti di Livingston. È stata vista l'ultima volta vicino a Wyndemere, circa tre miglia più a nord.»

«Quel tratto di strada è tranquillo di notte.»

«È quello che ho pensato anch'io. Ma sai, potrebbe essere opera di un imitatore. Un altro ragazzino che pensa di poter fare soldi facili.»

«I genitori hanno ricevuto una richiesta di riscatto?»

«Non ancora.»

«È presto. Probabilmente salterà fuori. Mi sorprende che Gesso sia venuto da te. Vuole che ce ne occupiamo noi?»

«Non ancora. Voleva informarci, visto che ci siamo occupati del caso Foyle.»

«Pensa che sia un'altra bufala?»

«Non l'ha detto, ma questo è il messaggio che ho colto.»

«Altri due genitori il cui processo d'invecchiamento ha appena subito un'accelerata.»

«Vuoi che faccia qualcosa?»

«Per ora no. Continua a tenere d'occhio Ramos.»

«Va bene, ci sentiamo dopo.»

«Aspetta un secondo.»

«Cosa?»

«Hanno trovato la bici su cui si presume che fosse questa ragazza?»

«No. Al momento è sparita, ma sai, se è una truffa, se la sarebbero portata via.»

«Non necessariamente. Una bicicletta abbandonata potrebbe rafforzare l'ipotesi del rapimento.»

«Qualcuno potrebbe essere passato di lì, aver visto la bici e averla presa.»

«Vero. Vediamo cosa portano le prossime ventiquattr'ore. Probabilmente salterà fuori.»

Persino in una contea tranquilla come Collier, c'erano più di trecento ragazzi scomparsi all'anno. La maggior parte erano fuggiaschi che tornavano da soli o venivano rintracciati. Dar loro la caccia sottraeva risorse preziose alla lotta contro il crimine.

Svoltai in Bamboo Drive e la percorsi fino a Mango Drive. Jorge Blanco viveva in una casa grande. L'abitazione dal tetto di metallo era stata costruita negli anni Ottanta ma era in buono stato. Una palma solitaria era il fulcro del giardino, che era spoglio ma ben curato.

Mentre la ghiaia scricchiolava sotto i miei piedi, mi parve di vedere qualcuno allontanarsi dalla finestra. Suonai il campanello e scrutai la strada. Era silenziosa. Contai fino a trenta e bussai con forza alla porta.

Un secondo dopo, si aprì. Era Blanco. Una piccola crosta deturpava la sua testa rasata. «Scusi, amico. Ero al telefono con un cliente.»

Mostrai il distintivo. Blanco inspirò. «Che succede?»

«Devo parlarLe. Posso entrare?»

Esitò. «Sto lavorando.»

«Che tipo di lavoro?»

«Servizio clienti per la Southwest Airlines. Tutto da remoto.»

Mary Ann stava iniziando lo stesso tipo di lavoro. Mi si strinse lo stomaco. Uno dei suoi colleghi poteva essere un molestatore sessuale? «Dovrebbe volerci solo qualche minuto. Se deve fare una telefonata, aspetto.»

Aggrottò la fronte. «Siamo valutati in base ai tempi di risposta.»

Stava prendendo tempo o era una preoccupazione legittima? «Possiamo farlo in centrale, se preferisce.»

Si fece da parte. «Entri.»

La stanza d'ingresso fungeva da ufficio. La sala principale dietro era arredata con un divano a cuscini scozzesi e una poltrona reclinabile di velluto a coste gialle. Non solo viveva da solo, ma qualunque gusto avesse, era tutto in bocca.

Digitò sulla tastiera. Le sue mani non avevano segni di morsi. «Si accomodi.»

Mi sedetti su una vecchia sedia di vimini. Blanco si girò sulla sedia girevole. «Ho segnalato che sono in pausa bagno.»

«Bel posto che ha qui. Il lavoro deve pagare bene.»

«Non proprio. Mio padre mi ha lasciato la casa, prima era dei suoi genitori. Ci siamo trasferiti da loro dopo che mamma se n'è andata.»

L'abbandono della madre era la sua scusa per dominare le donne? «Dov'era martedì dieci maggio, verso le sette di sera?»

«A casa.»

Aveva risposto troppo in fretta. «Come fa a ricordarselo?»

«Non esco molto. Specialmente durante la settimana.»

«E sabato sera? Il quattordici maggio.»

«Ero con un amico.»

«Dove?»

«Siamo andati a mangiare qualcosa e poi abbiamo bevuto un paio di drink.»

«In centro?»

«No. Al The Cabana a Bayfront.»

Si comportava come se non fosse a pochi passi dalla Fifth Avenue. «A che ora siete andati via?»

«Non so. Il locale chiude alle undici. Siamo rimasti in giro per tipo quindici, venti minuti e ce ne siamo andati. È successo qualcosa?»

«C'è stato un tentato stupro in zona.»

«Non sono stato io. Lo giuro!»

Non poteva essere lui. Giurava di no. «Con chi era?»

Fece spallucce.

«Mi dia il nome dell'amico con cui era sabato sera.»

La sua testa luccicava di sudore. «Non ero con nessuno.»

«Perché ha mentito?»

«Non è divertente dire che non hai nessuno con cui uscire.»

Era facile capire perché un molestatore sessuale condannato trovasse difficile farsi degli amici. «Dov'è andato dopo che il The Cabana ha chiuso?»

«Da nessuna parte. Ho fatto due passi e sono tornato a casa.»

«Com'è tornato a casa?»

«In macchina.»

«Ha guidato dopo aver bevuto?»

«Ho bevuto un drink, un drink e mezzo. Tutto qui, lo giuro.»

«Dove si è procurato quel taglio sulla testa?»

«Quello? Oh, mi sono tagliato facendomi la barba.»

Non riuscivo a immaginare di radermi la testa. Tenere il viso pulito era già una seccatura sufficiente. «Va bene. Grazie per il Suo tempo.»

Scattò in piedi. «Certo. Quando vuole.»

Joan Samus si era difesa dal suo aggressore. Dovevo chiederle se per caso lo avesse graffiato. Dovevamo anche mostrare le foto di Blanco nella zona del centro quando era avvenuta l'aggressione. Forse qualcuno lo avrebbe riconosciuto.

CAPITOLO DICIASSETTE

IL SOLE MI CUOCEVA IL VISO MENTRE CAMMINAVO VERSO l'edificio degli uffici. Prima di infilarmi dentro, notai una massa scura di nuvole all'orizzonte. Se doveva piovere, volevo che lo facesse subito. Per l'ora di cena, sarebbe tornato il sereno e avremmo avuto la solita folla della Fifth Avenue a cui mostrare la foto segnaletica di Blanco.

«Com'è andata?» chiese Derrick.

«Non ne sono sicuro. Nessun segno di morso, ma l'ho sorpreso a mentire. Aveva un graffio in testa. Dobbiamo vedere se la Samus può averlo graffiato.»

«Sarebbe una svolta.»

«Sabato ha sostenuto di essere a un paio di isolati di distanza, a Bayfront. Ha detto che era da solo e che è tornato a casa dopo un paio di drink al The Cabana. Manda qualche sua foto a Gesso e chiedigli di mandare un paio di uomini sulla Fifth, vediamo se riusciamo a ottenere un'identificazione.»

«Me ne occupo subito. E per quanto riguarda quando è stata violentata la Ramos?»

«Ha detto che era a casa, che non usciva durante la settimana.»

«Ci credi?»

«Lo chiederemo ai suoi vicini. E voglio mostrare la sua foto ai frequentatori abituali del North Collier Park. Se scopriamo che ci va, lo metteremo alle strette.»

«Mi sembra un buon piano.»

«Novità sul video del Panera?»

«Ho richiamato. Hanno detto che l'ufficio legale non ha ancora dato l'autorizzazione.»

«Di che diavolo hanno paura?»

«Maledetti avvocati, mettono paura a tutti.»

«Stagli addosso.»

«Certo.»

«Come va con quella lista?»

Derrick si alzò, con un foglio in mano. «Bene. Ho tre nomi nuovi.»

Mi porse il foglio. Mentre leggevo i nomi, Delvin Cooper, Ricky Shaw e Bernie Lyle, Derrick disse: «Sono tutti maniaci sessuali con precedenti. Cooper e Shaw sono stati rilasciati di prigione negli ultimi tre mesi e Lyle si è trasferito da Orlando, registrandosi nella contea una settimana fa.»

«Lyle? Quello con la barba?»

«Sì. La squadra Reati Sessuali sta recuperando i fascicoli di questi schifosi. Passo di lì dopo aver portato la foto di Blanco a Gesso.»

Con uomini del genere, la logica era fuori gioco. Da quale cominciare? Era l'incapacità di Cooper o Shaw di contenersi ancora, o Lyle si era trasferito a Collier, dove nessuno lo conosceva, e aveva colpito prima che le informazioni su di lui fossero ampiamente diffuse?

Avevamo leggi che imponevano ai molestatori sessuali di registrarsi quando si trasferivano. Il problema era diffondere quell'informazione vitale alla comunità. Era semplicemente impossibile bussare alla porta di tutti per avvisarli. Potevi iscriverti per ricevere un avviso via email, ma se non lo facevi, e la maggior parte non lo faceva, eri alla cieca. La contea pubblicava le informazioni su un sito web, ma non veniva fatto altro.

Era un difficile equilibrio per qualcuno che aveva scontato la sua pena, pagando presumibilmente il suo debito con la società. Il mio problema era la convinzione che i predatori sessuali fossero essenzialmente irrecuperabili, a meno che non venissero castrati.

La mia casella di posta aveva trentotto email. Ne sbrigai dieci prima che Derrick tornasse con un paio di cartelle. «Ho appena saputo che il cane è stato restituito.»

«Hanno pagato il riscatto?»

«Sì. Hanno trovato il cane nel giardino di un vicino.»

«Non sorprenderti se ne vedremo altri di casi così.»

«Poteva andare peggio. Avrebbero potuto prendere i soldi e vendere il cane.»

«Almeno qualcuno è felice oggi.»

«Sicuro. Gesso ha detto che farà vedere la foto.»

«Bene. Che ne è stato della ragazza Holmes? Si è fatta viva?»

«Non ancora. Ma il mio istinto mi dice che i genitori riceveranno una richiesta di riscatto entro la fine della giornata.»

«Okay, Sherlock, vedremo», ridacchiai. «Basta che stia bene, per me va bene.»

Sollevò i fascicoli. «Quali vuoi?»

«Il primo, e tu prendi quello che ti pare.»

Mi passò il fascicolo di Cooper. Lo aprii. La seconda iniziale di Cooper era B. «Cooper ha lo stesso nome del tizio che dirottò un aereo e la fece franca.»

«Mai sentita questa storia.»

«Credo fosse nel 1971. Un uomo di nome Daniel Cooper salì a bordo di un volo da Portland a Seattle. Dopo il decollo, mostrò all'hostess una borsa con dei candelotti rossi e dei fili, dicendo di avere una bomba.»

«Cavolo, oggi non succederebbe mai.»

«Forse. Allora, Cooper dice loro che vuole duecentomila dollari in contanti e quattro paracadute. Il pilota comunica via radio la richiesta e, quando atterrano, Cooper ottiene ciò che voleva e lascia scendere i passeggeri. Poi dice ai piloti di portarlo a Città del Messico, ma di rimanere sotto i diecimila piedi.»

«Sembra che sapesse il fatto suo.»

«Infatti, perché da qualche parte tra Seattle e Reno, indossa i paracadute, afferra i soldi e si lancia.»

«Porca miseria.»

«Già. E nonostante una massiccia caccia all'uomo, non trovarono mai né lui né i suoi resti.»

«Wow. L'ha fatta franca.»

«A quanto pare. Penso che l'FBI lo consideri ancora uno dei suoi più grandi casi irrisolti.»

«Che storia.»

«Eh già. Va bene, mettiamoci sotto e vediamo cosa abbiamo.»

Stavo rileggendo il fascicolo di Cooper quando squillò il telefono fisso di Derrick. Rispose e disse: «È la signora Samus.»

Presi il ricevitore. «Pronto, signora Samus. Sono Frank Luca. Grazie per avermi richiamato.»

«Prima non mi sentivo bene.»

«Mi dispiace. Sta meglio adesso?»

«Un po'.»

«Le faccio una domanda veloce. Quando ha respinto il suo aggressore, pensa di averlo graffiato?»

«Potrebbe essere. È stato istinto. Non sono sicura di cosa abbia fatto.»

«Ha notato del sangue addosso a Lei? Anche una minima traccia?»

«Mi è uscito un po' di sangue dal naso; me l'ha colpito cercando di infilarmi il sacco in testa.»

«E sotto le unghie? C'era del sangue?»

«I-io non lo so.»

«Non fa niente. Ci pensi con calma. Senza nessuna fretta.»

«Va bene.»

«Se Le viene in mente qualcosa, mi faccia sapere.»

«Va bene.»

«Ha deciso se tornerà a casa?»

«Giovedì. Ho un volo alle dieci.»

«Tornare a casa Le farà bene.»

«Lo spero. I-io ho paura che succeda qualcosa. È sciocco, ma...»

«Andrà tutto bene. Non si preoccupi, glielo prometto.»

Riattaccai. «Questa povera donna è terrorizzata.»

«Dobbiamo inchiodare questo bastardo.»

«Amen. Ma non credo sia Cooper; come condizione per la sua libertà vigilata, ha accettato la castrazione chimica.»

«Anche Shaw.»

«Cominciamo con Lyle.»

«L'ho rintracciato: sparecchia i tavoli all'Iguana Mia.»

Gli lanciai le chiavi. «Guida tu. Io voglio leggere le trascrizioni.»

CAPITOLO DICIOTTO

Mentre ci avvicinavamo all'Iguana Mia, Derrick disse: «Ci hai mai mangiato?»

«Un sacco di tempo fa. Non vado matto per il messicano.»

«Perché no?»

«Non riesco a trovare un vino che vi si abbini.»

Derrick entrò nel parcheggio del ristorante verde lime. Fece retromarcia in un posto vicino all'insegna a forma di cactus. «Ecco perché bevo birra. Va bene con tutto.»

«Non potrei mai bere una birra con la pasta.»

Derrick rise. «Hai ragione. Un Chianti e cibo italiano. Mi sta venendo fame solo a pensarci.»

«È più di questo. In Italia, il cibo e i vini sono regionali. Bilotti mi dice che ogni zona ha i propri cibi e i vini che vi si abbinano.»

Girandomi di scatto, scrutai il parcheggio.

«Che c'è?»

«Mi sento come se qualcuno ci stesse osservando.»

Lui esaminò l'area. «Non vedo niente.»

«D'accordo. Andiamo.»

L'ingresso era fiancheggiato da panchine per le persone in

attesa di un tavolo. Non accettava prenotazioni. Il locale era pieno per metà di gente che si godeva un pranzo tardivo. La hostess andò a chiamare Bernie Lyle.

Dissi: «Questo posto è davvero festoso.»

Derrick indicò un sombrero appeso al soffitto. «Ne ho comprato uno quando siamo andati a Cancun. Non so cosa mi sia saltato in mente. Che spreco di soldi.»

«Troppi margarita?»

«Colpevole. Fu il primo viaggio che io e Lynn facemmo.»

Asciugandosi le mani sul grembiule che gli pendeva dai fianchi, Bernie Lyle guardò nella nostra direzione. Rallentò, riconoscendo che eravamo poliziotti.

Lyle aveva la barba di due giorni e non incrociava il mio sguardo. «Vorremmo parlarti. Vuoi venire fuori?»

Si guardò alle spalle. «Sto lavorando, amico. Ho appena iniziato questo lavoro.»

Indicai una donna. «È lei la tua principale?»

«Ti prego, amico. Non voglio casini.»

«Va tutto bene.» Lyle gemette mentre mi allontanavo.

«Signora. Mi dispiace molto disturbarla, ma dobbiamo scambiare due parole con il signor Lyle. Non ha fatto nulla; stiamo cercando informazioni su qualcuno che vive vicino a lui.»

«Collaboriamo sempre con i nostri amici delle forze dell'ordine.» Sorrise. «Inoltre, siamo tra il pranzo e la cena.»

«Grazie, signora.»

Feci a Lyle un cenno d'assenso e Derrick lo condusse fuori. Il ronzio del traffico sulla Route 41 mi costrinse ad alzare la voce. «Cosa ci fai nella Contea di Collier?»

«Cosa intendi?»

Le mani pulite, aveva un graffio lungo l'avambraccio destro. «Perché sei venuto qui?»

«Mi ero stufato di Orlando. Tutti quei maledetti ragazzini e turisti lassù. Diventa pesante, amico.»

«Perché Naples?»

«Mio fratello vive qui. Sta qui da un'eternità.»

«Dove ti sei fatto quel graffio?»

«Questo? Uh, stavo lavorando sulla mia macchina.»

«Sei sicuro?»

«Sì.»

«Dov'eri sabato sera? Tardi, diciamo tra le undici e le due del mattino?»

«Il sabato lavoro. C'è un casino infernale in questo posto.»

«E martedì dieci maggio, tra le sei e le dieci di sera?»

I suoi occhi lampeggiarono di paura. «Ero qui, a lavorare, amico. È un lavoro nuovo. Mi servono i soldi.»

«Certo. Cosa stavi riparando sulla tua macchina?»

«La mia macchina?»

«Sì. Ci stavi lavorando.»

«Oh, già. Niente di che. Stavo cambiando le spazzole dei tergicristalli, era tipo... la gomma era a brandelli, amico. Non si vedeva un cazzo.»

«Ti sei comportato bene?»

«Oh, sì, amico.»

«Assicurati di continuare così.»

Annuì. «Sai, non ho un problema come pensano loro, ma sto andando a quelle sedute di terapia, tipo due volte a settimana. Aiuta, amico.»

La terapia era ottima, ma la perversione non si poteva curare. Se in quelle sere era al lavoro, non era il nostro uomo. Potevamo controllare subito, ma avrebbe minato ciò che avevo detto alla direttrice, e non aveva senso rovinare la nostra reputazione. Inoltre, Lyle sarebbe potuto scappare se avesse saputo che eravamo sulle sue tracce.

Saltammo in macchina. Derrick disse: «Che ne pensi?»

«Quando torniamo, chiama l'Iguana Mia e verifica la storia di Lyle, che era al lavoro.»

«Spero di sì. So che è un predatore, ma sembra che ci stia

provando. Voglio dire, fare il lavapiatti a quarantadue anni non dev'essere facile.»

«O abbastanza per pagare le bollette di questi tempi.»

«Forse suo fratello lo sta aiutando.»

«Può darsi. Torniamo indietro. Prima di perdere tempo con Cooper e Shaw, assicuriamoci che stiano facendo le iniezioni di mantenimento per tenerli castrati.»

Scendemmo dall'auto e ci dirigemmo verso l'ufficio. Il sole sulla schiena era piacevole. Squillò il mio cellulare. «È Mary Ann, vai avanti. Ti raggiungo dentro.»

«Salutamela.»

Scomparve mentre rispondevo. «Ehi, Mary Ann.»

«Ciao, puoi parlare?»

«Certo, che succede?»

«Niente, volevo solo farti sapere che tra poco farò il webinar di formazione per il lavoro. Il telefono sarà spento. Quando torni a casa, sarò in studio, quindi per favore fa' piano.»

«Certo. Nessun problema. Vuoi che prenda qualcosa per cena?»

«No. Ho già preparato scarola e fagioli.»

Uno dei miei piatti preferiti. Il resto della giornata stava per andare in malora? «Ottimo.»

«Ci sono novità sulla ragazza Holmes, scomparsa a Livingston?»

«No. Perché?»

«Stavo guardando il telegiornale e hanno detto che hanno trovato la sua bicicletta.»

Mi si strinse il petto. Che cosa significava? Se fosse stata una messinscena, la ragazzina avrebbe sacrificato la sua bici, con quanto costano di questi tempi? Dovevamo sapere quanti anni aveva la bicicletta.

«Frank?»

«Oh, stavo solo pensando.»

«Pensi che potrebbe essere un altro finto rapimento?»

«Si scopre che Debbie Holmes e Dana Foyle sono molto amiche.»

«Davvero?»

«Già. Potrebbero averli pianificati insieme. Derrick ha detto che potremmo averne un'epidemia.»

«Oh, mio Dio. Chi l'avrebbe mai detto?»

«Non si può inventare una roba simile. Senti, hai parlato con Jessie oggi?»

«No. Il mercoledì è una giornata impegnativa per lei. Ha lezione fino alle cinque.»

«Ah, già. Okay, buona fortuna con la formazione. Ci vediamo dopo.»

Uscii dalla luce del sole ed entrai nel nostro edificio. C'era un basso brusio di attività, ma niente a che vedere con il modo in cui la TV descrive le stazioni di polizia. Derrick era al telefono. Fissai la mia casella di posta. Dov'era Debbie Holmes?

Derrick si alzò e riagganciò la cornetta. «Lyle ha mentito. Sabato ha lavorato, ma martedì era di riposo.»

CAPITOLO DICIANNOVE

Balzai in piedi. «Ne sono sicuri?»

«Sì. Ha mentito: equivale a coprire il reato.»

«Equivale? È la tua parola del giorno?»

Lui sorrise. «Quella di ieri. Non ho avuto occasione di usarla.»

«Non sarò un laureato in lettere, ma non l'hai usata bene.»

«Davvero?»

«Torniamo a Lyle.»

«Beh, ha solo un giorno libero a settimana ed è il martedì.»

«Ma sabato lavorava?»

«Sì, la direttrice ha detto che il sabato sera servono tutte le braccia possibili.»

«A che ora chiudono?»

«Alle dieci il sabato, ma la gente si trattiene per pulire. Ha detto che se ne sono andati per mezzanotte.»

«Anche Lyle?»

«Non sapeva a che ora se n'è andato lui, ma ha detto che nessuno esce prima delle undici.»

«A quell'ora di notte, avrebbe potuto essere in centro in venti minuti.»

«Tempo in abbondanza per aggredire la Samus.»

«Senza dubbio. Ha avuto anche il tempo di cambiarsi, anche se al lavoro veste di nero.»

«Forse una ragazza al ristorante l'ha eccitato. Si è surriscaldato e...»

Gesso entrò. «A che punto siete con il caso Ramos?»

«Ci stiamo arrivando, sergente. Una persona di interesse ha mentito sul suo alibi, che coincide con l'orario dello stupro della Ramos. E ha finito di lavorare in tempo sufficiente per aggredire la Samus.»

«Portatelo dentro. Sarebbe perfetto se poteste chiudere questo caso. Voglio entrambi sul caso della ragazzina Holmes.»

«Ho sentito che hanno trovato la sua bici.»

«Sì, ma non siamo stati noi; ce l'eravamo persa. L'ha trovata la squadra di ricerca dei genitori.»

Conoscevo già la risposta, ma chiesi comunque. «Lo sceriffo cerca qualcosa da dare in pasto alla stampa?»

«Oh, andiamo, Frank. Questo è fuori luogo.»

Gesso era un tipo schietto, ma il suo modo di glissare mi disse tutto ciò di cui avevo bisogno. «Non importa. È una ragazzina scomparsa. Faremo del nostro meglio, ma non possiamo affrettare le indagini sul caso Ramos.»

«Certo che no.»

«Ci metta al corrente; daremo una mano.»

«Stiamo ottenendo un mandato per i tabulati telefonici della ragazzina.»

«Bene.»

«Ha intenzione di portare dentro quel sospettato di stupro?»

Feci spallucce e dissi: «Devo pensarci. Forse è meglio prima andare a pesca di informazioni.»

Gesso se ne andò e Derrick disse: «Hai visto i genitori della Holmes al telegiornale ieri sera?»

«No.»

«Una scena straziante; nessuno dei due riusciva a ricomporsi. Se si scoprisse che è una cosa interna...»

«Avrebbero bisogno di mandarla in un collegio militare per una dose di realtà.»

«È pazzesco pensare che tua figlia possa fare una cosa del genere. Non sanno che peso avrebbe sulla madre e sul padre?»

«Non pensano ad altro che ai soldi.»

«Avresti dovuto vedere la madre. In vestaglia, sembrava che non si facesse una doccia da settimane.»

Controllai l'ora. «Vado a fare un giro a trovare la Foyle. Forse riesco a cavarle qualcosa sulla Holmes.»

«Ok. Ci vediamo domattina.»

«Domani farò tardi. Ho una cosa da fare.»

La signora Foyle chiamò suo marito. «Ok, puoi parlare con Dana, ma solo di Debbie.»

«Grazie, signora.»

«Dana!»

Con indosso una felpa oversize di Miami e dei pantaloncini, Dana entrò furtivamente in cucina. «Il detective Luca deve farti qualche domanda su Debbie.»

Lei alzò gli occhi al cielo. Sua madre disse: «Papà ha detto che devi parlargli.»

«Ok, ok, ho capito.»

Mentre si lasciava cadere su una sedia della cucina, chiesi alla madre di lasciarci soli.

«Dana, sto cercando di rintracciare Debbie Holmes. So che eravate buone amiche.»

«Non è la mia migliore amica, ma mi sta simpatica.»

«Sapeva cosa stavate per fare tu e Bradley prima che lo faceste?»

«No.»

«Ne è sicura?»

Abbassò la testa. «Bradley aveva detto che non potevamo dirlo a nessuno.»

«Lei è popolare a scuola, giusto?»

Un sorriso apparve e scomparve.

«Debbie è il tipo di ragazza che la seguirebbe?»

«Non so, forse. Ma tutti vogliono essere accettati, sa?»

La pressione dei coetanei era un fattore enorme. «Certo che lo so. Anch'io sono stato un ragazzo.»

Mi guardò come se avessi detto di essere stato un cavallo.

«Pensa che sia possibile che Debbie abbia visto quello che lei e Brad avete fatto e l'abbia copiato?»

«Immagino di sì.» Abbassò la testa e la voce. «So che aveva bisogno di soldi.»

«Le ha detto che aveva bisogno di soldi?»

Annuì.

«Ha detto per cosa?»

«Una macchina. Tutti ne vogliono una bella, sa. Ma adesso hanno prezzi folli. Anche quelle usate sono salite, tipo, un sacco, da un giorno all'altro.»

Aveva ragione. L'inflazione stava avendo un impatto su tutto. «Diciamo che Debbie volesse fingere il suo rapimento. A chi chiederebbe aiuto?»

Aggrottò la fronte. «A Jason.»

«Non le piace?»

«È autoritario. Si crede chissà chi.»

«Qual è il suo cognome?»

«Reedy.»

«C'è altro che può dirmi su dove potrebbe essere Debbie?»

«Non so. Probabilmente Jason lo sa.»

Davanti a casa Foyle, sedevo in macchina. Era difficile capire se Dana mi stesse dicendo tutto quello che sapeva. Stava nascondendo qualcosa perché aveva condiviso il suo piano con

Debbie Holmes prima di metterlo in atto? Se così fosse, la sua reputazione avrebbe subito un altro colpo.

Il modo in cui aveva detto che probabilmente Jason sapeva dove fosse mi faceva propendere per la ripetizione della messinscena. Tranne che non c'era stata alcuna richiesta di riscatto o contatto.

Cosa le era successo? Mi allontanai e, avvicinomi all'ingresso, rallentai, stringendo il volante. Sebbene Debbie Holmes fosse più giovane della Ramos o della Samus, dovevo controllare la sua corporatura e il colore dei capelli. Le due vittime precedenti non erano gemelle, ma erano entrambe minute e con i capelli castani corti.

Poteva quella povera ragazzina essere stata presa di mira dallo stesso animale che aveva aggredito la Ramos e la Samus?

CAPITOLO VENTI

Finito l'ultimo sorso di caffè, svoltai a destra uscendo dalla Route 41. Due minuti dopo, accostai al marciapiede. Mentre camminavo verso un edificio, mi voltai di scatto sui tacchi. Guardandomi intorno, non riuscii a individuare nessuno che mi stesse seguendo.

Scuotendo la testa, bussai alla porta. «Chi è?»

«Detective Luca.»

La porta si aprì di scatto. «Perché è qui? Ha preso l'uomo che l'ha fatto?»

«Non ancora, signora Samus. So che sua figlia è preoccupata che non l'abbiamo ancora arrestato.»

«Lo è di certo.»

«Ho pensato che se l'accompagnassi io all'aeroporto, si sentirebbe un po' più tranquilla.»

«Davvero? La accompagnerebbe lei?»

«Sì, signora. Ho pensato che avrebbe dato un po' di tranquillità a lei e a sua figlia.»

«Entri. Joan? C'è il detective Luca. Ti accompagnerà lui all'aeroporto.»

GETTAI LA GIACCA SU UNA SEDIA. DERRICK DISSE: «TUTTO bene?»

«Sì, ho accompagnato la Samus all'aeroporto.»

«Cosa?»

«È terrorizzata a morte e non era più uscita dall'appartamento di sua madre dopo l'aggressione.»

«Bella vacanza.»

Scossi la testa. «Tira fuori il fascicolo di Debbie Holmes. Voglio confrontarla con la Ramos e la Samus. Vediamo se ci sono somiglianze fisiche.»

Digitando sulla tastiera, disse: «Pensi che sia lo stesso tizio?»

«Non lo so, ma non possiamo escludere niente.»

«Eccola. Dimostra più di sedici anni. Capelli castani, come le altre, ed è di corporatura esile.»

Mi avvicinai alla sua scrivania. «Mmm. Non si somigliano molto.»

«Tutte le aggressioni sono avvenute di notte.»

«Vero, ma lei ha vent'anni di meno.»

«Potrebbe aver pensato che fosse più grande.»

«Ma la Holmes era in bicicletta.»

«Non so. Fammi vedere una cosa.»

Derrick scorse la pagina. «Indossava i jeans. Pensavo che magari avesse abiti da ginnastica.»

Quel modo di pensare era il marchio di un buon detective. «Bel tentativo. Parliamo con Lyle. Lo metteremo alle strette sulla bugia del lavoro e controlleremo dov'era la notte in cui è scomparsa la Holmes.»

«Certo. Magari possiamo pranzare già che siamo lì.»

Non ero un fan del cibo messicano, ma non fu quello il motivo che mi spinse a dire: «Aspettiamo che sia finita l'ora di pranzo. Devo registrare l'appello pubblico all'una. Non ci vorrà molto. Andremo alle due, e se non ne caveremo fuori niente di importante, lui si ritroverà a sparecchiare i tavoli durante la cena.»

Mi misi di fronte a uno schermo con l'emblema dello sceriffo della Contea di Collier. Il cameraman stava regolando le luci. Gli dissi: «Di cosa ti sei occupato? Volevo che questo uscisse giorni fa.»

«Uh, sì, siamo stati impegnati.»

«A fare cosa? Ci vogliono solo cinque minuti.»

«Ehm, ci hanno fatto fare un po' di, uh...»

«Ho capito. Remin non voleva la pubblicità.»

Lui si strinse nelle spalle.

«Fingere che non stia succedendo nulla è ciò che ha messo nei guai New York e la California.»

Annuì. «Sei pronto?»

Registrai l'appello per chiedere aiuto. La linea diretta avrebbe ricevuto chiamate da persone che dicevano di avere informazioni su chi aveva aggredito la Ramos e la Samus e noi le avremmo passate al setaccio, sperando che una si rivelasse utile.

Avvicinandoci alla Old 41, dissi: «Tieni d'occhio quella Hyundai. È dietro di noi da Immokalee.»

Derrick si girò. «Quella bianca?»

«Sì. Un solo conducente, sembra una donna.»

«Sei sicuro? Sì, a meno che non sia un tizio con i capelli lunghi.»

«Continuo ad avere la sensazione che ci stiano pedinando.»

«La prossima volta che usciamo, prenderemo auto separate. Vedremo se qualcuno ci segue.»

«Lascia perdere. Restiamo concentrati.»

Derrick aggrottò la fronte, entrando nel parcheggio dell'Iguana Mia. Entrammo. La direttrice era dietro al podio. Il suo sorriso svanì. «Posso aiutarvi?»

«Vorremmo parlare di nuovo con il signor Lyle. Ma ricordi, stiamo solo cercando informazioni che potrebbe avere.»

Lyle si trascinò verso di noi.

Infilai gli occhiali da sole. «Usciamo un attimo.»

Lyle disse: «Vecchio, non capisco perché mi state col fiato sul collo. Non ho fatto niente.»

Derrick disse: «Hai mentito. Martedì non eri al lavoro. Volevo chiamare il tuo agente di sorveglianza, ma il mio partner ha detto di darti un'altra possibilità di vuotare il sacco.»

Non avevamo provato la scenetta del poliziotto buono e poliziotto cattivo. «Voleva arrestarti per intralcio alla giustizia. Se non inizi a dire la verità, non potrò più aiutarti.»

Lyle scosse la testa. «Non ho fatto male a nessuno, amico. Non voglio tornarci dentro.»

«Se non hai fatto male a nessuno, allora dicci dov'eri martedì dalle sei alle otto di sera.»

«Ma finirò nei guai.»

«Si è trattato di violenza?»

«No, no, amico.»

«A sfondo sessuale?»

«No, no.»

«Parla.»

Lyle esitò, e Derrick tirò fuori il telefono. «Basta così. Torni dentro per violazione della libertà condizionale.»

«Aspetta, amico. Ero... in un locale a Fort Myers.»

«Che locale? A fare cosa?»

«È una bisca. Sai, Johnny Griffin? La gestisce lui.»

Griffin era un personaggio che aveva le mani in pasta nel gioco d'azzardo e nella prostituzione. Era anche un informatore che passava informazioni alla Contea di Lee per evitare la prigione. «Griffin? No. Dov'è il suo locale?»

«Su Unity, dietro a Popeye's Louisiana Kitchen.»

«Chi c'era quella sera?»

«Un sacco di gente.»

«Se stai mentendo di nuovo, giuro che ti porto in prigione io stesso.»

«Non sto mentendo. Potete controllare.»

«Cosa facevi lì?»

«Giocavo a dadi. È stata una buona serata.»

Avremmo controllato il suo nuovo alibi, ma il problema erano le persone con cui sosteneva di essere stato. Non erano esattamente cittadini modello. Ottenere la testimonianza di dieci di loro a favore di Lyle valeva meno di una valigia piena di gettoni del luna park. Griffin era un informatore, ma era noto per fare il doppio gioco.

«Controlleremo. Ma non farti strane idee. Chiamo i rinforzi; ti terremo d'occhio ventiquattr'ore su ventiquattro, sette giorni su sette, quindi abituati alla compagnia.»

«Va bene, mi sta bene, amico. Non voglio problemi.»

«Torna al lavoro.»

Mentre io e Derrick ci dirigevamo verso l'auto, sussurrai: «Non dare nell'occhio. A sinistra, è la Hyundai.»

«Prendo le prime tre cifre della targa, tu le ultime.»

«Stanno partendo.»

L'auto sgommò uscendo da un parcheggio. Puntai il telefono e scattai delle foto alla parte posteriore del veicolo.

«L'hai presa?»

Allargando le dita sullo schermo, dissi: «Sì. Comunica il numero di targa.»

CAPITOLO VENTUNO

Il semaforo a Wiggins Pass scattò sul verde e io premetti l'acceleratore. Derrick era al telefono e chiese: «Sei sicuro?», prima di riattaccare.

«A questa non ci crederai. Indovina di chi era quella macchina?»

«Dimmi e basta!»

«Felix Ramos.»

«Che diavolo ci fa a pedinarci?»

«Forse vuole assicurarsi che stiamo lavorando al caso di sua figlia.»

Sviai bruscamente nella corsia di svolta. «Quel tizio ha intenzione di farsi giustizia da solo.»

«Pensi?»

«Non possiamo aspettare che sia troppo tardi. È al limite.»

Entrai a Piper's Grove. Stavano ridipingendo le case del vecchio complesso, passando dal color pesca al bianco. Ramos viveva in una zona di villette a schiera, senza garage. Individuai la sua auto.

Il sole era alto nel cielo, ma non era quella la fonte del calore che si sprigionava dal cofano della Hyundai. Sul tappetino del lato passeggero c'era una borsa. Probabilmente conteneva la parrucca che Ramos aveva indossato per pedinarci.

Mentre Derrick suonava il campanello, gli dissi che me ne sarei occupato io, provocandogli un'altra smorfia. La porta si aprì di scatto. Il viso di Ramos vacillò. «Uhm, detective Luca. Ha notizie?»

«Perché ci sta seguendo?»

«Seguendo voi? Cosa glielo fa—»

«Basta con queste storie. L'abbiamo vista all'Iguana Mia e abbiamo controllato la sua targa.»

«Volevo solo vedere che si stesse facendo qualcosa. Per il bene di Lisa. Sta andando a pezzi.»

«Capisco la sua preoccupazione. Davvero, ma glielo dico: si faccia da parte. Ci lasci fare il nostro lavoro. Lei si occupi di sua figlia.»

«Mi dispiace. Ha ragione.»

«Lo prenderemo, glielo prometto. Ci dia solo un po' più di tempo.»

«È Bernie Lyle?»

«Non posso parlarne.»

«Quel bastardo pensa di potersi trasferire qui e farla franca con—»

«Ha fatto ricerche su di lui?»

«Sono informazioni di dominio pubblico.»

Lo guardai negli occhi. «Immagino che, da marine, possieda un'arma da fuoco?»

«Sì.»

«Ha il porto d'armi?»

Esitò. Aggiunsi: «Posso controllare».

«Sì. Perché?»

«Si faccia un favore e la tenga chiusa a chiave in casa.»

Prima che potesse rispondere, mi voltai e ce ne andammo.

Mary Ann si stava asciugando. Misi piede nella veranda.

«Hai fatto le tue vasche?»

«Sì. C'era così tanto da fare oggi che ho dovuto lavorare due ore in più.»

«Non esagerare.»

«Com'è andata la tua giornata?»

«Il solito, ma almeno ho scoperto di non stare impazzendo.»

«Questo è tutto da vedere.»

«Ah ah, molto divertente.»

«Cos'è successo?»

«Il padre di quella povera ragazza violentata a Livingston mi stava pedinando.»

«Cosa? Perché?»

Feci spallucce. «È un padre e un marine.»

«E un maniaco del controllo.»

«Spero sia solo quello.»

«Come sta andando il caso di sua figlia?»

«Più tardi devo andare a Fort Myers per verificare un alibi.»

«Stasera?»

«Sì, scusa.»

«Non fa niente. Ne approfitterò per lavorare un'altra ora.»

«Lo sai che lo stress non ti fa bene.»

«Non è stressante. Il lavoro mi sta piacendo.»

Le smentite suonavano sempre convincenti.

Un contatto di Fort Myers mi disse che era inutile arrivare al club prima delle nove. I doppi turni e le nottate mi facevano sentire il peso degli anni accumulati più del necessario.

Una dozzina di giovani bighellonavano davanti a un Popeye's. Metà fumavano e gli altri tiravano fuori pollo fritto da secchielli. I cardiologi avrebbero avuto una scorta costante di pazienti. Entrai nel parcheggio di un edificio verde, presi un sorso di caffè e scesi.

Bussai a una porta di metallo nero. Un blocco di granito aprì. «Che vuole?»

Misi il mio distintivo a pochi centimetri dalla sua faccia. «Devo parlare con un paio di persone riguardo a Bernie Lyle.»

«Non c'è nessuno.»

Il parcheggio era pieno di macchine dall'assetto ribassato. «E queste sono per il parcheggiatore?»

«Il locale è chiuso.»

«Non mi interessa cosa succede là dentro. O mi fa entrare, o chiamo lo sceriffo della contea di Lee per far chiudere questo posto e tenerlo sigillato finché non andrà in pensione.»

«Un attimo.»

Scomparve e un minuto dopo apparve un uomo di colore magrissimo con una croce più grande della mia mano appesa al collo. «Cosa posso fare per la pula?»

Feci un passo avanti. «Mi faccia entrare, adesso.»

«Sonny non vuole guai.»

«Non ne avrà. Si sposti.»

Quel posto faceva sembrare il casinò di Immokalee il Bellagio di Las Vegas. A sei tavoli presi da Costco, dei giocatori d'azzardo giocavano a poker e a blackjack. I mazzieri indossavano magliette e pantaloncini, invece di panciotti e pantaloni neri.

Un boato proveniente da un tavolo circondato da scommettitori che si davano pacche sulle spalle a vicenda catturò la mia attenzione. Qualcuno aveva fatto sette o undici. Tirai fuori una foto di Lyle e mi diressi al tavolo dei dadi.

Le teste si voltarono, ma tornarono subito all'azione. Il tiratore perse. La folla esultò. Doveva aver avuto la mano calda. Un ispanico con un fulmine disegnato tra i capelli si allontanò dal tavolo.

Gli mostrai la foto. «Conosce Bernie Lyle?»

«No.»

«Viene spesso qui.»

«È la prima volta che vengo.» Si allontanò.

Lo chiesi ad altri sette; tutti negarono di conoscere o di aver visto Lyle. Non potevano farsi vedere ad aiutare un poliziotto. Il tizio con la croce mi teneva d'occhio. Mi avvicinai. «Devo parlare con Sonny.»

«Non è qui.»

«Guardi, so che è qui. Se non lo chiama, vi trascino dentro entrambi per gestione di una bisca clandestina.»

Ebbe un tic all'occhio. «Aspetti un attimo, amico.»

Sonny Griffin uscì di scatto dal retro. Mi fece un cenno col pollice. Mentre mi avvicinavo, chiuse la porta e vi si appoggiò. La sua camicia di seta viola era l'unico segno che fosse un gangster.

«Bel posto che ha qui.»

«Non è mio. Vengo qui solo ogni tanto.»

Abbassai la voce. «Detective Luca, della contea di Collier. Lei non ha nulla di cui preoccuparsi. Voglio solo sapere se Bernie Lyle era qui martedì dieci maggio.»

«Quel ragazzo è di nuovo nei guai?»

«Potrebbe essere. Ha detto che era qui quella notte.»

«Ho sentito dire che pensate che abbia violentato quella ragazza su a Naples.»

Ci affidavamo a lui per le informazioni. Qualcuno gli passava le soffiate? «Chi gliel'ha detto?»

Sonny sorrise.

«Senta, Lyle ha detto che era qui a giocare a dadi la notte di martedì dieci maggio. C'era?»

«Quella sera ero nel retro. Avevo un dolce appuntamento.»

«E non l'ha visto giocare quella notte?»

«No, ma a quel ragazzo, a lui piacciono i dadi. Il problema per lui è che non è bravo.»

CAPITOLO VENTIDUE

IL PROFUMO DI DERRICK ALEGGIAVA NEL CORRIDOIO. ENTRAI nell'ufficio.

«Buongiorno.»

«Ehi, Frank. Pensavo che avresti chiamato ieri sera. Com'è andata?»

«Si è fatto tardi e non c'era niente da riferire.»

«Che vuoi dire?»

«Nessuno, compreso Griffin, ha voluto garantire per Lyle.»

«Ha mentito di nuovo?»

«Difficile a dirsi. A questa gente non piace parlare con noi.»

«È un bel rompicapo.»

Sembrava usare la parola correttamente. «Sì, un rompicapo da cui dipende il culo di Lyle.»

«Se non era lì, è stato lui. Altrimenti, perché mentire?»

«Non avere un buon alibi lo danneggia, ma abbiamo bisogno di prove che lo collochino sulla scena del crimine.»

«A meno che non lo facciamo confessare.»

«Al momento non credo sia possibile. Finirebbe dentro fino a quando non avrà l'età per iscriversi a un club per ottantenni.»

«Potremmo provare a offrirgli un accordo.»

«Per quanto voglia risolvere questo caso, non farò nessun accordo con un pervertito.»

«Ti capisco. Stavo solo facendo brainstorming.»

«Lo sapevi che il brainstorming non funziona?»

«Davvero?»

«Sì, ho letto un articolo una settimana fa: diceva che le personalità, la pressione dei pari e il pensiero di gruppo lo rendono meno efficace. Le persone vengono influenzate dalle personalità dominanti e possono accantonare le proprie idee, adeguandosi a ciò che dicono gli altri.»

«Non ci avevo mai pensato.»

«Poco importa. Comunque, noi non facciamo brainstorming. Al massimo ci pioviggina qualche idea.»

Derrick rise. «Più che altro, è nebbia.»

Sorseggiai il caffè. «Novità sulla ragazzina Holmes?»

«Gesso ha detto che è ancora scomparsa.»

«Questa storia non mi piace.»

«Neanche a me.»

«Perché non vai a vedere quali chiamate sono arrivate dopo il nostro appello?»

Si alzò. «Torno subito.»

Sessantaquattro e-mail riempivano la casella di posta. Sembrava che ogni giorno fossero più del precedente. La tecnologia aveva fornito alle forze dell'ordine strumenti incredibili, ma non potevamo risolvere i crimini stando seduti in ufficio. Rispondere alle e-mail ci sottraeva tempo da dedicare al lavoro sul campo.

Cliccando sull'icona del cestino, mi chiesi quanti corsi sulla diversità potesse mai sopportare una persona. Aprii l'e-mail successiva. Riguardava la possibilità che i detective dovessero indossare delle body cam.

Documentare l'interazione con il pubblico aveva i suoi meriti, ma non per il lavoro che facevo io. Avrebbe spinto chiunque parlasse con noi, specialmente informatori e testimoni, a rifiutarsi di aprir bocca.

Da quando ero lì, non era stata presentata una sola lamentela contro un detective. Spezzai la matita in due. Da dove diavolo veniva fuori questa storia?

Derrick rientrò nella stanza, pimpante.

Dissi: «Hai visto questa assurdità sull'indossare le body cam?»

«Sì, è una cazzata ed è controproducente.»

«La mancanza di fiducia mi fa imbestialire. Non riesco a immaginare che una cosa del genere venga messa in atto.»

«E allora perché irritarci?»

«Se succede qualcosa, Remin potrà dire che è pronto a implementare le body cam non appena i fondi saranno disponibili.»

«Si sta parando il culo.»

«Potrebbe aver inventato lui l'espressione.»

«Incredibile.»

«È arrivato qualcosa di utile?»

«La maggior parte erano le solite chiamate. Compreso il nostro amico Bruce Noon, che ha chiamato due volte.»

La gente voleva aiutare, ma non si rendeva conto che farci inseguire le loro fantasie ostacolava le indagini. «Come si fa a non amarlo?»

«Ah, e quella sensitiva di Everglades City ha detto che l'uomo che ha preso la Holmes è a pagina sette del *Daily News*.»

Scossi la testa.

«Ho controllato lo stesso; era Alfie Oakes.»

«Gesù. Ci sono state chiamate interessanti?»

«Una signora ha detto che suo figlio era al parco e ha visto un uomo che lo ha spaventato. Ha detto che quando l'uomo ha visto il ragazzino, è corso in una zona boscosa.»

«A che ora è successo?»

«Pare alle sette meno un quarto.»

«Mmh. Cos'altro potrebbe essere rilevante?»

«Ha chiamato un tizio che va al parco regolarmente, fa navigare una di quelle barche telecomandate. Ha detto che era lì la sera dello stupro e ha visto un'auto parcheggiata in un punto strano, come se la stessero nascondendo.»

«Ha visto qualcuno?»

«Il rapporto non lo dice.»

«Ci serve qualcosa su cui lavorare. Prendi una mappa del parco e andiamo a trovare il ragazzino e il tizio delle barche.»

MIKE SAMUELS VIVEVA A LIVINGSTON LAKES. IL COMPLESSO residenziale era a pochi passi dal parco. Samuels abitava nell'unità al piano terra di un edificio ordinato che ospitava otto appartamenti. La mia stima di un valore di quattrocentomila dollari mi sembrò corretta quando Samuels aprì la porta.

Sulla sessantina, Samuels aveva un aspetto da nerd, con le spalle curve. «Volete entrare?»

«Grazie.» Il posto era un open space. Un appartamento interno con la luce che inondava l'ambiente dalle porte scorrevoli e da una finestra nella zona pranzo.

Si diresse verso un tavolo in cucina. «Va bene qui?»

«Perfetto.»

Derrick indicò la veranda. Un paio di barche a vela giocattolo erano posate sui loro supporti. «Le ha fatte Lei?»

«Sono dei kit, ma le personalizzo. Vede la chiglia? L'ho allungata per una maggiore stabilità e i supporti li ho costruiti io.»

«Bello. Le fa navigare spesso?»

«Quattro, cinque volte a settimana. È per questo che ho chiamato.»

Dissi: «Ci racconti cosa ha visto.»

«C'era un'auto parcheggiata fuori dalla vista, come se stessero cercando di nasconderla.»

«Cosa glielo fa dire?»

«Era parcheggiata in un posto dove non si dovrebbe stare, schiacciata di fianco a un edificio.»

Aprii una mappa del parco. «Mi mostri.»

«Vede, questo è il lago dove navigo. E questi sono i parcheggi.» Mosse il dito. «E qui è dove si trovava l'auto. Era protetta da questo edificio, e c'è un'unità mobile; credo che pompi l'acqua per lo scivolo acquatico, proprio qui. L'autista avrebbe dovuto girarci intorno per arrivare dove si trovava.»

«Che tipo di auto era?»

«Non me ne intendo di auto. Direi che era straniera, probabilmente giapponese.»

Questo non aiutava a restringere il campo. «Di che colore?»

«Una tonalità di argento.»

«SUV? Due o quattro porte?»

«Non un SUV, ma non saprei dire di più; forse era una quattro porte.»

«Ha visto il retro del veicolo?»

«Sì.»

«Targa della Florida?»

«Credo di sì. Se non lo fosse stata, me ne sarei accorto.»

«Okay. Senta, sono sicuro che l'abbia già fatto, ma può provare a ricordare ciò che ha visto?»

«Non ci avevo dato molto peso, ma quando vi ho visto al telegiornale, mi è venuto in mente e ho chiamato la linea diretta.»

«C'è qualche dettaglio dell'auto che ricorda... un'ammaccatura o un adesivo?»

Samuels scosse la testa. «Deve capire che non stavo prestando attenzione. L'ho vista quando la mia barca è rimasta impigliata nelle canne e mi sono spostato a sinistra, da queste parti.»

«A che ora è successo?»

«Alle sei e venti.»

«È un'ora precisa. Quanto ne è sicuro?»

«Esco di casa alle sei meno un quarto, e la mia barca è in acqua non più tardi delle sei. Ho fatto diversi giri del lago e poi ho iniziato a esercitarmi con le manovre, quando ho sfidato i limiti, costeggiando il bordo.»

«C'era qualcun altro nella zona?»

«No. Credo che le previsioni del tempo possano aver tenuto lontana la gente.»

Facemmo un altro paio di domande prima di andarcene. Derrick disse: «Bel quartiere, questo.»

«Sì, mi piace. Mi chiedo che impatto possa avere il cavalcavia su Immokalee Road su questo posto.»

«Devono fare qualcosa, ma sarebbe un peccato se ne risentisse questo posto.»

Il mio cellulare squillò. Prima di ignorare la chiamata, il numero mi ricordò qualcosa. «Detective Luca.»

«Salve, detective, sono il tenente Morris dell'Ufficio dello Sceriffo della Contea di Lee.»

«Salve. Che succede?»

«Lei è andato a trovare Sonny Griffin ieri sera, chiedendo di un certo Bernie Lyle?»

«Esatto. Qual è il problema?»

«Quella fonte la gestisco io; non parla con nessuno tranne che con me.»

«Okay.»

«Ha detto che Lyle era lì martedì, il dieci maggio, ma è arrivato tardi, e pensa che potrebbe essere l'uomo che state cercando.»

«Cosa glielo fa pensare?»

«Sonny ha detto che Lyle gli ha detto che aveva bisogno di un alibi, e Lyle si comportava in modo strano.»

CAPITOLO VENTITRÉ

Riattaccai. «Era un tenente di Lee; gestisce Sonny Griffin. L'informatore gli ha detto che Lyle gli aveva chiesto di fargli da alibi e che era rientrato tardi la notte in cui Ramos è stata violentata.»

«La prova inconfutabile che è stato Lyle.»

Lasciai correre l'ultima parola del giorno. «Non ci sono prove concrete, né testimonianze dirette. La parola di un informatore non basta in tribunale.»

«Hai ragione. Vogliamo andare a trovare Lyle?»

«Che macchina ha?»

«Una Ford grigia.»

«Il colore è simile. Samuels pensava che fosse giapponese, ma non possiamo farci affidamento.»

«Dovremmo portarlo dentro. Metterlo sotto torchio e vedere cosa salta fuori.»

«Ci serve di più. Parliamo con il ragazzino che ha visto qualcosa al parco.»

«Perché? Potrebbe andarci bene.»

«Più lavoriamo sodo, più fortuna avremo.»

Sereno Grove si trovava in una zona interna e appartata di

Livingston Road. Era una tranquilla comunità di villette unifa-
miliari, priva di servizi.

«Questo posto è silenzioso. Non c'è un'anima per le strade.»

«È isolato.»

Gli irrigatori a casa Kirk erano in funzione. Aspettammo
una pausa e ci precipitammo verso la porta d'ingresso.

Derrick suonò il campanello Ring, e Carol Kirk si sincerò di
chi fossimo prima di aprire la porta.

Aveva la pelle chiara, i capelli rossi e gli occhi nocciola. Mi
aspettavo un accento irlandese, ma non lo sentii mai. La Kirk ci
condusse in una cucina piena di luce e disse: «Vado a chiamare
Tommy.»

A piedi nudi e con un cappellino da baseball dei Lightning,
il dodicenne Tommy aveva le lentiggini di sua madre. «Questi
poliziotti vogliono sentire cosa hai visto al parco.»

Gli porsi la mano. «Grazie per l'aiuto, Tommy. Lo apprezziamo molto.»

Raddrizzò lespalle e mi strinse la mano. «Buongiorno,
signore.»

«Caspita, che stretta che hai.»

«Papà mi ha detto di dare una stretta forte e di guardare le
persone negli occhi quando stringo la mano.»

«Tuo padre ha ragione. Adesso, raccontaci cosa hai visto
martedì dieci maggio.»

Saltò su uno sgabello da cucina. «Ero sul monopattino
lungo il sentiero, quello che passa vicino alla passerella.»

«Eri da solo?»

«Sì, Jimmy era andato a casa; aveva tagliato per il sentiero
verso il suo quartiere.»

«Abita a Wilshire Lakes?»

«Sì.»

«Più o meno che ore erano?»

«Tipo, poco dopo le sei. Dovevo essere a casa per cena, e di
solito mangiamo verso le sei e mezza. Vero, mamma?»

«Esatto, tesoro.»

«Quindi, il tuo amico se n'è andato e tu stavi tornando a casa?»

«Sì. Avevo, tipo, superato il pezzo della passerella e ho visto quest'uomo nel bosco. Faceva, uhm, paura. Appena l'ho visto si è girato dall'altra parte, come se cercasse di nascondersi.»

«Che aspetto aveva?»

Tommy scivolò giù dallo sgabello e alzò una mano. «Era alto, tipo, così. E aveva una felpa con il cappuccio.»

«Che tipo di pantaloni?»

«Credo dei jeans.»

«E la faccia? Che aspetto aveva?»

Arricciò il naso. «Non lo so.»

«Aveva la barba o peli sul viso?»

«No. Ma credo, forse era calvo.»

«Cosa te lo fa dire?»

«Sa, con una felpa con il cappuccio, un po' di capelli si vedono, ma io non ne ho visti.»

«Quanti anni pensi che avesse?»

«Meno di papà. Forse una trentina o giù di lì.»

«A che distanza era da te?»

Indicò fuori dalla finestra. «Tipo, dove c'è la palma dietro la piscina.»

Circa quindici metri. «E come camminava? Zoppicava o c'era qualcosa di strano?»

«No, ma si è allontanato in fretta. All'inizio ho pensato che volesse inseguirmi...»

«Perché l'hai pensato?»

«Mi ha guardato e mi sono sentito, tipo... non lo so, ma come se fosse arrabbiato che io fossi lì o qualcosa del genere.»

«Pensi di aver già visto quest'uomo?»

«No, era la prima volta.»

Volevo mostrare al ragazzino una foto di Lyle, ma avremmo dovuto presentarla insieme ad altre, o sarebbe stata invalidata come suggestiva. «Pensi che riconosceresti quell'uomo se lo rivedessi?»

Guardò sua madre prima di rispondere: «Non lo so. Lui mi vedrebbe?»

«No. Non dovresti incontrarlo. Si farebbe in segreto, se mai lo faremo.»

«Non voglio che mio figlio venga coinvolto in questa storia.»

«Capisco, signora. Tommy, sei stato molto d'aiuto. Apprezziamo davvero la tua collaborazione.»

Il ragazzino si illuminò. Mi rivolsi a sua madre. «Signora, potremmo scambiare due parole in privato?»

Tommy se ne andò e io dissi: «Capisco la sua riluttanza a coinvolgere suo figlio, ma la ragazza che è stata violentata è traumatizzata. E la persona che l'ha fatto è ancora là fuori.»

«Lo so, tutti nel quartiere se ne stanno chiusi in casa.»

«Possiamo prenderlo e sbatterlo dietro le sbarre in modo che non faccia mai più del male a nessuno, ma abbiamo bisogno di aiuto.»

«Devo prima parlarne con mio marito.»

«Certo. Mi faccia sapere.» Le porsi il mio biglietto da visita.

Appena la portiera dell'auto si chiuse, Derrick disse: «Sembra che potesse essere Lyle.»

«Stessa altezza e niente capelli, oltre a quello che ha detto Sonny Griffin.»

«E la macchina che ha visto il tizio della barca è di un colore simile.»

Mi squillò il cellulare. Era Gesso. «Ehi, sergente. Che succede?»

«Due cose: l'ultima posizione del telefono di Deborah Holmes è stata agganciata da una cella a sud di Golden Gate, e gli Holmes hanno appena tenuto una conferenza stampa. Sostengono che non ci importa che la loro figlia sia scomparsa e che non stiamo facendo abbastanza per trovarla.»

«Sono stronzate.»

«Sono d'accordo, ma Remin vuole che ci si concentri di più sul caso, quindi preparati.»

«Grazie per avermi avvisato.»

«Come sei messo con il caso Ramos?»

«Stiamo per portare dentro il nostro principale sospettato.»

«Hai abbastanza per un'incriminazione?»

Il telefono vibrò per un'altra chiamata. «Non ancora, ma gli stiamo addosso. Devo andare, mi sta chiamando Remin.»

CAPITOLO VENTIQUATTRO

Rientrai a casa trascinando i piedi. La porta dello studio era chiusa. Mary Ann stava lavorando. Di nuovo. Socchiusi la porta per farle sapere che ero a casa.

Il pranzo era stato un tramezzino del distributore automatico, preparato quando andavano di moda i pantaloni a zampa d'elefante. Non c'era niente sui fornelli né nel forno. Aprii il frigorifero, afferrai una lattina di pesche sciroppate e richiusi lo sportello con un colpo secco.

La frutta non bastò. Dov'era quel cibo consolatorio che Mary Ann sembrava avere sempre pronto quando ne avevo bisogno? Voleva lavorare. Capivo il bisogno di essere impegnata, ma per me la pensione non era lontana. La mia visione di noi due, che ce ne andavamo in giro, frequentavamo la spiaggia e facevamo brevi viaggi, si stava offuscando.

Mary Ann uscì dallo studio. «Scusa.»

Le diedi un bacio a stampo sulla guancia. «Va tutto bene. Stai bene?»

«Sì. Il sistema ha fatto i capricci tutto il giorno. Sembri esausto. Giornataccia?»

«Remin mi ha dato ventiquattr'ore per chiudere il caso dello stupro Ramos. Mi assegnerà al caso Holmes».

«Ho visto i genitori in TV. La madre era inconsolabile».

«L'ho saputo».

«A che punto siete con lo stupro?»

«Ci serve qualcosa che collochi Lyle al parco quando è avvenuta l'aggressione».

«C'è qualcosa di promettente?»

«Spero di fare un riconoscimento fotografico con un testimone domani. Ha solo dodici anni e la madre non voleva che fosse coinvolto. Ne sta parlando col marito».

«Spero che accettino».

«Anch'io. Altrimenti, dovrò convocare Lyle e vedere cosa riusciamo a ottenere».

«Lo prenderai, quel viscido».

«Staremo a vedere».

«Oh, hai sentito degli altri rapimenti di cani?»

«No. È appena successo?»

«Sì. Ho ricevuto un SMS di ultim'ora, ce ne sono stati due a Port Royal».

I ladri stavano alzando il tiro, prendendo di mira la ricca enclave. «Razze costose?».

«Credo fossero entrambi meticci, Maltipoo o qualcosa del genere. Ma non importa, la gente ama i propri cani».

«Se hanno intenzione di venderli, importa».

Mi venne in mente ciò che aveva detto Derrick sull'ondata di furti di animali domestici in Inghilterra. Nessuno era stato riscattato. Venderli era meno rischioso che interagire con i proprietari per restituire i cani.

«Immagino di sì. Mi dispiace per le persone. Ricordi quando è morto il cane di Carol? Le ci sono voluti mesi per superarlo».

«Carol? Chi è?»

«Pattugliava nell'unità scolastica. È andata in pensione qualche anno fa».

«Ah, sì». Stavo lottando contro un cancro alla vescica quando accadde, ed era difficile concentrarsi su un cane morto mentre combattevo per la mia stessa vita.

GUARDAMMO IL VIDEO. LYLE SI STAVA MANGIANDO LE UNGHIE. Dissi a Derrick: «Al momento, tutto quello che abbiamo è che ha mentito due volte sul suo alibi».

«Vorrei che avessero lasciato che il ragazzino facesse il riconoscimento».

«Sperare non risolverà nessun caso. Lavoreremo con quello che abbiamo».

Spuntò un'altra smorfia.

«Lasciami iniziare da solo. Tu aspetta fuori. Quando vedi l'opportunità di fare il poliziotto buono, entra».

«Sta già sudando. Sarei un salvatore se abbassassi l'aria condizionata».

Sorrisi, posando la mano sulla maniglia. «In bocca al lupo».

Lyle si tolse il dito dalla bocca mentre scivolavo su una sedia di fronte a lui. Premetti il tasto di registrazione e recitai le formalità, incluso il suo diritto a un avvocato.

«Non ho bisogno di nessun avvocato. Non ho fatto niente».

Il numero di persone che interrogavamo e che negavano la possibilità di un legale era incredibile. Ne ero grato, ma non aveva senso, specialmente per una persona d'interesse in un crimine.

La maggior parte pensava che non chiedere un avvocato li facesse sembrare innocenti. Altri erano arroganti e credevano di poter superare in astuzia qualcuno addestrato a interrogare.

«Le abbiamo dato diverse opportunità per scagionarsi, ma continua a mentire».

«No. Gliel'ho detto, la prima volta è stato un errore. Avevo paura che se le avessi detto che stavo giocando d'azzardo, mi avrebbe arrestato».

«Mentire a un agente delle forze dell'ordine potrebbe essere interpretato come ostruzione. Non devo essere io a dirle che questo costituisce una violazione della sua libertà condizionale».

«È stato un errore, amico. Mi dispiace, amico. Stavo giocando d'azzardo da Sonny, come le ho detto».

«È sicuro di voler insistere con questa versione?»

Spalancò gli occhi mentre mi alzavo.

«È la verità. Io ero lì».

«Farebbe meglio a chiamare l'Iguana Mia e dire loro che non tornerà al lavoro per un bel, bel po' di tempo».

«Cosa intende dire?»

Prima che arrivassi alla porta, questa si aprì. Derrick disse: «Andiamoci piano. Possiamo risolvere questa cosa». Diede una bottiglia d'acqua a Lyle.

«Grazie, amico».

Dissi: «Stai sprecando tempo. Questo tizio non è altro che un bugiardo. Tornerà in prigione».

«No, non è vero. Lui non vuole credermi. Stavo giocando a dadi».

Derrick disse: «Lei sembra una persona a posto, e voglio crederle. Ma c'è un problema. Può chiarirmelo?»

«Sì, certo. Cosa?»

«Siamo andati lì, e nessuno con cui abbiamo parlato l'ha confermato».

«Sono stronzate, amico. Non vogliono essere coinvolti, tutto qui. Parlate con Sonny. Ve lo dirà lui: io ero lì».

«Il punto è questo, signor Lyle: Sonny Griffin ha detto che lei era lì, ma è arrivato tardi».

«Non era tardi. Non sa di cosa sta parlando. Non si ricorda, tutto qui».

«E sa cos'altro ha detto?»

Gli occhi di Lyle si spalancarono. «Cosa?»

«Ha detto che gli ha chiesto di farle da alibi».

«Smettetela di prendermi in giro».

«Non la stiamo prendendo in giro. È quello che ha detto».

«Perché avrebbe detto una cosa del genere?»

Dissi: «Perché è la verità».

«No, amico. Senta, sono sotto di diecimila dollari con lui. Sta solo cercando di fregarmi. Dovete credermi».

CAPITOLO VENTICINQUE

«CHE NE PENSI?» DOMANDÒ DERRICK.

«Che abbiamo solo un alibi debole. Lyle ha credibilità zero, ma Griffin non è uno stinco di santo.»

«Sì, ma se Lyle è dietro le sbarre, come farà Griffin a riavere i suoi soldi?»

«Forse sta mandando un messaggio: se non paghi, ti frega.»

«Non lo so.»

«Griffin ha detto che Lyle era un cattivo giocatore; avere dei debiti ci sta. L'altro fatto è che ha detto che Lyle era lì.»

«Sì, e allora?»

«Ho parlato con un po' di gente e nessuno ha detto che Lyle fosse lì. Penso che Griffin possa aver suggerito qualcosa.»

«Non so, mi sembra un complotto un po' troppo grosso da tenere in piedi.»

«Tu sei stato a DC. Le gang uccidevano gente a destra e a manca e nessuno apriva bocca su chi fosse stato.»

«Hanno paura di collaborare.»

«Teniamo Lyle in custodia. Abbiamo un giorno per cercare di risolvere la faccenda.»

«Ci serve qualcuno che lo collochi nel parco.»

«Esatto. Vado di sopra a dire a Remin a che punto siamo con Lyle.»

La Southwest Florida Insurance aveva sede in un edificio a due piani nel Vanderbilt Collections, un centro commerciale di lusso in via di espansione.

Mi tolsi gli occhiali da sole ed entrai nell'ufficio. Erano tutti al telefono. Aspettai che l'addetta alla reception passasse la sua telefonata a un agente. Mi presentai e mi accomodai.

Un uomo curato, in camicia bianca, entrò nell'atrio. «Detective Luca.»

«Mi spiace disturbarla al lavoro, signor Kirk.»

«Nessun problema. Come posso aiutarla?»

«Possiamo uscire un attimo?»

«Certo.»

Rimanemmo all'ombra di una palma reale. «È un ufficio piuttosto indaffarato.»

«Il mercato assicurativo quaggiù ha bisogno di una riforma. A troppi avvocati è concesso fare causa per qualsiasi cosa. Le compagnie si ritirano per limitare la loro esposizione e noi ci affanniamo a trovare una copertura ragionevole per i clienti.»

«Me ne ricorderò.»

«Grazie. Come posso aiutarla?»

«Vorremmo davvero che suo figlio desse un'occhiata a un confronto all'americana.»

Scosse la testa. «Ha solo dodici anni. Non vogliamo che finisca coinvolto in una cosa simile. Potrebbe segnarlo.»

«Capisco, signor Kirk, ma c'è un'altra famiglia, anzi, due a questo punto, che cerca giustizia.»

«Mi dispiace per loro, davvero...»

«Signore, stiamo trattenendo un uomo, ma non abbiamo

abbastanza elementi. Potrebbe essere lui il responsabile delle aggressioni.»

Si strinse le labbra. «Mi dispiace, ma non voglio che mio figlio venga coinvolto.»

«Possiamo farlo con delle foto e verrò io a casa vostra. Non ci sarà alcuna pressione su suo figlio. Dobbiamo sapere se abbiamo catturato il predatore. Odio l'idea di rilasciarlo e scoprire che ha violentato la figlia di qualcun altro.»

«Non dovrà testimoniare, vero?»

Potremmo averne bisogno, ma dissi: «No. Assolutamente no. Devo solo sapere se dobbiamo continuare a trattenere quest'uomo.»

«D'accordo, accetto, ma voglio essere presente.»

«Va bene. Possiamo farlo più tardi oggi?»

«Certo.»

Chiamai Derrick. «Ehi, buone notizie: il padre ha acconsentito a far fare al ragazzino un riconoscimento fotografico.»

«Eccellente. Ci stiamo avvicinando.»

«Lo spero.» Il telefono mi vibrò. «Devo andare, è Mary Ann.»

«Ehi, tutto bene?»

«Sì. Volevo solo congratularmi con te per aver catturato lo stupratore.»

«Cosa? Non abbiamo...»

«L'hanno appena detto in un'edizione straordinaria.»

«Maledizione.»

«Che succede?»

«Qualcuno, e scommetto che è stato Remin, ha fatto trapelare la notizia che abbiamo fermato Lyle.» Il telefono mi vibrò di nuovo; era Felix Ramos. «Tesoro, devo andare. Sta chiamando il padre della vittima. Ci sentiamo più tardi.»

«Pronto, signor Ramos.»

«Vedo che avete preso quel bastardo.»

«Non è esatto.»

«Ma l'hanno detto al telegiornale.»

Perché la gente credeva a tutto ciò che dicevano i media, nonostante innumerevoli esempi dimostrassero che non ci si poteva fidare? «È un peccato. In questa fase stiamo interrogando una persona di interesse.»

«È Lyle, non è vero?»

«Non posso discutere di un'indagine in corso.»

«Deve dirmelo, è Lyle?»

«Non posso dire altro se non che, appena sapremo qualcosa, Lei e Sua figlia sarete i primi a saperlo.»

«Questa è una stronzata! L'avete fermato e non ci avete detto una parola.»

«Mi creda, signor Ramos, Lei non vuole essere coinvolto nei dettagli del caso.»

«Beh, io voglio esserlo.»

«Non succederà. Devo andare, signor Ramos. Buona giornata.»

Composi il numero dello sceriffo ma non premetti il tasto di chiamata. Per quanto grave fosse la fuga di notizie, scontrarmi con Remin prima di sapere se Lyle era il nostro uomo sarebbe stato uno spreco di energie che non avevo.

Afferrai la busta contenente le sei foto che il laboratorio aveva generato. Come richiesto, erano di forma e dimensioni identiche. Cinque erano di agenti di polizia e una di Lyle. Tutti avevano la testa rasata o erano calvi per natura. Appartenevano anche a una fascia d'età compresa entro i dieci anni.

Il signor Kirk aprì la porta e percepii un profumo di cipolle soffritte. «Grazie per aver accettato.»

«Mia moglie non ne è felice.»

Lo seguii in cucina. «Capisco. Ci vorranno solo pochi minuti.»

«Vado a chiamare Tommy.»

A piedi nudi, il ragazzino entrò di corsa nella stanza. Mi venne in mente Tom Sawyer. «Ciao, Tommy. È un piacere rivederti.»

Mi strinse la mano. «Anche per me, signore.»

«Adesso ti mostrerò un paio di foto. Guardale attentamente e vedi se riconosci qualcuno come l'uomo che hai visto nel parco.»

«Okay. Ci proverò.»

«Non c'è nessuna pressione. Che tu veda o non veda l'uomo, va benissimo. Nessun problema. Capito?»

«Sì, signore.»

Staccai un foglio dall'esterno della busta. «Prima di guardare le foto, devo informarti che l'uomo che stiamo cercando potrebbe essere o non essere nel gruppo di foto che stai per vedere.»

«Non dare per scontato che io sappia chi è l'uomo. Voglio che ti concentri sulle foto e non chiedere aiuto a nessuno in questa stanza per fare una possibile identificazione.»

«Se farai un'identificazione, ti chiederò quanto sei sicuro di quell'identificazione.»

«Devi sapere che, sia che tu faccia o non faccia un'identificazione, la nostra indagine continuerà. Qualunque aiuto tu possa darci, è solo una piccola parte del lavoro che facciamo. Hai capito tutto quello che ho detto?»

Guardò suo padre. «Sì, signore.»

«Bene. Ora chiederò a tuo padre, in qualità di tuo tutore legale, di firmare il modulo di consenso e istruzioni.»

Il signor Kirk esaminò il modulo e lo firmò. Ruppi il sigillo sulla busta e misi le dita sulle foto. Il laboratorio aveva mescolato le immagini. La procedura imponeva che non avessi idea di quale fosse Lyle, e feci una supposizione mentale che sarebbe stata la seconda.

Distendendo le foto davanti a Tommy, fui colpito da come Lyle, il quarto, spiccava come la personificazione del male. Era un altro esempio dei nostri preconcetti all'opera e del motivo per cui le forze dell'ordine avevano sviluppato protocolli per impedire che influenzassero un testimone.

Tommy si chinò sul gruppo di foto, la testa che si muoveva lentamente mentre scrutava i volti. Prese in mano la prima e la posò. Poi ripeté il gesto con la terza foto. Si soffermò su quella di Lyle. Facevo il tifo perché dicesse che era lui, ma andò avanti.

«Posso guardarle di nuovo?»

«Certo. Prenditi il tuo tempo. Non c'è fretta.»

Dopo due minuti, Tommy indicò una foto. «Non sono sicuro, ma questo... assomiglia all'uomo che ho visto al parco.»

CAPITOLO VENTISEI

Remin indossava una camicia bianca a maniche lunghe e un'espressione accigliata. Che le notizie lo avessero raggiunto? «Cosa La preoccupa?»

«Volevo farLe sapere che rilasceremo Lyle.»

«È una delusione. Cos'è successo?»

«Non abbiamo altro che un alibi debole e le insinuazioni di un informatore a cui Lyle deve dei soldi.»

«Capisco. Lo scagionate?»

«Non abbiamo prove che Lyle fosse al parco. Il testimone, che ha visto l'uomo che riteniamo essere l'aggressore, non è stato in grado di riconoscerlo in un confronto all'americana.»

«Quel testimone era minorenne e il sospettato è un molestatore sessuale.»

«Sì. Ma non abbiamo nient'altro su di lui.»

Remin afferrò una penna e la tamburellò sulla scrivania. La posò e disse: «Ho bisogno che tu e Dickson vi occupiate del caso Holmes.»

«Possiamo lavorare a entrambi i casi.»

«Lo so che potete. L'opinione pubblica sembra preoccupata di quanto seriamente abbiamo preso il caso Holmes. È un'assurdità, ma apprezzerei se si sapesse che tu e Dickson stiate lavorando alla scomparsa, per rassicurare la gente.»

«Capisco. Una dichiarazione da parte del dipartimento potrebbe essere il modo giusto per diffondere la notizia.»

«È quello che ho intenzione di fare.»

«Bene.»

«Okay, torni al lavoro.»

Scesi le scale, passando per l'ufficio di Gesso a prendere gli ultimi rapporti su Debbie Holmes. Quando entrai nell'ufficio, Derrick stava fissando il suo schermo. Disse: «O'Rourke ha ritirato il video del Panera.»

«Finalmente. Hai visto Craven?»

«Non ancora. Sono nel mezzo della fascia oraria, ma di lui nessuna traccia.»

«Mi era sembrato che mentisse, ma staremo a vedere.»

«Ma che hanno in testa questi qui, che pensano di poterci rifilare un alibi del cavolo?»

«Contano sul fatto che non controlleremo.»

«Farebbero meglio a dire che erano a casa da soli piuttosto che inventarsi qualcosa che possiamo verificare.»

Blanco disse di essere stato a casa. Era lui il più furbo tra i predatori? Come potevamo verificare il suo alibi?

«Forse. La verità ha un modo tutto suo di venire a galla. Vorrei solo che non ci mettesse così tanto.»

«Forse con la tecnologia, saremo in grado di superare le macchine della verità e ottenere un misuratore di verità che funzioni. Una cosa tipo *Star Trek*, quando qualcuno mente, suona una campana.»

«Con una cosa del genere rischieremmo di restare senza lavoro.»

Vivere in un mondo dove anche le bugie bianche sarebbero smascherate? Le persone avrebbero dovuto farsi la pelle più dura quando chiedevano un parere ad amici e familiari.

«Non vedo Craven. Hanno il drive-in?»

«Non che io sappia.»

«Lo riguardo e rallento. Potrei essermelo perso.»

«Va bene. Io mi metto in pari con il caso Holmes.»

Era difficile continuare a pensare che la ragazza fosse stata rapita per un riscatto. Non c'era stato nessun contatto da parte di qualcuno che dicesse di averla. L'interrogatorio di Jason Reedy, il ragazzo della Holmes, non coincideva con quello che Dana Foyle aveva detto di lui.

Sara Gullo era la migliore amica di Debbie Holmes. Non ebbe molto da dire, ma menzionò un ragazzo più grande che, un anno prima, aveva espresso quello che lei definì un interesse insolito nei suoi confronti. Il ragazzo, Javier Lopez, era andato al college poco dopo aver corteggiato la Holmes, nonostante lei gli avesse detto di non essere interessata. Nel fascicolo non c'era nulla che documentasse un seguito nei suoi confronti da parte di qualcuno.

«Frank, l'ho rivisto tre volte. Craven ci ha raccontato una palla. Non era al Panera.»

«E dove vive lui non c'è un cancello d'ingresso.»

«Mi sono sempre chiesto se i criminali ne tengano conto.»

«Se fossero furbi lo farebbero, ma di solito non lo sono» mi alzai. «Vado a trovarlo.»

Passai a Derrick il fascicolo Holmes. «Fammi un favore e controlla questo ragazzo, Javier Lopez. Non sembra che nessuno gli abbia parlato. Cercava di uscire con la Holmes, ma lei lo ha respinto.»

«Chiedo a Gesso. Se non c'è stato nessun contatto, lo rintraccio io.»

UN CAMPER IMPONENTE ERA PARCHEGGIATO DUE LOTTI PIÙ IN LÀ rispetto alla casa di Craven. Mi ricordò uno che avevo visto in una rivista. La gente vendeva le proprie case e comprava case mobili dotate di tutti i comfort. Non faceva per me, ma l'idea di non dover pagare le tasse sulla proprietà era allettante.

Craven aveva gli occhi iniettati di sangue. Si irrigidì quando mi vide. «Che succede?»

«Hai mentito.»

«Che vuoi dire?»

«Non sei andato al Panera.»

«P-p-potrei essermi confuso o qualcosa del genere. Ridimmi un po' quali giorni erano.»

«Martedì dieci maggio.»

Si grattò la barba incolta. «Ah sì, ero a pesca.»

«Senza canna da pesca? Senti, mettiti le scarpe. Vieni con me. Lascio che il tuo agente di sorveglianza...»

«Oh, andiamo, amico. Non ho fatto niente a nessuno.»

«Dov'eri?»

Le sue spalle si afflosciarono. «A Key West.»

«Quando?»

«Sono partito lunedì pomeriggio.»

«In macchina?»

«No, ho preso il traghetto da Fort Myers. Posso recuperare la ricevuta.»

«Quando sei tornato?»

«Sono andato a trovare mia sorella.»

«Lo scoprirò comunque, quindi è meglio che tu mi dica quando sei tornato.»

«Sarei dovuto tornare: avevo il biglietto per mercoledì, ma mia sorella stava malissimo, vomitava e tutto il resto.»

«Quando sei tornato?»

Borbottò: «Giovedì sera.»

«E hai mentito perché non ti sei registrato nella contea di Monroe?»

Annuì.

Aveva quarantott'ore per registrarsi. Ottenere il video dal

traghetto era facile. «Tu mi mostri i biglietti e io parlo con tua sorella. Se tutto torna, ti lascio passare.»

«Oh, cavolo. Davvero?»

«Ti terrò d'occhio. Se solo passi col rosso a un incrocio, il tuo agente di sorveglianza saprà del tuo viaggio.»

«Ho capito, amico. Aspetta, vado a prendere i biglietti.»

Misi in tasca i biglietti, presi i dati di sua sorella e me ne andai. Imboccata la Route 41, la radio gracchiò: «Dieci Trentadue. Dieci Trentadue.»

Uomo armato.

«Tutte le unità in prossimità di 111 Ozark Lane sono pregate di rispondere.»

L'indirizzo mi suonò un campanello d'allarme. Uno bello forte. Presi la radio, accesi la sirena e pigiai a tavoletta sull'acceleratore.

CAPITOLO VENTISETTE

A SIRENE SPIEGATE, SFRECCIAI LUNGO OZARK LANE. LA MEMORIA non mi aveva tradito; l'indirizzo era quello di Bernie Lyle. A poche case di distanza, la scena si fece più nitida: un uomo stava prendendo a pugni la porta d'ingresso con la mano sinistra. Nella destra, teneva una pistola.

Accostai al marciapiede e suonai il clacson con insistenza. Non sortì alcun effetto. Estrassi il revolver e aprii la portiera. Ramos continuava a urlare: «Vieni fuori, bastardo!»

«Signor Ramos! Metta giù la pistola.»

Ramos sparò un colpo in aria.

«Signor Ramos, sono il detective Luca. Posi l'arma!»

Si allontanò dalla porta e si diresse verso una finestra.

«Felix, mani in alto!»

Mentre un'auto di pattuglia si fermava con uno stridio di gomme, Ramos sparò un colpo. La finestra andò in frantumi.

Riparandomi dietro una palma nana, sparai un colpo in aria. «Ramos! Gettala o sparo.»

Puntai la pistola mentre Ramos si voltava. «Tu! Hai lasciato andare quel bastardo!»

«Non è stato Lyle, lo abbiamo scagionato. Aveva un alibi di ferro.»

La pistola gli cadde di mano. Precipitandomi verso di lui, calciai via l'arma e spinsi Ramos a terra.

———————

LA TV ERA ACCESA. MARY ANN MI VENNE INCONTRO A METÀ DEL corridoio. «Mi dispiace che tu abbia avuto una giornata così brutta.»

«È stata dura, ma sto bene.»

«Vuoi un bicchiere di vino?»

«Sì, ma se lo bevo mi addormento.»

«Non posso crederci. Ramos ha perso la testa.»

«Uno stupratore è come un vulcano, sputa distruzione ovunque.»

«Lo so. Ci concentriamo sulla vittima, ed è assolutamente giusto, ma, come ogni crimine, colpisce anche le persone intorno a lei.»

«È un casino pazzesco.»

«Al telegiornale hanno detto che avete scagionato l'uomo a cui dava la caccia.»

«Sì. Per quanto possa dispiacermi per un molestatore sessuale come Lyle, si è trovato in una brutta situazione. Adesso dovrà andarsene dalla città. Non che sia una brutta cosa.»

«Spero se ne vada in Russia.»

Un predatore in meno era una buona cosa, ma non aveva senso ricordarle che c'era un milione di molestatori sessuali in circolazione. E quelli erano solo quelli di cui eravamo a conoscenza.

«È feccia della peggior specie. Dico solo—»

«So cosa vuoi dire. Ma la povera ragazza che è stata violentata: ora suo padre è dietro le sbarre.»

«È la cosa più triste che ci sia. Quel tizio era un marine. Ha perso la moglie sette anni fa e poi sua figlia. È deprimente. Non mi stupisce che abbia perso il controllo.»

«Farsi giustizia da solo ha peggiorato le cose, e di molto. Avrebbe dovuto chiedere aiuto.»

«La gente pensa di avere la situazione sotto controllo, sai. Specialmente noi uomini.»

Non era facile parlare con qualcuno dei propri sentimenti e della situazione in cui ci si trovava. Ero contento di essermi costretto ad andare. Poteva essere stato lo stress a colpirmi dopo la guarigione dal cancro, ma la decisione di diventare padre mi aveva paralizzato. Avere qualcuno come il dottor Bruno con cui parlare era stato un'ancora di salvezza.

«E quella stronzata da macho dove l'ha portato? Ora sua figlia deve affrontare anche questo?»

«Spero che ci vadano piano con lui.»

«Ha sparato contro una casa. Avrebbe potuto uccidere qualcuno.»

«Lo so, ma sai che c'è? Sono fritto, non ce la faccio più a parlare di questa storia.»

«Scusa. Vuoi qualcosa da mangiare?»

Scossi la testa. «Derrick ha preso un paio di burritos e ho lo stomaco sottosopra.»

«Okay. Cambiati, così ti rilassi un po'.»

MARY ANN RUSSAVA PIANO. ERA IL MOMENTO DI ELABORARE GLI eventi della giornata. Per quanto folle, capire ciò che aveva fatto Ramos era facile dal punto di vista di un padre. La sua bambina era stata violata nel modo più grottesco.

Ciò che fece fu irrazionale, peggiorando la situazione per lei. La rabbia e la frustrazione lo costrinsero ad agire. I marine erano addestrati a essere stoici, ma ciò non significava che fossero privi di emozioni.

La cosa più difficile per chiunque, marine o no, era sentirsi impotente quando una persona cara era in pericolo.

Ramos commise un errore, ferendo la persona che pensava di aiutare. Ne avrebbe pagato il prezzo, ma speravo che il suo avvocato riuscisse a ottenere un patteggiamento, limitando la pena detentiva. Accettare di seguire un corso di gestione della rabbia avrebbe potuto aiutare. Le questioni legali non dipendevano da me. Tutto ciò che potevo fare era sperare in un accordo che non pesasse troppo su Lisa Ramos.

Ma qualunque cosa fosse accaduta in tribunale, il mio compito era ottenere un briciolo di giustizia per una donna che aveva sofferto più di quanto chiunque dovrebbe mai soffrire.

Ogni pista che seguimmo finì in un vicolo cieco. Cercando un modo per andare avanti, scivolai nel sonno.

Il *bzzzt* del mio cellulare che vibrava mi svegliò. Allungai la mano per prenderlo. Era Gesso. «Pronto?»

«Frank, scusa se chiamo così tardi, ma gli Holmes hanno ricevuto una telefonata da qualcuno che dice di avere la loro figlia.»

CAPITOLO VENTOTTO

Guidando lungo Livingston Road, era difficile non pensare a Lisa Ramos. Lo stupro era avvenuto in un parco poco distante da quell'arteria principale. Era la stessa strada dove Debbie Holmes era stata vista per l'ultima volta. Svoltai in Briarwood, dirigendomi verso Tivoli Lane.

Due auto di pattuglia sostavano davanti alla casa degli Holmes. Era la prima volta che entravo in quel quartiere. Un agente stava giocherellando con il telefono davanti al doppio portone bianco dell'abitazione. Nonostante il motivo per cui mi trovavo lì, mi misi a stimare il valore della casa.

Dopo una pausa di dieci anni, il settore immobiliare era tornato a essere l'argomento numero uno a Naples. Tenendo conto del rapido aumento dei prezzi, la valutai sui novecentomila dollari mentre un agente apriva la porta.

Era tardi e le piastrelle beige assorbivano la luce. Sentii odore di caffè mentre mi conduceva in cucina.

I coniugi Holmes tenevano delle tazze in mano. Quando mi presentai, il marito si alzò. «Sono Fred Holmes, e questa è mia moglie, Laura.»

Dall'aspetto atletico, il signor Holmes mi sovrastava. Aveva

cicatrici su entrambe le ginocchia. Basket al college? Ci stringemmo la mano. «Piacere di conoscerla.»

Senza trucco, Laura Holmes accennò un rapido sorriso
prima di dire: «L'ho vista al telegiornale.»

Feci spallucce. «Faccio solo il mio dovere, signora. Ora, mi
parli della telefonata.»

La sua voce si spezzò. «Stavamo cominciando a perdere la
speranza, sa...»

Il signor Holmes le mise una mano sulla spalla. «Siediti,
tesoro.» Si rivolse a me. «La telefonata l'ho ricevuta io.»

«Sul suo cellulare?»

«No, sul telefono di casa.»

Sempre meno persone ne avevano uno. «Ha l'identificativo
di chiamata?»

«No.»

«Quanto è durata la chiamata?»

«Un minuto, al massimo.»

Impossibile rintracciarla. «Mi dica tutto ciò che lui o lei ha
detto.»

«Era un uomo. Mi ha chiesto se fossi il signor Holmes. Ho
risposto di sì, e ha detto che aveva Deborah e che l'avrebbe rilasciata se avessimo pagato centomila dollari. Ho acconsentito.
Poi ha detto che mi avrebbe dato un giorno per procurarmi i
soldi e che avrebbe richiamato domani con le istruzioni. Gli ho
chiesto come stesse Debbie, ma ha riattaccato.»

«Deborah è il nome ufficiale di sua figlia?»

«Sì, ma non lo usa nessuno. Nemmeno in famiglia.»

«C'era qualcosa in sottofondo che potesse far capire da
dove chiamava?»

«No, ma sembrava che fosse in una galleria o qualcosa del
genere.»

«Era giovane o anziano?»

«Direi giovane, ma con una voce profonda e una specie di
accento britannico.»

«Lei o sua figlia conosce qualcuno che parla così?»

«No. Ma l'ho già sentito. Solo che non riesco a inquadrarlo. Però non è australiano né inglese.»

«Ha detto a che ora richiamerà?»

«Alle tre. Cosa dobbiamo fare? Dobbiamo riportare Debbie a casa.»

«Ha la possibilità di pagare il riscatto?»

«Farò tutto il necessario per procurarmi i soldi. Se centomila dollari la riporteranno a casa, sarò felice di pagarli.»

«Sono un sacco di soldi.»

«Li troverò. Non si preoccupi.»

«D'accordo, ma non pagherei finché non fossimo sicuri che chiunque abbia chiamato la tenga davvero e che Debbie stia bene.»

Mi guardò come se avesse letto la liberatoria di una grande azienda tecnologica. «Cosa intende dire?»

«Dobbiamo essere prudenti; potrebbe essere una truffa.»

«Vuole dire che non ha Debbie?»

La signora Holmes gridò: «Oh, no!»

«La prego, non corriamo troppo. Tutto quello che sto cercando di dire è che dobbiamo procedere con calma...»

«Con calma? È scomparsa da otto giorni!»

«Mi riferivo alla richiesta di riscatto. Generalmente, soprattutto con grosse somme di denaro, il protocollo richiede una prova che abbiano l'ostaggio e che sia in buone condizioni prima di pagare.»

«Capisco. Davvero. Vogliamo solo che Debbie torni a casa, e non so cosa fare.»

«La capisco. Anch'io sono padre di una figlia e comprendo i suoi sentimenti di genitore, ma dobbiamo tenere a mente la possibilità che si tratti di una truffa. Questo è tutto ciò che sto dicendo.»

«È la seconda volta che lo dice. Sa, è curioso, un paio di giorni fa, voi della polizia ci dicevate che non c'erano prove che fosse stata rapita, nessun contatto o richiesta di riscatto. Ora ce l'abbiamo e lei non ci crede?»

«Facciamo un passo indietro. Mi sono alzato dal letto per essere qui. Non è una lamentela, è il mio lavoro. E lo prendo sul serio, compresa la chiamata che ha ricevuto. Dobbiamo lavorare insieme. Ha senso?»

Holmes annuì. «Sì, credo di essere troppo agitato.»

«La capisco. Entrambi vogliamo che Debbie torni a casa, al suo posto. Dobbiamo solo essere sicuri che chiunque stia chiamando la tenga davvero prigioniera.»

«Cosa suggerirebbe?»

«Che le permetta di parlarle.»

«E se non volessero? Che si fa?»

«Dovremmo insistere. In questo modo sapremo che sta bene.»

«Non voglio far arrabbiare questa gente. E se si rifiutassero?»

«Dobbiamo fare in modo che ci dicano qualcosa che un truffatore non potrebbe sapere.»

«Come un segreto di famiglia?»

«Potrebbe essere.»

La signora Holmes disse: «Ha una voglia sul sedere. Sembra un coniglio.»

«È perfetto.»

«Crede?»

«Sì. Ora mettiamo a punto un piano per la chiamata di domani.»

CAPITOLO VENTINOVE

Derrick arrivò a casa degli Holmes alle nove. Aveva intenzione di sottoporre alcuni accenti al signor Holmes per vedere se potevamo restringere un mondo infinito di sospetti.

Averci entrambi lì tutto il giorno era uno spreco di uomini. Stare lì ad aspettare era una cosa che il mio corpo non tollerava bene. Rimanere in casa con entrambi i genitori era troppo da sopportare, e c'era ancora da lavorare sul caso Ramos.

Derrick confermò il viaggio di Craven a Key West. Era fuori dalla lista, il che significava che non avevamo quasi niente in mano. Blanco era un altro bugiardo, ma nessuno a cui avevamo mostrato la sua foto era riuscito a collocarlo vicino al tentato stupro. Non potevo escluderlo del tutto. Si tornava alle basi.

Ci vollero quindici minuti per arrivare a Bamboo Drive. Jorge Blanco viveva a circa quattrocento metri dopo LowBrow Pizza. Nessuna delle case aveva telecamere. Fu una delusione, ma c'era un lato positivo.

L'odore di pizza mi fece venire l'acquolina in bocca. Con la maglietta sporca di farina, il ragazzo dietro il bancone mi riconobbe. «Ehi, come va?»

«Bene».

«Cosa ti porto?»

«Una margherita. Ben cotta».

«Nessun problema».

«Devo controllare i filmati della vostra sorveglianza esterna del dieci maggio. È un tentativo azzardato, ma riprende l'incrocio della 41».

Infilò una pizza nel forno e disse: «Certo. Johnny è sul retro. Ci pensa lui».

Ci vollero solo dieci minuti, ma l'auto odorava di pizza ed era una cosa magnifica.

Jim Haney aveva chiamato dopo l'appello pubblico. Era la prima di due tappe prima di andare dagli Holmes. Haney sembrava una U rovesciata su un fianco. Doveva soffrire di una qualche patologia spinale.

«Signor Haney, Lei ha contattato la linea diretta riguardo allo stupro a North Collier».

«Sì. Perché ci avete messo tanto?»

«Dobbiamo dare delle priorità e Lei ha detto di aver visto una donna».

«Era una donna».

«Ne è certo? Poteva essere un uomo vestito da donna?»

«So cosa ho visto. Aveva le tette e tutto il resto. Non era un travestimento».

Descrisse che aspetto avesse. Lo ringraziai per la telefonata e tornai in macchina. Non fu facile tenere le mani lontane dalla pizza, ma non potevo presentarmi a casa degli Holmes con la camicia sporca di sugo.

Anche la visita successiva sarebbe stata rapida. Bruce Noon aveva risposto a quasi tutti gli appelli che avevamo fatto. Noon viveva in un minuscolo appartamento a Wild Pines. I suoi occhi si illuminarono. «Detective Luca! Voglio dire, come sta? A caccia di cattivi?»

«Salve, Bruce. Tutto bene. Volevo chiederLe della Sua chiamata alla linea diretta riguardo allo stupro a North Collier Park».

«Uh, io, uh, ah sì. Ricordo. Vede, c'era quest'uomo: era inquietante. L'ho visto là».

«Cosa ci faceva Lei là?»

«Ero a trovare una persona che vive lì».

Era la stessa cosa che diceva a ogni chiamata. «Capisco».

«Perché è andato al parco se era in visita?»

«Hanno il passaggio. Vivono a Wilshire Lake. È davvero forte essere collegati al parco».

Forse aveva visto davvero qualcosa. «Mi dica cosa ha visto».

«Beh, ho visto al notiziario... Guardo *WINK*. Mi piace molto. Lei lo guarda?»

«Sì. Per favore, mi dica...»

«Ah, sì, dunque, L'ho vista in TV». Sorrise. «Era tutto elegante».

«Cosa ha visto?»

«Beh, tipo, quando L'ho vista, ho iniziato a cercare di capire se avessi visto qualcosa. Sa come sono. Mi piace aiutare la polizia».

Non era un aiuto. «Lo apprezziamo».

«Era una donna?»

«No, un uomo. Era, tipo, alto così». Sollevò una mano di qualche centimetro sopra la testa.

«Che aspetto aveva?»

«Non so, più o meno normale».

Il mio cellulare vibrò. Derrick voleva sapere dove fossi. «Ci servirà qualcosa di più».

«È difficile descriverlo. Se potessi lavorare con uno di quei ritrattisti della polizia, potremmo ottenere qualcosa e catturare questo tizio».

Avevamo già sprecato risorse seguendo quella pista con Noon due volte. «Controllerò la disponibilità. Quando ha visto quest'uomo, quanto era lontano?»

«Non tanto lontano».

«Dov'era?»

«Più o meno, vicino a dove inizia la passerella. E sa, mi sono appena ricordato: c'era questa signora. Subito dopo che l'ho visto, mi è passata accanto...»

La Ramos non aveva menzionato di essere stata da quel lato del parco. «Era questa donna?»

Tenendo il mio telefono in mano, disse: «No. Non credo. Il sole ce l'avevo negli occhi ed era difficile vedere».

«Può darmi il contatto della persona che stava visitando?»

«Perché? Non erano nel parco».

«Andiamo, Bruce. Lo sa, la polizia deve seguire dei protocolli».

CAPITOLO TRENTA

IL CARTONE DELLA PIZZA ERA ANCORA CALDO. LO PORSI A Derrick. Lui disse: «Grazie. Foyle non è riuscito a definire l'accento, ha detto solo che non era inglese britannico».

«Loro come stanno?»

Lui abbassò la voce. «Sono a pezzi».

«Una fottuta disgrazia».

Superata la cucina, scorsi i coniugi Holmes. Erano seduti in salotto e fissavano il telefono sul tavolino.

«Come stiamo oggi?»

Il signor Foyle si alzò. «Le due non arriveranno mai abbastanza in fretta».

«Ho preso una pizza, se vi interessa».

«No, grazie, non riesco a mangiare».

«Neanch'io».

«Va bene. Sarò in cucina».

Derrick stava strappando dei fogli da un rotolo di carta assorbente. «Hai novità su Blanco?»

Il suo fiuto da detective era acuto. «Ci sei arrivato dalla pizza?»

«Certo, viene da LowBrow».

«Dobbiamo capire se c'entra o no. In macchina ho un DVD con les riprese dell'incrocio. Non è infallibile, ma se è uscito di casa, la via più diretta per la 41 passa davanti a LowBrow».

Piegò una fetta e le diede un morso. «Ottima idea».

«Mi sono fermato a parlare con un certo Jim Haney che aveva telefonato, ma non era niente. Sono anche andato a trovare il nostro amico Bruce Noon».

«Come sta?»

«La solita storia: era andato a trovare qualcuno e ha visto qualcosa».

«Dovrebbe cambiare disco».

«Già, ma ha detto di aver visto un uomo nella stessa zona indicata dal ragazzino».

«Vicino alla passeggiata?»

«Sì. Potrebbe essere un colpo di fortuna, perché ha detto di aver visto anche una donna lì».

Derrick sorrise. «Così si copre le spalle».

Alle due meno dieci, il telefono squillò. Holmes mi guardò. «Crede che sia lui?»

«Resti calmo e risponda».

Holmes inspirò e sollevò la cornetta. «Pronto».

Scosse la testa e disse: «Non mi interessa. Arrivederci».

«Un tizio in India che cercava di vendermi una garanzia per l'auto. Perché il governo non fa qualcosa al riguardo?»

Era un'ottima domanda. «Non ci pensi adesso...»

Il telefono squillò di nuovo. Holmes rispose. «Pronto. Ma sta scherzando? Mi lasci in pace».

Riattaccò. «Lo stesso fottuto tizio».

«Incredibile. Si immagina quel tipo che fa tutte queste...»

Il telefono trillò ancora. Holmes disse: «Se perdo la chiamata, giuro che trovo questo tizio e lo strangolo».

«Risponda».

«Sì? Sono io. Okay». Mise una mano sulla cornetta. «Mi dia carta e penna».

Derrick gli passò il suo blocco e la sua matita.

Holmes parlò al ricevitore. «Okay. Sono pronto». Scrisse due righe e disse: «Preso. Sì. Posso farlo».

Sussurrai: «Gli dica che vuole parlare con sua figlia».

Holmes disse: «Voglio parlare con Debbie. Aspetti... Pronto? Pronto?».

«Ha riattaccato».

Il signor Holmes mi porse il blocco di Derrick. Aveva scarabocchiato due lunghe serie di numeri: la First Caymanian Bank e Robert Smith.

«Vuole che i soldi vengano trasferiti alle Isole Cayman?»

«È quello che ha detto». Holmes indicò il numero in alto. «Questo è il numero di conto, e quello è il routing number».

«Il suo nome era Robert Smith?»

«Immagino di sì, ma non l'ha mai detto».

«Ha detto altro?»

«No. Tutto qui. Solo di trasferire i soldi, e che doveva essere fatto oggi».

Sentii lo stomaco stringersi. «Questa cosa non mi piace».

«Neanche a me, ma rivoglio mia figlia».

«Capisco, ma non sappiamo nemmeno se questa persona ce l'abbia davvero».

Derrick disse: «È insolito che un rapitore chieda un bonifico».

La moglie di Holmes disse: «Non di questi tempi. Potrebbero trasformarli in quella roba di soldi elettronici o qualcosa del genere, così non vengono rintracciati».

Era una teoria, ma la parte sull'impossibilità di rintracciare il denaro digitale era sbagliata. I federali potevano rintracciarlo e recuperarlo, se volevano. «Può darsi, signora, ma non sappiamo ancora se hanno sua figlia».

Tirò su col naso. «Cosa dovremmo fare? Se non paghiamo, non lo sapremo mai».

Suo marito disse: «Stiamo perdendo tempo. Abbiamo meno di due ore».

«Pagando, si assume un rischio enorme, signor Holmes».

«Forse, ma mi assumo anche il rischio che ce l'abbiano e che le facciano qualcosa se non paghiamo».

«Capisco. Considererebbe l'idea di mandare metà dei soldi ora e l'altra metà una volta che sapremo che hanno sua figlia e che sta bene?»

Guardò sua moglie e disse: «Pensi che li farà incazzare?».

«Forse, ma se ce l'hanno, prenderanno i cinquanta e sapranno che avranno il resto».

«Temo che...»

«Può impostare entrambi i bonifici. Si faccia dare dalla banca un documento che dimostri che sono stati impostati».

«Okay, okay. Andiamo». Si rivolse a sua moglie. «Tesoro, tu resta qui».

«No, voglio venire».

«E se richiama?»

«Cosa dovrei dire?»

«Non si preoccupi, signora. Derrick Le terrà compagnia mentre siamo in banca».

«Okay, okay».

Alzai il taccuino. «Derrick, fai una foto a questo e contatta i federali. Da quello che so, le Isole Cayman hanno alcune delle leggi sul segreto bancario più severe che ci siano».

Scattò due foto e disse: «Buona fortuna».

Affidarsi alla fortuna era la peggior strategia. Ma era impossibile ragionare con il genitore di una figlia rapita. Tutti i genitori, compreso questo, erano suscettibili alla manipolazione quando era in gioco la sicurezza della loro famiglia.

Salendo in macchina, recitai una preghiera silenziosa per i coniugi Holmes.

CAPITOLO TRENTUNO

Mentre tornavo a casa degli Holmes, era impossibile non continuare a rimuginare. Centomila dollari erano un sacco di soldi. Inviarli alle Isole Cayman senza prove era come comprare un biglietto della lotteria. Era un errore.

D'altro canto, quale genitore non correrebbe ogni rischio quando è in gioco il benessere del proprio figlio? Bisognava fare qualcosa.

Mi venne in mente Felix Ramos. Circostanze del tutto diverse, eppure c'erano delle analogie; un senso di impotenza sopraffaceva la lucidità. Ramos era dietro le sbarre; Holmes non aveva violato la legge, ma se il piano fosse fallito, lui e sua moglie si sarebbero ritrovati in un inferno personale.

Derrick uscì dopo che il signor Holmes era rientrato. «Com'è andata?»

«Troppo facile. Fa paura poter spostare soldi in quel modo.»

«Ne ha mandati la metà?»

«Sì. Speriamo di dover mandare anche il resto.»

«Amen.»

«Tutto tranquillo qui?»

«Sì. Mi dispiace, ma stare con lei è stressante.»

«Aspettare senza sapere è dura.»

«Proprio così.»

«Sfruttiamo questo tempo.» Estrassi il taccuino. «Vedi se riesci a rintracciare questa donna. Noon ha detto che era a casa sua il dieci maggio. Io vado in ufficio a controllare il video di LowBrow.»

Lui si accigliò.

«Che c'è?»

«Sono stanco di... lascia perdere.»

«No, dimmi.»

«Tu te ne vai in giro e io sono bloccato qui a fare da babysitter.»

«Mi dispiace, ma sono io il responsabile e...»

«Lascia perdere, amico.» Derrick si voltò e rientrò in casa.

Avevamo due casi da gestire e il mio partner faceva i capricci?

———

INCLINAI LA TESTA ALL'INDIETRO E MI MISI UNA GOCCIA DI soluzione salina in ogni occhio. Sbattei le palpebre e mi massaggiai la nuca. Il timestamp sul video segnava le 5:48. Nessuna traccia di Blanco. Premetti play e mi chinai sullo schermo.

L'incrocio era in lontananza, quindi le auto apparivano piccole e le targhe ancora più piccole. Blanco guidava una Passat azzurra. Non il colore né la marca giapponese che, a detta del tizio delle barchette, era parcheggiata in un punto strano. Ma ogni cosa andava verificata.

Mentre un pick-up entrava nel campo visivo, la mia mente corse a Derrick. Ne guidava uno anche lui. Volevo bene a quel ragazzo, ma ero io il capo. Lo sapeva. Che il problema fosse il nostro essere diventati buoni amici? La cosa poteva aver reso i ruoli meno definiti?

Apparve un'auto. Misi in pausa il video: sembrava quella di Blanco. Ingrandii l'immagine; la targa non era del tutto visibile, ma iniziava con PTT. Proprio come quella di Blanco.

Il timestamp segnava le 6:09. Ci volevano almeno venti minuti per raggiungere North Collier Park. I tempi erano stretti e lasciavano poco margine per cercare una vittima. Ma quella sera il parco non era affollato.

Sul portale della motorizzazione non c'erano altre Passat la cui targa iniziasse con PTT. Blanco aveva qualcosa da spiegare.

Derrick rispose al terzo squillo. «Ciao.»

«Ehi, tutto a posto lì?»

«Sì.»

«Hai controllato quello che ha detto Noon?»

«Sì.»

«E?»

«Era con loro.»

«Wow. Stavolta Noon non se l'è inventato.»

«No.»

«Forse dovremo fargli fare un identikit con un disegnatore.»

«Come vuoi tu.»

«Cosa vorrebbe dire?»

«Niente.»

«Ne sei sicuro?»

«Sì.»

«Ok. Ehi, volevo farti sapere che Blanco è uscito di casa la notte dello stupro di Ramos.»

«Ok.»

«Stai bene?»

«Sì.»

«Sto andando da lui.»

«Ok.»

Era possibile che un uomo di quarantadue anni si trasformasse in un sedicenne nel giro di un'ora? «Fammi sapere se ci sono novità con Holmes.»

«Sì, capo.»

Il sarcasmo era più denso del miele. «Dai, su.»

«Ora devo andare, squilla il telefono.»

«Fammi sapere...» Riattaccò.

———————

PRIMA DI ANDARE ALLA PORTA, CHIAMAI DERRICK PER SAPERE SE avevano avuto notizie. Scattò la segreteria telefonica. Era un buon segno?

Blanco venne ad aprire con un auricolare. Fece una pausa prima di dire: «Detective Luca, c'è qualcosa che non va?»

«Lei mi ha mentito.»

Gesticolò. «No, no. Non l'ho fatto. Non so di cosa stia parlando.»

«Mi ha detto che era a casa la notte del dieci maggio.»

Un'altra pausa. «Era un martedì, giusto?»

«Sì.»

«Ero a casa. Non esco molto. Se lo faccio, di solito è nel fine settimana.»

«Quella notte è uscito di casa. Ho un filmato di LowBrow; ha imboccato la 41 con la sua auto pochi minuti dopo le sei.»

Saltellò sulla punta dei piedi. «Oh-oh. Sono andato a prendere un panino da Publix.»

«Non è mai tornato.»

«Sì, invece. Sono tornato subito, tipo venti minuti dopo.»

«Non secondo la telecamera di sorveglianza di LowBrow.»

«Sono tornato da River Road. È più veloce da quella parte.»

C'era una telecamera da qualche parte a documentare il suo ritorno? «Ha un'ultima possibilità di cambiare la sua versione, perché la verificherò. Da Publix ci sono un sacco di telecamere.»

«È la verità.»

«Ha usato una carta di credito per pagare il panino?»

«No. Contanti. Costava tipo otto dollari e non ho preso altro.»

«Se sta mentendo, mi assicurerò che non esca mai più di prigione.»

Blanco rimase sulla soglia mentre mi allontanavo dal marciapiede. Era impossibile vedere se qualcuna delle case lungo la strada da cui Blanco diceva di essere tornato avesse un sistema di sorveglianza.

Un edificio indipendente, sede di un'agenzia immobiliare, si ergeva all'angolo tra River Road e la Route 41. Il loro parcheggio era vuoto. Dagli angoli dell'edificio pendevano delle telecamere. Un cartello scritto a mano era attaccato alla porta. L'ufficio era chiuso per una gita aziendale, per celebrare il decimo anniversario della ditta.

Perché Derrick non aveva richiamato? Il Publix più vicino era a Kings Lake. Mi diressi lì e chiamai il mio partner.

«Ehi, come va?»

«Ok.»

«Cos'era quella telefonata?»

«Una chiamata automatica.»

«Accidenti. Nessuna notizia del ragazzino?»

«No.»

«Hai intenzione di continuare con risposte monosillabiche?»

«Non c'è niente da riferire.»

«Questa cosa non mi piace. Se hanno il ragazzino, che lo dimostrino.»

«Già.»

Stava arrivando un'altra chiamata. «Devo andare. È Gesso.»

«Che succede, sergente?»

«I federali hanno rintracciato i soldi del riscatto.»

CAPITOLO TRENTADUE

L'ACCENTO DELL'UOMO CHE AVEVA TELEFONATO A HOLMES ORA aveva un senso. «Ma mi stai fo... fottutamente prendendo in giro?»

Gesso rispose: «Magari. Il denaro è arrivato alla banca delle Cayman ed è stato dirottato in Nigeria pochi minuti dopo».

«Bastardi! E non possiamo farci niente, vero?»

«A quanto pare. Hanno detto che non è stato facile farsi dire che il trasferimento era verso la Nigeria.»

«È una maledetta truffa, e le leggi sul segreto bancario permettono loro di farla franca.»

«Non aiutano.»

«Che razza di feccia, approfittarsi degli Holmes.»

«A volte il mondo fa proprio schifo, Frank.»

«Già.»

«Lo dirai agli Holmes?»

«Derrick è con loro.»

«Va bene. Devo andare.»

Fui sul punto di chiamare il mio partner, ma mi fermai. Si sarebbe agitato all'idea di doversi occupare di quella gatta da pelare? Dare cattive notizie faceva parte del mestiere. Lui rispondeva a me. Perché quell'esitazione a delegare?

Entrai nel parcheggio del Publix. Lì collaboravano sempre in fretta. Guardare il video non avrebbe richiesto più di dieci o quindici minuti. Ci sarebbe stato giusto il tempo di pensare.

QUASI A VOLER FARE DA SFONDO, IL CIELO SI OSCURÒ MENTRE MI dirigevo a casa degli Holmes. Blanco era fuori dai guai. Non aveva senso controllare il video dell'agenzia immobiliare. Quando prepararono il panino a Blanco e lui passò dalla cassa, erano le 6:39.

Blanco non sarebbe potuto arrivare al parco in tempo per aggredire Ramos. Non avevamo niente. E ora dovevamo deludere gli Holmes. Mi accostai a un isolato di distanza. Dare cattive notizie era dura. Farlo senza essere nello stato d'animo giusto non faceva bene a nessuno.

Inarcai le spalle indietro, cercando di alleviare la tensione che mi saliva lungo il collo. Era un lavoro da giovani? Mancavano un paio d'anni alla pensione, ma se non fosse stato per i soldi e l'assicurazione sanitaria, me ne sarei già andato.

Lasciare un caso a metà non era nel mio stile. Al momento giusto, la scrivania sarebbe stata il più pulita possibile nel mondo di oggi. Derrick ne avrebbe preso il comando. Sarebbe stato il capo, calandosi nel ruolo. Qualsiasi aiuto gli fosse servito, io ci sarei stato per lui.

Ruotai la testa, stiracchiandomi il collo, e mi diressi verso la casa degli Holmes. Davanti al marciapiede, mandai un messaggio a Derrick. Lui uscì. Gli feci un pollice verso e lo raggiunsi alla porta.

«A quanto pare, gli Holmes sono stati truffati.»

«Gesù Cristo!»

«Lo so. Ha chiamato Gesso; ha detto che i soldi sono rimbalzati dalle Cayman alla Nigeria.»

Scosse la testa. «Povera gente.»

«Non volevo che fossi tu a dirglielo da solo.»

«Grazie, ma posso farlo.»

«Lo so che puoi, ma volevo...»

«Ho capito. Il fatto che tu sia venuto è sufficiente per me.»

Le mie spalle si rilassarono. Poteva considerarsi un modo per fare pace? «Okay.» Lui si voltò, e io dissi: «Aspetta un attimo. Blanco non è il nostro stupratore. Dobbiamo ripartire da zero.»

«Questa merda non diventa mai più facile, vero?»

«Lo prenderemo.» Lo dissi con sicurezza, ma era solo il sollievo di non dover dare io la cattiva notizia ai genitori.

Appoggiato alla macchina, cercai di capire quale fosse il passo successivo nel caso Holmes. Sembrava sempre più che alla ragazza fosse successo qualcosa di brutto. Non avevamo un corpo, un movente o un sospetto, quindi non era un omicidio... ancora. Forse la ragazza era tenuta prigioniera. Ma da chi?

La mia mente andò alla deriva verso il caso di Pine Ridge e ai Miller. Il fratello minore aveva subìto una lesione cerebrale in un incidente d'auto e non era nel pieno delle sue facoltà.

Mi balenò in testa Bruce Noon. Non sapevo cosa avesse che non andava, ma qualcosa stonava. Tirai fuori il telefono e chiamai il laboratorio. «Cecil, sono Frank.»

«Ciao, Frank. Come stai?»

«Sono stato meglio.»

«Ho saputo della truffa del riscatto.»

Le cattive notizie viaggiavano a velocità supersonica. Inutile dire che me l'aspettavo. «Fa decisamente schifo. Senti, ho un possibile testimone con cui vorrei far lavorare un ritrattista.»

«Certo. Posso organizzare tutto. Mandami solo le scartoffie.»

«Grazie.» Le scartoffie. L'altra parte fastidiosa del lavoro che non si vedeva mai in TV.

La porta d'ingresso si aprì. Derrick mi fece cenno con una mano. «Vuole parlare con te.»

«Com'è andata?»

«Male. La moglie è in preda a una crisi isterica. È di sopra a riposare.»

Il signor Holmes stava camminando avanti e indietro nel soggiorno. «E adesso cosa facciamo?»

Bella domanda. «Continueremo le indagini...»

«Continuare? E dove diavolo ci ha portato continuare? Eh? Me lo dica. Mi sfugge qualcosa?»

«Siamo tutti delusi, ma non ci arrendiamo. Stiamo seguendo diverse piste promettenti.»

«Quali piste? Di che cosa sta parlando?»

«Non posso rivelarle molto, ma abbiamo individuato diverse persone d'interesse.»

«Perché nessuno ha detto niente? Chi sono queste persone? Dove diavolo è mia figlia?»

La frase mi uscì di bocca da sola. Erano le solite fandonie che sparano i politici. Ma a quel punto non potevamo privarli della speranza.

«Appena potremo condividere qualcosa, lo faremo.»

«Quanto tempo ci vorrà?»

Derrick disse: «È difficile prevedere quando arriverà una svolta. Ma stiamo facendo pressione.»

Fui grato che fosse intervenuto.

Le spalle di Holmes si afflosciarono. «Comincio ad avere la brutta sensazione che non tornerà a casa.»

Non era il solo. La flebile speranza che fosse viva stava svanendo a ogni ticchettio dell'orologio. Cosa si poteva fare?

Ci riunimmo vicino alla mia auto. Esalai. «Che casino del cazzo.»

Derrick disse: «Mettiamo sotto pressione il ragazzo».

Il mio telefono vibrò. «Okay.» Sollevai un dito e risposi: «Che succede, sergente?»

Mi appoggiai alla macchina. «Maledizione. Mandami l'indirizzo via messaggio. Andiamo subito là.»

«Che ha detto?»

«È scomparsa una bambina di cinque anni.»

CAPITOLO TRENTATRÉ

Sfrecciando lungo Davis Boulevard, svoltammo al Glen Eagle Golf and Country Club. Il complesso era recintato. Un deterrente minimo.

«Chiedi alla guardia se hanno delle telecamere. Se l'hanno portata via in macchina, ci servirà ogni singolo numero di targa in uscita.»

Derrick parlò con un uomo anziano che avrebbe fatto fatica persino ad arrivare alla cassetta della posta. Era un altro esempio di sceneggiata per la sicurezza. «Fanno le fotografie.»

«Bene. Andiamo.»

La casa degli Schneider era un'abitazione monofamiliare su Lago Villaggio Way.

Derrick disse: «Che nome lungo per una strada.»

«La gente si stancherà di farne lo spelling.»

Apparve una volante. Derrick le si accodò. La casa era una delle tante nell'isolato ad aver sostituito le tegole in terracotta con altre più moderne di color grigio. Tra le abitazioni si intravedeva un lago che costeggiava il retro della via.

Cacciando via dalla testa il pensiero di dover dragare il lago,

entrammo. Sei donne stavano supplicando l'addetto alla sicurezza del complesso di fare qualcosa.

Schiarìi la gola e dissi: «Signora Schneider?»

Con il viso rigato dal mascara, una donna sulla trentina con
i capelli corti e biondi si fece avanti. «Grazie a Dio siete qui.»

Derrick disse: «Mi unisco alle ricerche. Parla tu con la
signora Schneider.»

«Sì, la prego, si sbrighi.»

Dissi: «Ci serve una sua foto.»

Sfilò una foto incorniciata da una credenza. La bambina
aveva lo stesso colore di capelli di Jessie. La porsi a Derrick e
mi voltai verso la madre.

«Mi racconti che cos'è successo.»

«Qualcuno ha preso Mia. Era proprio qui, e un attimo dopo
era sparita.»

«Dov'era Lei quando è scomparsa?»

«Era sulla veranda e io sono entrata, solo per un minuto.
Dovevo cambiarmi. Ero ancora in tenuta da ginnastica e Mia
aveva lezione di danza.»

«E quando è tornata fuori, era sparita?»

«Sì. Pensavo fosse in casa. Ho controllato dappertutto... oh,
vi prego, trovatela.»

«Per quanto tempo è rimasta dentro?»

«Cioè, cinque, forse dieci minuti. Dovevo usare il bagno.»

«Mi mostri dov'era quando l'ha vista l'ultima volta.»

Si diresse verso le porte scorrevoli aperte. «Proprio qui.
Stava prendendo il tè con la sua bambola. Lo fa tutti i giorni.»

Sulla veranda era disposto lo stesso servizio da tè che aveva
nostra figlia. Uscii sulla veranda. Una zanzariera conduceva al
prato davanti a un lago lungo e stretto. La maniglia della porta
aveva qualcosa che non andava.

«Era già rotta prima di oggi?»

«Sì, non funziona da mesi.»

Misi piede sull'erba. Qualche casa più in là, il lago curvava scomparendo alla vista. Un'area paludosa sulla destra attirò la mia attenzione. C'erano alligatori nell'acqua o nella zona dei canneti?

«Dov'è suo marito?»

«Siamo separati.»

«Pensa che possa averla presa lui?»

«No. Io e John andiamo d'accordo. E poi è in viaggio. Credo sia a New York.»

«Avremo bisogno dei suoi contatti.»

«Le sto dicendo che non farebbe mai una cosa del genere.»

«Signora, non sto dicendo che sia stato lui. Mi dia solo le sue informazioni.»

Scosse la testa e me le disse a denti stretti.

«Ha visto qualcuno fuori? Qualcosa di strano?»

«No. È stata una giornata normale. Cioè, i giardinieri erano fuori prima, ma parliamo di ore fa.»

«Nessun altro?»

«No. Non ho visto nessuno.»

«Sua figlia si è mai allontanata da sola prima d'ora?»

«Mia è una brava bambina. Sa di non dover parlare con gli sconosciuti.»

«Si è mai allontanata?»

«No, non proprio. Voglio dire, una volta ero nel camerino da Bealle's e mi ha fatto prendere lo spavento della mia vita. Ma è stata solo quella volta da Bealle's.»

Era impossibile non pensare alla cascata di buoni sconto che il negozio usava per attirare i clienti. «E i suoi amici del vicinato? Potrebbe essere andata a casa di uno di loro?»

«I ragazzi dell'isolato sono più grandi. Sono a scuola.»

Tirai fuori il telefono. «Sarge, ho bisogno di far alzare un drone il più in fretta possibile.»

«Ricevuto. Altro?»

«Avremo bisogno di altri sei agenti circa per condurre una perlustrazione a tappeto. Questo posto è enorme.»

«Okay, ti mando delle pattuglie. Buona fortuna.»

«Signora Schneider, chiami il golf club. Dica loro che sua figlia è scomparsa. Chieda di mandare in giro dei golf cart per cercarla. Potrebbe essersi persa.»

«Perché dovrebbe essere sul campo da golf?»

«Lo faccia e basta.»

Fece la telefonata e io le diedi il mio numero di cellulare. «Mi chiami quando arrivano le pattuglie. O se sente qualcosa.»

Starsene con le mani in mano non era nel mio DNA. Specialmente quando una bambina di cinque anni poteva essere in pericolo. Uscii e scrutai il cielo. Il drone si stava dirigendo verso di noi. Pregando in silenzio, mi diressi verso un'area paludosa piena di canne alte fino al petto.

MARY ANN DORMIVA SUL DIVANO. SPENSI LA TV E LEI SI MOSSE.

«Che ore sono?»

«Sono le nove e mezza.»

«Giornataccia, eh?»

«Sì, ma almeno una cosa è andata bene.»

«Cos'è successo?»

«La storia del riscatto per la ragazza Holmes era una grossa truffa.»

«Ho visto al telegiornale. Cos'è successo?»

«Holmes, grazie a Dio, ha ascoltato e ha mandato solo metà dei soldi. Comunque, il bonifico è stato inviato alle Isole Cayman, e non appena è arrivato lì, è stato dirottato in Nigeria.»

«Oh, povera famiglia. Come fa la gente a vivere con se stessa dopo aver fatto cose del genere?»

«Un altro tipo di predatore. Non diverso da qualsiasi truffa che fa leva sulle emozioni.»

«Come quel caso in cui il padre di Phil ha mandato dei soldi a qualcuno che sosteneva di essere suo nipote, per la cauzione.»

«Esatto. È meglio che ci sia un posto speciale all'inferno per gente così.»

«Quindi, niente sulla ragazza?»

«No. Non si mette bene.»

«Non riesco a immaginare cosa stiano passando.»

«Lo know. Oggi siamo intervenuti per una chiamata riguardo a una bambina di cinque anni scomparsa.»

«Oh no.»

«Ha i capelli biondi come Jessie, e la piccola ha lo stesso servizio da tè con cui giocava Jessie. Mi sono venuti i brividi.»

«Ma poi si è risolto tutto, vero?»

«Sì, è passato un ragazzo con la sindrome di Down. Aveva pescato un pesce nel lago e voleva mostrarlo, e loro due si sono allontanati.»

«Che paura. Avrebbero potuto rapirla o sarebbe potuta cadere nel lago. Ci sono alligatori lì?»

Era meglio evitare di rispondere. «La vita può cambiare in un battito di ciglia. Ti ricordi quella volta che eravamo da Marshall's e io stavo provando delle scarpe da ginnastica? Siamo andati nel panico quando non abbiamo visto Jessie dietro l'espositore?»

«Se me lo ricordo? La tensione mi ha fatto invecchiare di dieci anni.»

«A proposito di tensione. Sta succedendo qualcosa di strano con Derrick. All'improvviso si oppone quando gli do delle direttive.»

«Siete partner; vi dividete le responsabilità.»

«Oh, andiamo, sai che non funziona così; il capo sono io. Sono quello con cui Remin se la prende, non Derrick.»

«Non è di questo che parlo. Derrick sa che sei tu il leader. Mi riferivo al modo in cui chiedi...»

«Cosa stai dicendo?»

Incrociò le braccia. «Frank, non dimenticare che siamo stati partner anche noi. Ho dovuto dirti più volte che eri sgarbato...»

«Sgarbato? Io non sono sgarbato.»

«Lasciami finire?»

«Vai avanti.»

«È il modo in cui chiedi a qualcuno di fare qualcosa. Invece di ordinarglielo, a lui o a chiunque altro, peraltro, sii gentile. Tutti hanno dei sentimenti...»

«Aspetta un attimo! Sto cercando di trovare uno stupratore e una ragazzina scomparsa, e devo preoccuparmi di ferire i sentimenti del mio partner? Questa è una follia. Sono a pezzi. Vado a letto.»

***

Spalancai gli occhi. Mi irrigidii. Cos'era stato? Un graffio? O un tentativo di forzare qualcosa? Con un solo movimento, feci oscillare le gambe giù dal letto e impugnai il revolver.

«Frank? Che succede?»

«Entra in bagno. Qualcuno sta cercando di entrare.»

«Non andare là fuori. Chiamo il nove-uno-uno.»

«No. Ci penso io.»

Mi ci volle un minuto per arrivare in punta di piedi in soggiorno. Le luci di sicurezza sul lato destro della casa erano accese. Chi stava cercando di entrare dalla lavanderia?

«Vattene subito da qui! Ho una pistola!»

Il rumore cessò. «Vattene!»

«Frank! Stai attento!»

«Torna in camera da letto.» Corsi sul retro della casa e accesi le luci della veranda. Pistola puntata in avanti, feci scorrere la porta per aprirla. Era vuota.

Nel buio, un paio d'occhi rifletterono il chiaro di luna. Misi la testa dentro e sussurrai: «Mary Ann, prendimi una torcia.»

CAPITOLO TRENTAQUATTRO

Sollievo nel vedere una tazza di caffè sulla mia scrivania, dissi: «Buongiorno, Derrick».

«Ehi».

Almeno avevo qualcosa per rompere il ghiaccio. «Dai un'occhiata a questo».

«Cosa?»

«Abbiamo avuto una visita ieri notte». Prese il mio telefono. «È successo a casa tua?»

«Sì. Sembrava che qualcuno stesse entrando da una porta laterale. Cavolo, avevo tirato fuori la pistola e tutto il resto».

«È un cucciolo d'orso. Peserà sì e no duecento o trecento libbre».

«Forse, ma dovresti vedere i graffi sulla porta. Ci vorrà una tonnellata di stucco per riempirli».

«Un modo spaventoso di svegliarsi».

«Hai proprio ragione».

«Dopo la giornata che abbiamo avuto ieri, pensavo che sarei crollato subito, invece ho fatto un brutto sogno su Jessie».

«Davvero?»

«Sì».

«E io ne ho fatto uno brutto su Lynn».

«Questo maledetto lavoro potrebbe starci logorando».

«Potrebbe?»

Presi il caffè. «Almeno ci rovineremo insieme».

«Potrebbe andare peggio».

Non era molto, ma si stava sciogliendo. «Molto peggio. Senti, a che ora arriva Bruce Noon oggi?»

«Alle undici».

«Ottimo. Chissà, magari ci dirà bene».

«Fortuna? Pensavo che non facessi affidamento sulla fortuna».

Feci spallucce. «A questo punto, se scendesse un alieno con una pista, la seguiremmo».

Rise. «Penso che dovremmo parlare con Jason Reedy».

Andare a trovare il ragazzo della Holmes era già sulla mia lista. «Buona idea».

«Allora mettiamoci in moto».

«Guido io, se vuoi».

«No, tranquillo. Mi piace guidare».

C'erano persone a cui piaceva guidare. La domanda era perché. Era il traffico? Lo stress di dover stare all'erta? Alcuni dicevano che facevano le loro migliori riflessioni al volante. Per me era camminando, anche se i dieci chili di troppo che mi portavo addosso lo smentivano.

«Oh, pare che siano stati presi altri due cani».

«Dov'è successo?»

«Al Lakewood Country Club».

«Dov'è di nuovo?»

«Di fronte a Sugden Park, dove c'è quel ristorante indiano, 21 Spices».

«Due cani dalla stessa comunità. È un'azione organizzata. Forse c'è una banda dietro a tutto questo».

«Probabile. Sanno che ci si fanno i soldi».

«È una pazzia. Senti, ci hai mai mangiato in quel posto indiano?»

«Troppo piccante per me».

«Mary Ann mi sta rompendo l'anima per andarci. A lei piace la cucina indiana».

«Fa' il bravo e portacela».

«Magari per il suo compleanno».

Derrick svoltò su Santa Barbara Boulevard. «Cavolo, non posso credere che stiano costruendo così tanto da queste parti».

«Ho letto che qualcosa come cento persone al giorno si trasferiscono a Collier».

«Cento? Mi sembra un numero troppo alto».

«È quello che ho pensato anch'io, ma l'articolo diceva che a Lee County ne arrivano il doppio».

«Roba da pazzi».

«Gira a sinistra su Devonshire».

La casa della famiglia Reedy era beige, su un ampio lotto, a pochi passi da un Publix. Un rimorchio con sopra una barca da pesca era parcheggiato sul lato del garage.

Derrick mostrò il distintivo. «Signora Reedy? Siamo dello sceriffo della contea di Collier».

«Eddie sta bene?»

«Sì, signora. Vorremmo scambiare due parole con suo figlio, Jason».

«Jason? Ha fatto qualcosa?»

«Riguarda Debbie Holmes».

Il suo viso si addolcì. «Oh. Okay. Sta ancora dormendo. Entrate, vado a svegliarlo».

Era impossibile non notare la differenza con i ragazzi di oggi. Noi, alle dieci, saremmo già stati alla terza partita di qualcosa, non a sprecare la parte migliore della giornata sbavando su un cuscino.

Basso, tarchiato e con spesse infradito ai piedi, Jason Reedy entrò a fatica nella stanza. La maglietta che il ragazzo indossava riportava alla mente immagini della moda psichedelica. Derrick ci presentò e disse: «Signora, dato che suo figlio è minorenne, ha il diritto di essere presente, se lo desidera».

Lei strinse gli occhi. «Sta insinuando che Jason abbia a che fare con la scomparsa di Debbie?»

«Niente affatto. Siamo tenuti ad avvisarla, dato che ha solo diciassette anni».

«Oh, va bene». Si rivolse a suo figlio. «Vuoi che resti con te?»

«No. Non è necessario, mamma».

«D'accordo, allora. Sarò sulla veranda, se hai bisogno di me».

Dissi: «Perché non ci sediamo?»

«Certo». Scostò una sedia di vimini dal tavolo. Derrick disse: «Da quanto tempo conosci Debbie Holmes?»

«Approssimativamente, credo da alcuni anni».

Aveva una laurea in legge?

«Come vi siete conosciuti?»

«A scuola».

«Da quanto state insieme?»

Fece spallucce. «È da un po'».

«Più di un anno?»

«Sì. Perché è importante?»

«Abbiamo bisogno del suo aiuto per cercare di capire cosa le sia successo».

«Non ho idea di cosa sia successo. È una cosa che mi sconvolge parecchio».

«Lei la conosce meglio di tutti, ed è possibile che possa indirizzarci nella direzione giusta».

«Vorrei poter essere d'aiuto».

«Conosce Dana Foyle, giusto?»

Annuì.

«Ha detto che lei saprebbe dov'era».

«Perché quella stupida str... ha detto una cosa del genere?»

«Calma, Jason. Pensava che Debbie fosse più legata a lei che a chiunque altro. Tutto qui».

Sbuffò. «Le date retta? Cosa ha cercato di fare? Eh? Il suo piano le è esploso in faccia».

Jason non aveva tutti i torti. Dissi: «Conosce qualcuno che volesse fare del male a Debbie?»

«No».

«Ha avuto una discussione con qualcuno?»

«Niente di grave».

«Ci dica».

«Non era niente. Solo le solite stupidaggini di scuola, sa come sono le ragazze».

«È passato molto tempo da quando andavamo a scuola. Perché non ci racconta cos'è successo?»

«Non ne sono sicuro, ma ha litigato con una ragazza di nome Sammi. Si è trasferita qui da New York e si crede una dura. Sa, quel tipo di persona».

«Qual era il motivo del litigio?»

«Una cosa stupida. Credo che Debbie stesse aprendo il suo armadietto, e l'anta ha colpito Sammi, e lei ha dato di matto».

«E sono arrivate alle mani?»

Annuì mentre il mio telefono vibrava.

«Qual è il cognome di Sammi?»

«Cava».

«Okay. Le viene in mente altro?»

Scosse la testa.

Derrick disse: «Cosa può dirci di Javier Lopez?»

Si sporse in avanti. «Oh, mi ero dimenticato di lui».

«Sappiamo che era interessato a Debbie, ma che lei lo ha respinto».

«Javier è pieno di sé. Non la lasciava in pace, la tormentava di continuo. Sì, dovete indagare su di lui. Può sembrare pazzesco, ma potrebbe essere stato lui a fare qualcosa».

«Cosa glielo fa pensare?»

«Dava fastidio a Debbie. Era molto insistente, anche quando lei gli diceva di no a un appuntamento. Aveva una bella faccia tosta; sapeva che stavamo insieme. Maledetto serpente».

Il mio telefono vibrò di nuovo. Ignorando ancora una volta la chiamata, chiesi: «Cosa può dirmi del signor Lopez?»

«Non molto. Era un anno più grande di noi, ma questo è tutto».

«Era interessato alla sua ragazza e non sa molto di lui?»

Un SMS trillò e un secondo dopo, il suono della vibrazione del telefono di Derrick mi fece dare un'occhiata. Era Gesso. Qualcuno aveva trovato un corpo.

CAPITOLO TRENTACINQUE

Mentre ci dirigevamo verso Marco Island, superammo Fiddler's Creek, e io dissi: «Non capisco come si possa sapere se è un uomo o una donna».

Derrick disse: «Perché lo dici? È stato in acqua, anche se solo per un paio di giorni».

La combinazione di acqua calda, batteri e vita marina accelerava a dismisura la decomposizione. «Lo so, lo so».

«Pensi che sia Debbie Holmes?»

«Probabilmente no» dissi con finta sicurezza.

«Non abbiamo ricevuto nessuna denuncia di scomparsa in mare».

Il mio cellulare squillò. Era Mary Ann. «Ciao. Non posso parlare. Sto andando...»

«È la ragazza Holmes?»

«Come sapevi che c'era un cadavere?»

«Lo stanno dicendo al telegiornale».

Le cattive notizie si diffondevano più in fretta di quelle buone. «Al momento non sappiamo niente».

«Spero in Dio che non sia lei».

«Non ti prometto niente, ma ti chiamo più tardi».

«Va bene, tesoro. Cerca di non farti abbattere».

Riattaccai. «La stampa ha già messo le mani sulla notizia».

«Cosa ti aspettavi? Il corpo è venuto a galla dove la gente va a pescare».

Annuendo, dissi: «La maggior parte della gente non sa che quando un corpo si decompone, l'accumulo di gas lo spinge in superficie. A meno che tu non sappia davvero quello che fai, verrà a galla».

«E di avere il tempo di farlo per bene».

«Se si tratta di un omicidio, è un fattore da considerare. Se non è stato sommerso a lungo, potremmo avere a che fare con qualcosa di non pianificato, un delitto passionale o qualcosa che è sfuggito di mano».

Avvicinandoci al cartello per il Judge Jolley Bridge verso Marco Island, Derrick domandò: «Chi era questo giudice a cui hanno intitolato il ponte?»

«Ho sentito dire che era una brava persona, ma senti questa: non era laureato in legge».

«E allora come ha fatto a diventare giudice?»

«Non lo so, ma un professore del John Jay College ci disse che anche un membro della Corte Suprema negli anni Quaranta non aveva frequentato la facoltà di legge».

Svoltammo da Collier Boulevard, all'altezza di Bear Point, subito prima del ponte, e ci affiancammo a una manciata di auto di pattuglia.

A una quindicina di metri dalla riva, alcune persone su delle tavole da paddle stavano indicando qualcosa. Aggirammo un gruppo di arbusti e mi bloccai di colpo quando vidi i capelli castani della vittima. Un'ondata di mal di mare mi travolse al ricordo del colore dei capelli di Debbie Holmes.

Avvicinandomi alla vittima in decomposizione, mi parve una donna la cui corporatura corrispondeva a quella di Debbie Holmes.

«Pensi che sia lei?»

Con la bocca secca, dissi: «Maledizione».

«È appena arrivato il furgone della scientifica. E c'è Bilotti».

Annuendo, sussurrai: «Non so quanto ancora posso sopportare tutto questo».

«Cosa vuoi dire?»

E io che lo credevo un bravo detective? «Cosa? Che ne dici di questo? Tutto questo. Vedere ragazzi morti o violentati. Avere a che fare con genitori in lutto...»

«Lo so, amico. Vuoi tornare indietro? Me ne occupo io».

Certo che volevo andarmene, ma in questo lavoro non potevi scegliere solo i bocconi migliori. «No, mi stavo solo lamentando».

Lo sciabordio dell'acqua sollevava il corpo spingendolo e ritirandolo dalla spiaggia sabbiosa. Ciuffi di alghe erano sparsi sul petto del cadavere. Al corpo mancava un piede e un braccio era attaccato solo da un legamento.

Avvicinandomi, trattenni il respiro e mi inginocchiai. Ciò che restava del suo seno confermava che era una donna.

Ingoiando un fiotto di bile, le controllai le tasche. Vuote.

«Cosa indossava la Holmes quando è stata vista l'ultima volta?»

«Pantaloncini e una T-shirt».

Mi sentivo come se avessi addosso un giubbotto di piombo. «Deve essere lei».

«Frank, Derrick».

«Ciao, Doc».

Scosse la testa. «In che mondo viviamo?»

Era una domanda inquietante. «Basandoci sui capelli e sui vestiti, pensiamo che sia la ragazza scomparsa, la Holmes. Quanto ci metterai a identificarla?»

«Controllerò le impronte digitali. Se non ci sono, ci affideremo ai registri dentistici».

«Cerca una voglia sul sedere. La madre ha detto che ne ha una a forma di coniglio».

«Quello si qualifica come un segno distintivo. Darò un'occhiata appena la portiamo all'obitorio».

«Da quanto tempo pensi che sia in acqua?»

«Difficile a dirsi, ma circa da cinque a otto giorni».

«Okay».

«Lo stabiliremo con certezza. Lasciami fare l'esame iniziale e poi avvieremo l'autopsia».

Bilotti e la squadra della scientifica entrarono in azione.

«Derrick, chiedi ai ragazzi di Marco di mandare una barca là fuori. Questo non è un maledetto spettacolo; bisogna allontanare i curiosi».

L'uomo sulla sessantina che aveva trovato il corpo era appoggiato a un'auto di pattuglia. Indossava pantaloncini e un cappello di paglia e scuoteva la testa.

«Signore, sono il detective Luca».

Mi tese la mano. «Joe Farnsworth».

«Mi pare di capire che sia stato Lei a trovare il corpo».

«Sì, non posso crederci. Volevo solo pescare un po', ma prima ancora di uscire in mare, l'ho visto».

«Dov'era quando l'ha scoperto?»

Indicò un punto. «Tengo la mia barca al Marco Marina. Sono andato dritto verso il canale e non so nemmeno perché ho guardato dall'altra parte prima di svoltare, e l'ho visto. Pensavo fosse la carcassa di un delfino o qualcosa del genere e mi sono avvicinato col motore».

«Cosa ha fatto quando si è avvicinato?»

Fece una smorfia. «Ho quasi vomitato la colazione, ecco cosa. Ho spento il motore appena ho visto che era un corpo. Non potevo crederci. Ho chiamato il porto e stavo per aspettare i soccorsi, ma stava andando alla deriva e avevo paura. Così, l'ho raggiunto con il retino ed è stato allora che ho visto che mancava un piede. Era in, uhm, pessime condizioni. Ho pensato che fosse meglio portarlo sulla spiaggia».

«Quanto era al largo?»

«A circa un terzo oltre la metà del canale».

«C'erano altre barche in zona?»

«Sa, ho pensato la stessa cosa, ma era piuttosto tranquillo. La marea si era invertita poco prima. Si pesca meglio quando va verso il largo».

«Lei è un pescatore serio».

«Oh sì, io e mio padre uscivamo insieme quando lui era ancora vivo».

«Se dovesse indovinare da dove potrebbe essere venuto il corpo, cosa direbbe?»

«Mmmh. Beh, direi che probabilmente è uscito da East Marco Bay. Ci sono un sacco di insenature e baie vicino a Charity Island».

Guardai nella direzione che indicò. «Apprezzo il consiglio».

«Certo. Ma sa, le maree e le correnti sono cose strane. Potrebbe essere uscito tranquillamente da Tarpon Bay. C'è un passaggio stretto che conduce proprio dove l'ho visto».

«Le dispiacerebbe mostrarmi sulla mappa i luoghi a cui si riferisce?»

CAPITOLO TRENTASEI

Con la tazza in mano, Derrick disse: «Ho ripensato a quello che hai detto sul possibile collegamento con il caso Ramos».

«E quindi?»

«Come hai detto tu, la corporatura e il colore dei capelli corrispondono a quelli della Ramos e della Samus, ma se è la Holmes, è solo una ragazzina. E stava andando in bicicletta. Doveva saperlo».

«Forse non gli importava».

«Non sono un profiler, ma i pervertiti non vanno sempre a caccia dello stesso tipo di persona?»

«Dovremmo chiederlo agli esperti, ma non fissiamoci su questo. Dobbiamo tenere a mente che i casi potrebbero essere collegati».

«Certo».

«Non dimentichiamoci che la Holmes è stata rapita di notte, quando non c'era nessuno in giro».

Lui annuì.

«Il punto è che non lo sappiamo. Ma se non è la Holmes, dobbiamo propendere per un collegamento».

«Non è che voglia un'altra vittima, ma spero non sia la Holmes».

«Anch'io».

Mi squillò il cellulare. «Ehi, Doc. Che hai per me?»

«Abbiamo delle impronte digitali parziali da confrontare, ma in base alla voglia che ha menzionato, stiamo facendo un'identificazione provvisoria: si tratta di Deborah Holmes».

Un rutto disgustoso mi salì su per la gola. «Era sul sedere?»

«Sì».

Crollando sulla sedia, dissi: «A forma di coniglio?»

«Sì».

«Maledizione».

«Mi dispiace, Frank. Devo andare a iniziare l'autopsia».

Derrick domandò: «Era la Holmes?»

Sospirai. «Sì».

Si sedette sull'angolo della mia scrivania. «Dobbiamo dire ai genitori quello che sappiamo».

«Già, e allo sceriffo».

«Vai tu da Remin. Avviso io gli Holmes».

Era inutile fingere che dovessi essere io a parlare con i genitori. Era una cosa che non riuscivo proprio a fare in quel momento. «Okay». Mi alzai e mi trascinai al piano di sopra.

DERRICK TORNÒ MENTRE PIANTAVO PUNTINE AGLI ANGOLI DI UNA mappa di Marco Island. «Com'è andata?»

Lui fece spallucce. «Malissimo, soprattutto per la madre. Ma, sai, sapevano che non sarebbe tornata a casa».

«La realtà dei fatti ti colpisce dopo che una persona è scomparsa da più di due giorni».

«Un po' come la veglia funebre attutisce il colpo per un paio di giorni dopo la morte».

Un'idea interessante, ma l'affermazione richiedeva più riflessione, e non era quello il momento.

«Vieni qui». Misi un dito sulla mappa. «È qui che Farnsworth ha visto il corpo».

Derrick afferrò una matita e disegnò una X. «Potrebbe essere arrivato da qualsiasi parte».

«Lo so, ma lui conosce le acque e ha detto che probabilmente veniva dal lato est del ponte. Ha detto che potrebbe essere uscito da qui», indicai Tarpon Bay, «ma avrebbe dovuto attraversare questo punto stretto. Qualcun altro l'avrebbe visto. Oppure è così stretto che potrebbe essersi incastrato da qualche parte».

«In ogni caso, probabilmente stiamo cercando qualcuno con accesso a una barca».

«La prima cosa a cui ho pensato è stato il ragazzo dei Reedy».

«Con quella barca a lato della casa, ho pensato la stessa cosa».

«Non possiamo saltare alle conclusioni, ma c'è qualcosa in Reedy; mi ha guardato dritto negli occhi, ma non mi fido di quel ragazzo».

«Non ha detto niente di Lopez finché non l'abbiamo menzionato noi».

«Lo so. Dobbiamo parlare con Lopez».

«Frequenta la Gulf Coast University».

«Ha precedenti?»

«Niente da quando ha compiuto diciotto anni, ma ho controllato e c'è un fascicolo minorile su di lui».

Quello era interessante. «Potrebbe essere illuminante, ma ci servirà qualcosa di concreto per chiederne l'accesso».

«Vedo se è al campus».

«Io vado su ai Miromar Outlets; sarebbe perfetto».

«Tu? A fare shopping?»

«Abbiamo un matrimonio e Mary Ann voleva che mi

comprassi una giacca sportiva nuova. Ne ha vista una in saldo da Brooks Brothers e l'ha comprata».

«Che stile».

«Ho rimandato a farla sistemare e lei mi sta con il fiato sul collo perché il matrimonio è tra due settimane».

ERA DIFFICILE NON ESSERE INVIDIOSI; IL JOHN JAY COLLEGE NON aveva un campus. L'università di giustizia penale si trovava sulla Cinquantanovesima Strada a Manhattan. L'unico verde che avevamo proveniva da un paio di alberi striminziti piantati in buchi nel cemento.

Un sentiero di mattoni conduceva a una serie di edifici bassi che circondavano un lago. La sua spiaggia sabbiosa dava al luogo un'aria da resort. Forse Derrick aveva trovato la parola giusta per descriverli, perché "dormitorio" non calzava.

Con lo zaino su una spalla, Javier Lopez uscì dall'edificio Mangrove. Aveva il fisico da nuotatore ed era più alto dell'uomo descritto dalla Ramos.

Ci accomodammo su una panchina. «Questo posto è più bello di quanto mi aspettassi».

«Sì, non è male».

La mentalità del "tutto è dovuto" era passata dalla generazione dei millennial a come diavolo si chiamava questa? «Cosa studia?»

«Marketing, ma sono venuto qui per nuotare. Ho una borsa di studio».

«Bene. Hanno un buon programma qui?»

«La squadra femminile spacca, ma noi siamo solo nella media».

«Allora dovete lavorarci su».

Lui sorrise. «Dopo vado in piscina».

«Mi risulta che Lei abbia avuto un interesse romantico per Debbie Holmes».

«Era gentile. Mi piaceva davvero. È difficile credere che sia, uh, andata via».

Il dottor Bruno aveva detto che gli assassini usavano eufemismi nel tentativo di minimizzare ciò che avevano fatto. Era quello che stava facendo Lopez?

«Ci è stato detto che Lei l'ha corteggiata in modo aggressivo».

«Mi piaceva. Mio padre ci ha sempre detto che, se vuoi qualcosa, devi andartela a prendere».

Era il tipo di bambino che rompe il proprio giocattolo quando gli dicono di lasciare giocare un altro bambino? «A lei non interessava?»

«Oh, sì che le interessava. Ma io stavo per andare al college».

Stava parlando l'orgoglio maschile? «Questo posto è solo a mezz'ora di distanza».

«Sì, ma sa, uscire con una liceale...»

La pressione dei pari era una forza potente. «Ha qualche idea su chi potrebbe essere responsabile della sua morte?»

«Quel cretino di Jason e il suo tirapiedi, Joey, sono un buon punto di partenza».

«Perché dice questo?»

«Era un maniaco del controllo. Si è lamentata con me un sacco di volte del fatto che la stava soffocando. Ha detto che il suo amico è un vero verme e che ci ha provato con lei».

«Mmm. Sa, è strano che dica che potrebbe essere stato lui, perché lui ha detto che è stato Lei».

Lui sbuffò. «Io? Assolutamente no, ma vede, vede come sta cercando di distrarre la polizia?»

«Dov'era la notte del ventitré maggio, quando Debbie è scomparsa?»

«Io? Oh, ma dai. Non c'entro niente».

«Mi dica dov'era».

«Che giorno era?»

Stava prendendo tempo? «Lunedì».

«Oh, mi stavo allenando. Siamo in piscina sei giorni alla settimana, come minimo».

«Fino a che ora?»

«Di solito le sei, le sei e mezza. Poi facciamo la doccia e mangiamo qualcosa».

Avremmo verificato il suo alibi. «Okay, è tutto. Buona nuotata».

Lui si alzò. «Grazie».

«Oh, sono curioso di sapere se i nuotatori usano solo la piscina o se a loro piace la spiaggia o vanno a pescare».

«Oh, sì. Adoro stare sul Golfo. Mio padre ha una barca da sempre».

CAPITOLO TRENTASETTE

Derrick sbirciò da sopra il monitor. «Hai preso l'abito?»

«Una giacca sportiva. Devo dire che ne ha scelta una bella.»

«Chi si sposa, di nuovo?»

«Il figlio di un'amica di Mary Ann. Di cognome fanno McCormick; vivono a Kensington.»

«Non li conosco.»

«Mary Ann li conosce meglio di me. Siamo usciti solo un paio di volte come coppie. Ma ci va anche Bilotti. Ho detto a Mary Ann di assicurarsi che ci mettano seduti con lui.»

«Già, stare a un matrimonio con un mucchio di sconosciuti non è divertente.»

«Com'è andata con Lopez?»

«La sua versione non corrispondeva a quello che ci hanno detto. Ha detto che lei gli andava dietro, ma che lui l'ha lasciata quando è andato al college.»

«Potrebbe essere.»

«Il ragazzo è nella squadra di nuoto, ha detto che la sera in cui è scomparsa la Holmes stava nuotando fino alle sei, sei e mezza.»

«Dovrebbe essere facile da verificare. Faccio qualche telefonata.»

«Sai, mi è venuta un'idea. Se è coinvolto un suo compagno di classe, o più di uno, probabilmente il giorno dopo non sono andati a scuola. Possiamo controllare chi era assente quel martedì e anche il giorno seguente. Non si sa mai.»

«Potrebbe essere un'informazione preziosa. Chiamo la Barron Collier High.»

«Grazie.»

«Ehi, il disegnatore ha lasciato una copia dello schizzo del tizio che Noon ha detto di aver visto.» Mi porse una busta.

«Questo tizio mi sembra familiare. No?»

Rise. «Probabilmente è una combinazione di tutte le persone che Noon abbia mai incontrato.»

Il mio cellulare squillò. «Detective Luca.»

«Uhm, salve, sono Chris Reedy. Il padre di Jason.»

Posai il disegno. «Come posso aiutarla, signor Reedy?»

«Io, uhm, potrei avere delle informazioni per lei.»

«Riguardo a cosa?»

«Debbie Holmes.»

«È disponibile adesso?»

«Sì. Sono a casa. Ma vorrei davvero che la cosa restasse il più confidenziale possibile.»

«Certo. Sarò lì tra venti minuti.»

Derrick disse: «Che succede?»

«Il padre di Jason Reedy ha detto di avere informazioni sulla Holmes.»

«Porca miseria! Pensi che riguardino suo figlio?»

«Potrebbe essere.»

«Perché non ha detto niente prima?»

«Bella domanda. Vediamo cosa risponde.»

«Non vedo l'ora.»

Tenendo a mente ciò che Mary Ann aveva detto sullo stile,

dissi: «Senti, vuole mantenere un basso profilo, quindi lascia che ci vada da solo.»

LA BARCA ERA ANCORA SUL FIANCO DELLA CASA DEI REEDY. Mentre accostavo al marciapiede, la porta del garage si aprì. Sembrava Jason Reedy.

Si chinò, rivelando molti meno capelli di Jason. Doveva essere il padre del ragazzo. «Signor Reedy?»

Con le mani in una cassetta degli attrezzi, alzò lo sguardo. «Detective?»

Ci stringemmo la mano. «La maniglia del frigo deve essere stretta.»

«C'è sempre qualcosa da fare.»

«È nuovo di zecca, ma è la terza volta che devo stringerla.»

«Tutti si lamentano degli elettrodomestici. Sembra che siano fatti per rompersi.»

«Senza dubbio, e bisogna aspettare settimane per averne uno.»

Lo seguii in cucina. «Ha detto di avere informazioni su Debbie Holmes.»

Si accigliò. «È terribile quello che le è successo. Era una brava ragazza.»

«È quello che abbiamo sentito. Cosa voleva dirci?»

«Beh, quella notte, la notte in cui è scomparsa, ho visto qualcosa, e penso che sia importante.»

«Che cosa ha visto?»

«Un ragazzo di nome Javier Lopez.»

«Dov'era?»

«Su Livingston, vicino a Hamilton Place, è proprio prima di dove viveva Debbie.»

«A che ora?»

«Erano circa le otto.»

«Come conosce il signor Lopez?»

«Abbastanza bene. Facevo l'allenatore, o meglio, aiutavo l'allenatore di baseball, e lui era in squadra un paio di anni fa.»

«Ed è certo che fosse lui?»

«Al cento per cento.»

«Cosa stava facendo?»

«Era nella corsia di destra, andava molto piano. È così che l'ho visto. Si notava, se capisce cosa intendo.»

«E lei cosa stava facendo?»

«Ero uscito a fare una passeggiata.»

«Ed è certo che fosse la notte del ventitré maggio?»

«Assolutamente, mia moglie era via quella notte. Deve ricordare che la nostra famiglia voleva bene a Debbie. Quando è scomparsa, siamo rimasti sconvolti.»

«Perché non ci ha detto prima di oggi di aver visto il signor Lopez?»

«So che probabilmente avrei dovuto, ma non pensavo che Javier fosse un rapitore. Ma quando abbiamo saputo che era stata assassinata, ho cominciato a pensarci.»

«Tornando indietro, ha visto qualcosa?»

«Non ne sono sicuro, ma potrebbe essere stata parcheggiata nel lotto di quei garage per auto.»

Un altro concetto sconosciuto dieci anni prima. «Quelli di fronte a Briarwood?»

«Sì, non posso esserne certo, ma passandoci davanti, sembrava la sua macchina.»

Dovevano avere delle telecamere. «Ricorda quale edificio?»

Arricciò il naso. «Verso il centro, direi.»

«Suo figlio e il signor Lopez erano rivali.»

«Oh, non direi. Era solo la normale faccenda di testosterone adolescenziale tra ragazzi. Ricorda quei giorni, no?»

«Che tipo di macchina guidava il signor Lopez?»

«Un SUV bianco. Non uno di quelli grandi; di dimensioni normali. Era giapponese.»

«Dov'era suo figlio quella notte?»

«Mio figlio? Cosa c'entra lui con tutto questo?»

«Per favore, risponda alla domanda.»

«Era a casa, con me.»

«C'era anche sua moglie?»

«No, ho detto che era fuori con sua madre a trovare sua sorella a Orlando.»

«Cosa pensa che sia successo a Debbie Holmes?»

«Qualcuno l'ha presa dalla sua bici, oppure lei l'ha lasciata lì ed è salita in macchina con qualcuno.»

«E pensa che quel qualcuno possa essere Javier Lopez?»

«Non lo so, ma quel ragazzo era lì quella notte.»

CAPITOLO TRENTOTTO

«AVRESTI DOVUTO VEDERE IL PADRE; È IDENTICO A SUO FIGLIO.»

Derrick disse: «È il contrario; è il ragazzo che assomiglia a suo padre.»

Stava per caso puntando a una laurea in lettere? «Poco importa. Ad ogni modo, ha detto che la sera in cui è scomparsa la Holmes, Lopez era a Livingston.»

«Potrebbe essere, perché quel giorno non si è allenato in piscina.»

«Davvero?»

«Sì. L'allenatore ha detto che danno a ogni ragazzo un giorno di riposo a settimane alterne per far recuperare il fisico e il ventitré era il giorno libero di Lopez.»

«Quel maledetto ragazzino ha mentito con una tale facilità.»

«Hanno molta pratica.»

«Dobbiamo scavare a fondo su di lui. Scoprire se si è mai comportato in modo aggressivo, specialmente con le donne.»

«Sarebbe bello poter dare un'occhiata ai suoi precedenti da minorenne.»

«Ci servirà ben altro per ottenerli.»

Mi squillò il cellulare. Era Bilotti. «Fammi un favore: scopri che macchina guida Lopez.»

«Ehi, Doc, come stai?»

«Abbastanza bene. Volevo aggiornarti su Deborah Holmes.»

«Che cosa hai scoperto?»

«Riteniamo che la morte sia avvenuta probabilmente mercoledì venticinque o nelle prime ore di giovedì ventisei.»

Altro che vita lunga e morte rapida. A quella povera ragazza era andata male su entrambi i fronti. «La causa della morte resta soffocamento?»

«Sì. I lividi che aveva non erano profondi, non sono stati causati da un'arma.»

«Legati a una colluttazione?»

«È possibile, ma con la decomposizione è impossibile stabilirlo. Comunque, anche per quanto riguarda la prigionia non ci sono certezze, ma i lividi attorno a un polso sono indicativi.»

«Indicativi? Non puoi spingerti oltre?»

«Mi dispiace, Frank. Non posso essere categorico. Vorrei poterti essere più d'aiuto.»

«Capisco, Doc. Ma è meglio chiedere scusa con una buona bottiglia.»

Lui ridacchiò. «A proposito, un altro mio amico enologo verrà al matrimonio dei McCormick. Porteremo entrambi una bottiglia o due alla festa.»

«Così si ragiona.»

«Non vedo l'ora, ma ti avverto: non ballerò con te.»

«Se mai mi vedessi su una pista da ballo, vorrebbe dire che ho bevuto troppo.»

Dopo aver aggiornato Derrick, disse: «Indovina chi guida un'Acura MDX bianca del 2015?»

«Lopez?»

«Esatto.»

«È un SUV?»

«Proprio così.»

«Cerchiamo di scoprire tutto il possibile su Lopez. Non sappiamo niente di lui.»

«Perché non vedi se riusciamo a dare un'occhiata al suo fascicolo del tribunale dei minori?»

«È un tentativo disperato.»

«Provaci. Io cercherò di trovare quello che posso su Lopez.»

LO SCERIFFO REMIN STAVA USCENDO DALL'ASCENSORE. «Signore, posso parlarLe?»

Si guardò l'orologio. «Ho solo un minuto. Il commissario sta arrivando.»

«Va bene.»

Remin scivolò dietro la sua scrivania. «Suppongo si tratti del caso Holmes.»

«Sì, signore.»

Diede un'occhiata a un appunto sulla scrivania. «Arrivi al punto.»

«Stiamo esaminando attentamente una persona. La pista è quella passionale e si trovava nelle vicinanze del luogo in cui la Holmes è stata vista per l'ultima volta.»

Remin inarcò le sopracciglia. «Sembra promettente.»

«Lo è. Ma al momento è tutto quello che abbiamo. La persona di interesse è uno studente universitario di nome Javier Lopez.»

«Che cosa Le serve da me?»

«Ha dei precedenti penali minorili...»

«E vuole darci un'occhiata?»

«Potrebbe essere utile. Se scoprissimo di che reato si trattasse, potrebbe bastare.»

«Vediamo cosa posso fare. Mi piacerebbe davvero chiudere questo caso il prima possibile.»

Eravamo in due a volerlo. «Grazie, signore. Scriverò il suo nome e il codice fiscale.»

Derrick era al telefono, prendeva appunti. Riattaccò. «A quanto pare, ci sono due fascicoli minorili su Lopez. Che cosa ha detto Remin?»

«Vedrà se riesce a farceli avere o almeno ci farà sapere quali erano le accuse.»

«Bene. Lopez è stato cresciuto dal padre. La madre è morta tre anni fa.»

Lopez non era un bambino quando perse sua madre, ma era stato un duro colpo; lo sapevo fin troppo bene. «Figlio unico?»

Allungando la mano verso il telefono che squillava, Derrick disse: «Sì».

Mise la chiamata in attesa. «È Felix Ramos. Quando va in prigione?»

Le mie spalle si afflosciarono. «Tra una decina di giorni.» Afferrai la cornetta. «Pronto, signor Ramos.»

«Salve, detective Luca. Vorrei un aggiornamento sul caso di mia figlia.»

«Non c'è molto che io possa rivelarLe a questo punto.»

«Che cosa dovrebbe significare?»

Era una buona domanda. «Ci stiamo lavorando e abbiamo elaborato un identikit...»

«Sapete che aspetto ha?»

Menzionare il disegno era stato un errore. «Forse.»

«Perché non l'avete diffuso al pubblico?»

«Non vogliamo che scappi.»

«Sapete chi è ma non sapete dov'è?»

«Questo è tutto quello che posso dire al momento. Devo andare, signore.»

«Senta, so che sta cercando di trovare chi ha ucciso quella povera ragazza. Lo capisco, ma non dimentichi quello che è successo alla mia Lisa.»

«Mi creda, signore, non lo dimenticherò. Appena avrò qualcosa, Glielo farò sapere.»

Riattaccando, dissi: «Ramos è fuori di sé, ma come padre lo capisco».

«Deve essere esasperante.»

Non c'era bisogno di un abbonamento al quotidiano per imparare la parola del giorno. Ma la maggior parte delle volte non la usava nel contesto giusto. «La Holmes è la priorità, ma c'è uno stupratore là fuori che dobbiamo incastrare.»

«Te lo immagini? Acchiappiamo il bastardo e lo chiudiamo in cella con Ramos?»

«Forse guardi troppa TV.»

«Sarebbe un bel colpo di scena.»

«Farebbe piacere per un minuto, ma non vorresti che tuo figlio crescesse in un posto dove succedono queste cose. Noi siamo la legge; il nostro sistema giudiziario non sarà perfetto, ma è meglio di una specie di far west.»

«Certo, amico. Sto solo dicendo...»

«Lascia perdere! Abbiamo del lavoro da fare.»

La sedia di Derrick sbatté contro il muro mentre lui usciva dalla stanza furibondo.

L'omicidio Holmes aveva messo in secondo piano lo stupro. Era comprensibile e imperdonabile al tempo stesso. L'attesa per un possibile accesso ai fascicoli minorili mi diede la possibilità di tornare al caso Ramos.

Fissai l'identikit, supplicandolo di mandarmi un messaggio. Gli occhi erano piccoli e penetranti. Ma il cosiddetto testimone era Noon. Stava prendendo spunto da ogni film che avesse mai visto. Gettai da parte il disegno e aprii il fascicolo del caso Ramos.

Leggendo gli appunti che avevo preso durante l'interrogatorio, mi si rivoltò lo stomaco. Dovevamo fermare quel predatore. Distesi le foto dei molestatori sessuali che conoscevamo e il cuore mi prese a battere all'impazzata.

CAPITOLO TRENTANOVE

Sfogliai i fascicoli ed estrassi quello di Richard Shaw. Era stato rilasciato in anticipo, dopo aver acconsentito alla castrazione chimica. Era il motivo per cui lo avevamo scartato.

Ci era sfuggito qualcosa? Afferrai il telefono e composi un numero.

«Brian O'Leary, Dipartimento di Correzione.»

«Ehi, Brian, sono Luca.»

«Ehi, Frankie, come butta?»

«Bene. Tu?»

«Tutto a posto. Che mi dici?»

«Sto lavorando a un caso di stupro e vorrei fare un controllo su una persona.»

«Cosa intendi?»

«Il tizio si chiama Richard Shaw. È stato rilasciato in anticipo. I registri indicano che ha ricevuto le sue dosi.»

«Okay, e allora?»

«Voglio solo essere sicuro che non ci sia stato un errore.»

«Registriamo il numero del lotto e la data. Lo sai: questi tizi devono presentarsi di persona.»

«Puoi controllare?»

«Certo, Frankie. Resta in linea.»

Picchiettò sulla sua tastiera. «Bene, ce l'ho proprio qui. Shaw si è presentato a ogni appuntamento mensile e ha ricevuto ogni volta la dose richiesta.»

«Okay. Volevo solo controllare.»

«Nessun problema, amico. Mi ha fatto piacere sentirti.»

«Stammi bene, amico mio.»

Era valsa la pena controllare. Composi il numero di Bilotti. «Ehi, Doc, hai un minuto?»

«Cosa hai in mente?»

«La castrazione chimica funziona?»

Lui ridacchiò. «Devo dire che questa non me l'aspettavo.»

«Non te lo chiedono tutti i giorni?»

«Mai più di una volta a settimana.»

«Stiamo dando la caccia a un fantasma nel caso Ramos. Un paio di pervertiti rilasciati da poco sono nel programma di castrazione. Dovremmo dar loro un'occhiata più da vicino?»

«Non sono un esperto del settore, ma il farmaco somministrato riduce significativamente il testosterone. Lo riduce efficacemente fino all'uno per cento dei livelli normali.»

«Caspita, riduce davvero il desiderio sessuale.»

«Sì, e il liquido seminale. Ma non significa che un predatore non possa attaccare una donna. Ciò che spinge questi criminali è più del loro desiderio sessuale. Per la maggior parte, è una questione di potere.»

«Ne sono consapevole.»

«La realtà è che i predatori potrebbero essere violenti anche se incapaci di penetrare la vittima.»

La Ramos era stata penetrata. «Influisce sulla capacità di avere un'erezione?»

«Sì.»

«Grazie, Doc.»

«Felice di essere d'aiuto. Buona giornata.»

«Aspetta un secondo.»

«Sì?»

«C'è un modo per invertirne l'effetto?»

«Gli effetti dei farmaci utilizzati?»

«Sì.»

«Beh, il tempo stesso ne erode l'efficacia.»

«Come sta succedendo a tutti noi.»

Lui ridacchiò. «Padre Tempo è imbattibile.»

Era la mia battuta, ma poteva tenersela. «Amen. Quello che intendevo era un antidoto ai farmaci per la castrazione.»

«Potrebbe esserci. Semplicemente, non ne so abbastanza su quella classe di farmaci.»

«C'è modo che tu possa indagare?»

«Vedrò quali ricerche sono disponibili.»

«Grazie, Doc.»

Derrick entrò con un caffè. Non ne aveva uno per me. Il mio partner si sedette dietro la sua scrivania.

Era difficile concentrarsi con un uomo adulto che si comportava come un dodicenne.

Dopo dieci minuti di silenzio, dissi: «Mentre aspettiamo Remin, vuoi portare l'identikit al ragazzino che ha visto l'uomo nel parco?»

Fece spallucce. «Va bene.»

«Dobbiamo capire se Noon stia facendo di testa sua o se abbia per le mani qualcosa di concreto.»

Gli porsi l'identikit e uscì senza dire nulla.

Il nostro approccio si stava concentrando sui molestatori sessuali noti. Era un filo ovvio da seguire. Ma era la strategia giusta?

Non avevamo niente. Se il ragazzino avesse confermato che l'identikit assomigliava all'uomo che aveva visto, l'avremmo reso pubblico. Altrimenti, non avevamo niente.

Aspettare che colpisse di nuovo non poteva considerarsi un piano. Aumentare le pattuglie era un'opzione, ma non potevamo essere ovunque.

L'idea di attirare lo stupratore con un'esca sembrava un'opzione ragionevole. Usare un'agente come esca era pericoloso. Anche se l'avessimo tenuta d'occhio, le cose sarebbero potute andare storte in fretta.

Quel rischio era reale. Quando Mary Ann lavorava all'Unità Crimini Sessuali, era stata usata per stanare un pervertito. Anche se era stato via internet, in una chat room, mi ero opposto.

La trappola aveva avuto successo e il pervertito stava scontando la sua pena. Mary Ann avrebbe potuto avere delle intuizioni preziose su come approcciare l'organizzazione di un'operazione sotto copertura.

Chiamai, ma dopo sei squilli scattò la segreteria. Probabilmente stava lavorando. Le scrissi di chiamarmi appena poteva ed estrassi un altro fascicolo.

La signora Samus era a malapena sfuggita a quello che pensavamo fosse lo stesso uomo che aveva aggredito la Ramos.

Il telefono vibrò per un messaggio: «Non mi sento bene. Sono a letto.»

«Che succede?»

«Non lo so. Starò bene.»

Stava nascondendo qualcosa. Derrick sarebbe stato fuori per una buona ora e noi stavamo aspettando Remin. Afferrai le chiavi e mi diressi alla porta.

Le persiane dello studio erano abbassate e la casa era silenziosa. Andai dritto in camera da letto e aprii lentamente la porta. Strizzai gli occhi.

Mary Ann era sotto le coperte.

Sedendomi sul bordo del letto, le sentii la fronte. Era fresca.

«Mary Ann?»

I suoi occhi si socchiusero. «Frank, che ci fai qui?»

«Ero preoccupato per te.»

«Sto bene.»

«Starsene sdraiata al buio in pieno giorno non corrisponde a «sto bene»»

Chiuse gli occhi.

«È la sclerosi multipla, vero?»

Fece spallucce.

«Dove? La faccia?»

Annuì. «Tutta la testa.»

Non era il momento di sbraitare sul fatto che il suo lavoro fosse stressante. Mary Ann mi conosceva meglio di quanto io conoscessi lei, ma il fatto che il nuovo lavoro la stesse logorando, non poteva nascondermelo.

«Hai chiamato il neurologo?»

Annuì.

«Cosa ti hanno detto?»

«Di aspettare un giorno.»

I nuovi farmaci avevano tenuto a bada la sua sclerosi multipla. Era stato lo stress a farla tornare. Non coglieva l'ironia del lavorare per ricostruire i nostri risparmi per la pensione, ma di essere troppo malata per godersi i cosiddetti «anni d'oro».

CAPITOLO QUARANTA

Mentre valutava se chiamare o meno il neurologo per chiedergli di dire a Mary Ann di smettere di lavorare, Derrick entrò con disinvoltura in ufficio.

«Com'è andata?»

«Il ragazzo ha detto che l'identikit assomiglia all'uomo che ha visto nel parco.»

«Ottimo lavoro. Penso che dovremmo renderlo pubblico.»

«Come pensi sia meglio.»

«Non è «come penso sia meglio»; siamo soci. Mi piacerebbe avere un tuo parere.»

Derrick aprì la bocca, ma la richiuse. Rimase lì a rimuginare su cosa dire. Era una mossa astuta, una cosa che il dottor Bruno mi aveva insegnato.

Mentre si dirigeva alla sua scrivania, il mio cellulare squillò. «È Remin.»

«Salve, sceriffo.»

«È in ufficio?»

«Sì. Perché?»

«Salga su. Ho un riassunto dei fascicoli minorili che mi ha chiesto.»

«Arriviamo subito.»

Riagganciando, dissi: «Andiamo. Remin ha informazioni sui casi minorili di Lopez.»

«Vuoi che venga anch'io?»

Con un braccio nella manica della giacca sportiva, dissi: «Certo.»

Salendo le scale, chiesi: «Pensi sia giusto chiamare il medico di Mary Ann senza dirglielo?»

«Che succede?»

«La sua sclerosi multipla si è riacutizzata. So che è a causa del lavoro. Lo stress le fa davvero male.»

«Mi dispiace sentirlo. Starà bene?»

«Sì, ma voglio che il medico le dica di licenziarsi.»

«Oh, cavolo.»

«Tu che ne pensi?»

«Odio rigirarti la frittata, ma sei tu quello che dice di non immischiarsi mai in quello che succede sotto il tetto di un altro.»

Era un consiglio sensato. Spingendo la porta del secondo piano, dissi: «Lo chiamerò. Non mi importa se si incazza. Sta mettendo a rischio la sua salute.»

Ci fecero entrare nell'ufficio dello sceriffo. Remin era al telefono e ci indicò le sedie di fronte alla sua scrivania.

Concluse la telefonata e disse: «Detective, non c'è bisogno che vi ricordi quanto siano sensibili questi dati.»

«Lo sappiamo, sceriffo. Apprezziamo che Lei ce li abbia procurati.»

Guardò entrambi negli occhi. «Ho dovuto riscuotere un favore. Spero che questo aiuti.»

«Comprendiamo.»

Remin prese un blocco note giallo.

«Lopez e un altro minore non identificato sono stati sorpresi a rubare al Coastland Mall nel settembre del 2017. Nel tentativo iniziale di fermare i giovani, questi hanno aggredito in gruppo la guardia giurata, che ha riportato lievi ferite. Sono stati presi da una delle nostre auto di pattuglia, nel parcheggio.»

«Avevano armi?»

«No. Erano disarmati.»

«Ma hanno aggredito la guardia?»

«Sì. Non voglio sminuire la cosa, ma le ferite sembravano lievi.»

«In che negozio è avvenuto il furto?»

«Old Navy.»

«C'è altro che dovremmo sapere sull'incidente?»

«No.»

«Grazie. E il secondo caso?»

«Sempre nel 2017, ma ad agosto, Javier Lopez e un altro giovane sono stati fermati al cimitero di Crest Lawn a North Naples. I minori avevano profanato delle tombe, rovesciando una dozzina di lapidi.»

Derrick chiese: «Si sa chi fosse l'altro ragazzo?»

«Questo non può essere divulgato.»

La domanda di Derrick era buona. «Capiamo. Nient'altro?»

«Lopez e il suo complice erano ubriachi al momento dell'arresto.»

Era un episodio vergognoso, ma quello che ci diceva, a parte il mischiare adolescenti e alcol, era che fosse difficile trarne delle conclusioni.

«C'è qualcos'altro che potremmo trovare utile?»

«Questo è tutto, signori.»

«Grazie, sceriffo.»

«In bocca al lupo.»

«Ehm, volevamo farLe sapere che l'identikit realizzato per il caso di stupro è stato confermato da un altro testimone.»

«Ottimo lavoro.»

«Vorremmo fare un appello pubblico e vedere se qualcuno riesce a identificare l'uomo.»

«Diffondetelo il prima possibile.»

Mi alzai. «Sarà fatto.»

Scendemmo le scale e Derrick disse: «Cosa ne pensi dei fascicoli minorili?»

«Non molto. Potrebbero essere solo le stupide bravate che i ragazzi sembrano inclini a fare.»

«Non ne sarei così sicuro. Come minimo, dimostra scarsa capacità di giudizio e una sfrenata mancanza di rispetto non solo per la legge ma anche per i defunti.»

Mancanza di rispetto sfrenata? Doveva aver guardato *Law and Order* la sera prima. «Vero. Solo che non capisco come si possa passare dal danneggiamento di un cimitero e dal taccheggio al rapimento e all'omicidio.»

«Non sappiamo se è stata rapita.»

«Vero...»

«Ma aggiungici un po' di passione, mescolala con gli ormoni maschili e potrebbe diventare una situazione esplosiva.»

Aveva il vizio di ficcare nel discorso parole nuove, ma non c'entravano nulla. Di nuovo. «Non lo sto escludendo. Sono atti criminali, ma non violenti...»

«Come puoi dirlo? Hanno picchiato la guardia.»

«Hai ragione. Potrebbe essere stata una cosa fisica che è sfuggita di mano.»

«Facilmente, soprattutto se aveva bevuto.»

«In ogni caso, dobbiamo parlare con Lopez.»

«Io dico di convocarlo.»

Mi sembrava prematuro. «Pensi?»

«Perché no? Lo mettiamo sotto pressione quando è qui, potrebbe crollare.»

«Corriamo il rischio che si trovi un avvocato.»

«Vale la pena tentare. Se è coinvolto, si prenderà comunque un avvocato.»

«Okay. Vuoi contattarlo tu o ti occupi dell'appello pubblico?»

«Vado a prendere Lopez.»

Mi sembrò una mossa troppo aggressiva. «Okay, ma tieni presente che non abbiamo molto...»

«Non dimenticare che il ragazzo ha mentito sul suo alibi.»

Aveva ragione, e forse era una questione di stile o il fatto che volesse a tutti i costi fare a modo suo, ma la cosa mi metteva a disagio.

CAPITOLO QUARANTUNO

Mentre spegnevo il computer, squillò il telefono. Era un vecchio amico che lavorava nell'ufficio dello sceriffo di Port Charlotte. Quel che mi disse chiarì la situazione, ma mi sconvolse.

Pizzicandomi la radice del naso, cercai di capire cosa fosse andato storto. Era l'intoppo che non avevo visto arrivare. E adesso?

Derrick ficcò la testa in ufficio. «Dai. Sono nella sala interrogatori quattro.»

«Arrivo subito.»

Avevamo un interrogatorio da condurre, e quello che avevo scoperto l'avrebbe reso ancora più interessante.

Anche se Jim Ponte era un avvocato difensore, era uno dei pochi legali che mi piacessero davvero. L'avvocato stava sussurrando all'orecchio del suo nuovo cliente, Javier Lopez.

Derrick disse: «Niente di quello che dirà lo salverà».

«Ponte è uno che va dritto al punto. È il primo a patteggiare quando capisce che non c'è più niente da fare.»

«D'accordo, andiamo.»

Entrammo nella stanza: c'era una probabilità su due che

Derrick facesse incazzare una delle poche persone perbene dall'altra parte.

Ci stringemmo la mano, dicemmo le cose di rito e Derrick chiese: «Lei amava sua madre, vero?»

«Certo. Era la migliore.»

«Le manca?»

«Ogni giorno.»

Ponte intervenne: «Detective, c'è un motivo per cui sta facendo domande al mio cliente sul rapporto con sua madre?»

«Mi conceda un minuto, avvocato.» Derrick guardò il cliente di Ponte. «Signor Lopez, chi è Denise McCarthy?»

«La signora McCarthy? La nostra vicina di casa?»

«Sì.»

«Cosa c'entra lei?»

«La signora McCarthy è stata testimone di un altro dei suoi scatti d'ira.» Lasciò la frase in sospeso per dieci secondi buoni prima di continuare: «Sua madre era molto malata nel 2016. Non è così?»

«Sì.»

«Lei amava sua madre, eppure le ha lanciato un bicchiere, ferendola gravemente.»

«No, non è andata così.»

«Ci racconti, allora.»

«Okay, ero arrabbiato, ma mamma stava dicendo che non voleva più continuare le cure.»

«Lei non era d'accordo con la sua decisione, così l'ha ferita? È questo che è successo con Debbie Holmes?»

Ponte disse: «Non risponda».

«In seguito al suo sfogo violento, sua madre riportò un taglio così grave che ebbe bisogno di una trasfusione.»

«È stato un incidente. Prendeva dei farmaci che peggiorarono l'emorragia più di quanto avrebbero dovuto.»

«Il mio cliente ha già dichiarato che è stato un deplorevole incidente. Le ricordo che non furono presentate accuse per quell'episodio.»

«Avvocato, le suggerirei di parlare con il signor Lopez. Se collabora, prima di sporgere denuncia avremo un po' di margine.»

Ponte mi guardò, ma io distolsi lo sguardo. Derrick stava correndo troppo, ma Lopez stava lentamente affondando.

DERRICK DOMANDÒ: «RIUSCIREMO A OTTENERE UN MANDATO, non credi?»

«Abbiamo buone possibilità se lo limitiamo all'auto di Lopez.»

«Buona idea. Quindi, lo collochiamo sul posto e nell'arco temporale in cui è scomparsa.»

«Secondo alcuni amici della Holmes, lei aveva respinto le avances di Lopez.»

«Ha mentito su dove fosse e ha due precedenti minorili.»

«Non puoi usarli.»

«Lo so, ma posso comunque sussurrarlo.»

«Non ti piace questo ragazzo, ma non prenderla sul personale.»

«Non è che non mi piaccia. Penso che sia stato lui.»

«Conosco il suo avvocato, e Ponte crede davvero che il ragazzo non c'entri nulla.»

«Non puoi dargli retta.»

«È una brava persona. Non mi avrebbe chiamato se non ci credesse.»

«Non sei tu quello che dice sempre di non fidarsi mai di un avvocato difensore?»

«C'è un'eccezione a tutto, e Ponte è una di queste.»

Fece una risatina beffarda.

Chiusi la porta dell'ufficio e dissi: «Dobbiamo parlare.»

«Di cosa?»

«Di Port Charlotte.»

«Chi te l'ha detto?»

«Un amico.»

Scosse la testa. «Sto solo esplorando le mie opzioni.»

«Che succede?»

«Niente.»

«Fai domanda per il posto di detective capo a Port Charlotte e non succede niente?»

«Lascia perdere, okay?»

«No. Devo sapere perché il mio partner sta cercando di andarsene.»

«È una buona opportunità. Sarei io al comando.»

Non era stato facile restare a guardare mentre usava tattiche discutibili durante gli interrogatori, ma era stato un bene che l'avessi fatto. «Stai gestendo il caso Lopez. E poi io non resterò qui ancora a lungo; prenderesti tu il mio posto.»

«Non è la stessa cosa.»

«Faremo in modo che lo sia. Dimmi cosa...»

«Mi hai insegnato un sacco di cose, Frank. Ho una voglia matta di vedere se ce la posso fare.»

«Ce l'hai già fatta. Hai un istinto migliore del mio.»

«Non ne sarei così sicuro.»

«Risolviamo questa cosa. Siamo una squadra fantastica.»

«Sì, ma c'è di più. Offrono un bonus di assunzione e la paga è migliore.»

«Fammi vedere cosa posso ottenere da Remin.»

«Grazie, ma la vita lassù costa meno. Le case costano circa la metà rispetto a qui.»

I prezzi delle case stavano iniziando a costringere la gente a lasciare Naples. «Su questo non posso farci niente. Ma tu ami questo posto.»

«È vero. Lynn anche più di me.»

Sua moglie poteva essere una risorsa importante. «Moglie felice, vita felice.»

Scosse la testa.

Non avevo idea se fosse vero, ma dissi: «E le scuole qui sono molto meglio di quelle lassù.»

«Davvero?»

«Oh, sì. E vuoi costringermi a guidare fin lì per venirti a trovare?»

Ridacchiò. «Non è ancora cosa fatta.»

«Spero di no, ma per la cronaca, quando hanno chiamato per le referenze, ho detto loro che saresti il migliore dello stato... dopo di me, ovviamente.»

Gesso bussò alla porta ed entrò. «Porta chiusa? C'è qualcosa che dovrei sapere?»

Risposi: «No. Gli ho solo fatto vedere un video stupido.»

«Mandamelo.»

«Che succede?»

«Ho appena ricevuto un aggiornamento dalla linea diretta.» Mi porse un biglietto. «Ha chiamato questa donna, dice che l'identikit somiglia a suo fratello.»

«Amanda Reel.»

«Ho pensato che magari volessi occupartene subito.»

«Grazie, sergente. La tempistica è buona; stiamo aspettando un mandato per Lopez.»

Gesso uscì e Derrick disse: «Vai tu da questa donna. Io resto qui. Se arriva il mandato, chiamo il carro attrezzi.»

«Sei sicuro?»

«Assolutamente.»

«Non è che scappi a Port Charlotte, vero?»

«Vai, vuoi muoverti?»

Era difficile immaginare di fare questo lavoro senza Derrick al mio fianco. Aveva il diritto di fare ciò che riteneva giusto per sé e per la sua famiglia. Se se ne fosse andato, avrei dovuto considerare seriamente di andare in pensione anticipata.

CAPITOLO QUARANTADUE

In piedi, Lopez teneva un braccio piegato contro il petto, premendosi sul gomito con l'altra mano.

Derrick tornò dal bagno. Scrutò il video della sala interrogatori e disse: «Che diavolo sta facendo?»

«Sembra che stia facendo stretching. Un ragazzo che era al college con me era un nuotatore, e si stirava sempre le spalle.»

«Chissà se quel ragazzo è bravo.»

«Ha una borsa di studio. Suppongo di sì. Com'era quando lo sei andato a prendere?»

«Mi ha seguito fin qui. Gli ho detto che volevamo solo qualche informazione generale.»

Prima che potessi rispondere, Ponte uscì dal bagno e disse: «Forza, facciamolo».

Entrammo nella stanza. Lopez aveva le mani intorno alle caviglie. Quel ragazzo era di gomma.

«Sta facendo stretching?»

«Sì, è importantissimo. Ogni volta che sono in macchina o resto seduto per mezz'ora, faccio stretching. Se non ci si sta dietro, i muscoli si atrofizzano.»

Io e lo stretching eravamo come giraffe su una tavola da

surf. La cosa non mi convinceva, ma se il ragazzo aveva ragione, era il momento di riconsiderare lo stretching.

Derrick accese il registratore e recitò le formalità. Abbandonando il ruolo del poliziotto buono, disse: «Ha detto che si stava allenando la sera in cui Deborah Holmes è stata vista per l'ultima volta».

Un lampo di paura attraversò il volto di Lopez. «Non è vero?»

«No. Quella sera era di riposo.»

«Davvero?»

«Perché ha mentito?»

Ponte disse: «A questo punto, è un'accusa superflua».

«Ritirata. Perché ci ha detto che si stava allenando quando non era vero?»

«Non l'ho fatto apposta. Me ne dimentico, tutto qui.»

«Sarà tutto molto più facile se la smette di fare giochetti e ci dice dov'era.»

«Probabilmente da qualche parte al campus.»

«Abbiamo un testimone che l'ha vista su Livingston Road vicino a Briarwood, la sera in questione.»

«Livingston? Ah, sì. Sono andato a trovare un mio amico, John. Eravamo insieme al Baron Collier.»

«E se n'è ricordato solo ora?»

«Mi era completamente passato di mente. Si sta prendendo un anno di pausa prima di andare al college.»

«Questo John ha un cognome?»

«Boyers. John Boyers. Ha un appartamento a Orchid Run, su Livingston.»

Il complesso residenziale era recintato e dotato di telecamere.

«Forniremo i recapiti, detective.»

«Grazie. Per quanto tempo è rimasto lì?»

«Oh, no, cioè, non l'ho visto. Sono andato lì, ma non era a

casa, così sono sceso al Celebration Park. Gli piace passare il tempo lì. Ho pensato che potesse essere là.»

«E c'era?»

«No. Alla fine ho scoperto che era andato a Sarasota a trovare una ragazza.»

«Lasci indovinare: nessuno può confermare questo suo nuovo alibi.»

«Non è nuovo, è dove mi trovavo. Non sapevo che non sarebbe stato a casa.»

«E non sapeva di non avere allenamento di nuoto quella sera.»

«No, è dove sono ogni giorno.»

Dissi: «Da minorenne, ha avuto un paio di arresti».

«Un momento, detective. Quei fascicoli sono secretati.»

«Spiacente, avvocato, abbiamo ottenuto il permesso di visionare un riepilogo. Ci parli degli arresti.»

Le sue spalle si afflosciarono. «Sì, ma è stato un periodo difficile. Mia madre era morta ed ero un disastro, sa?»

Perdere la madre era dura a qualsiasi età, ma per un adolescente era traumatico. «Cos'era successo?»

«Beh, è stato stupido ed ero arrabbiato. Arrabbiato perché la mamma, sa, non c'era più. Credo che stessi cercando di sfogarmi.»

Derrick disse: «Vogliamo i dettagli sulla sua delinquenza».

«Beh, la storia del cimitero... avevamo bevuto e abbiamo solo iniziato a, sa, fare gli stupidi. È stato sbagliato, mi sono sentito malissimo e noi, cioè mio padre, abbiamo pagato per sistemare tutto.»

«Ma non ha imparato la lezione, perché un mese dopo stava rubando in un negozio, e quando è stato scoperto, ha aggredito la guardia.»

«Aggredito? No, no, non è andata così. Lui mi ha afferrato il braccio e me lo stava torcendo. Ho gridato, ma non smetteva.

Jimmy ha cercato di aiutarmi e ha spinto quel tizio. È caduto su uno scaffale e siamo scappati.»

«Quindi, non è stata colpa sua?»

Alzò le spalle. «Senta, ho cercato di rubare uno stupido cappello, ma non ho picchiato nessuno. È stato un incidente. Ho chiesto scusa.»

Derrick sbatté il palmo della mano sul tavolo. «Ha una scusa per tutto. Allora, ci dica com'è finita Debbie Holmes assassinata.»

«Il mio cliente ha ripetutamente negato di essere a conoscenza dell'omicidio.»

«Signor Lopez, cosa ci faceva nel luogo in cui è scomparsa?»

«È solo una coincidenza. Probabilmente ci stavo passando in macchina.»

«Ha preso la I-75 dalla scuola?»

«Sì.»

«Perché non ha preso l'uscita Golden Gate? È più vicina a Orchid Run.»

Era una buona domanda. Prendere l'uscita Golden Gate non avrebbe portato Lopez dove viveva la Holmes.

«Non lo so. Ho preso Pine Ridge, come faccio sempre. Probabilmente con il pilota automatico.»

«È stato visto parcheggiato di fronte a Briarwood, nel parcheggio dei box auto.»

«Assolutamente no. Non ero lì.»

«Un testimone l'ha visto.»

«Sta mentendo.»

«Con lei è sempre o una coincidenza o un errore o qualcuno sta mentendo.»

«Se continua a vessare il mio cliente, dovremo terminare questo interrogatorio.»

Derrick scosse la testa. «Signor Lopez, si sta scavando la fossa da solo.»

«Cosa intende? Sto dicendo la verità.»

Derrick si chinò sul tavolo e abbassò la voce: «Guardi, la cosa migliore che può fare è collaborare. Ci racconti cos'è successo con Debbie, e troveremo il miglior accordo possibile per lei».

«Cosa?»

«Ci dica come ha ucciso Debbie Holmes!»

Ponte balzò in piedi. «Questo interrogatorio è finito.»

Dopo che se ne furono andati, dissi: «Forse ci sei andato un po' troppo pesante con lui».

«Tanto si sarebbe chiuso a riccio comunque.»

«Forse. Dobbiamo approfondire il profilo di Lopez.»

«Già, e mi piacerebbe che la scientifica perquisisse il suo appartamento e la sua auto.»

«È più probabile che ci sia qualcosa nel suo veicolo, ma ci servirà dell'altro per ottenere un mandato di perquisizione.»

«Lo otterrò. Vedrai.»

MARY ANN, IN VESTAGLIA, STAVA TOGLIENDO UNA BUSTINA DI TÈ da una tazza. «Come ti senti?»

«Meglio.»

La sua voce era debole. «Ecco, lascia che porti io il tè.»

«Non sono un invalido.»

«Lo so, sto solo cercando di aiutarti.»

«È questo che stai facendo?»

«Sì, perché?»

«E dire alle Risorse Umane che il lavoro mi sta facendo ammalare, secondo te è un modo per aiutarmi?»

Il suo medico non avrebbe collaborato. «Andiamo, tesoro. Sappiamo entrambi che lo stress non ti fa bene.»

Il suo viso si contrasse in una smorfia. «V-voglio solo tornare a essere me stessa.»

«Lo sei. Devi solo fare qualche cambiamento.»

Si accasciò sul divano. «Come non fare niente tutto il giorno.»

«Non è vero. Non voglio che ti ammali a tal punto da non poterci godere la pensione insieme.»

«Senza soldi, non faremo granché.»

«Invece sì. Non mi importa se dovremo ridimensionarci. Non ci serve molto per divertirci.»

Lei cercò la mia mano, ma fu il mio cuore a essere stretto in una morsa. Appoggiandomi al divano, mi sedetti sul pavimento. «Ricordi la prima volta che siamo andati a Clam Pass Beach?»

Lei sorrise.

«E mi hai beccato a guardarti il sedere?»

Il telefono mi squillò. «Devo rispondere. È Derrick, ed è in missione per dimostrarmi quanto vale.»

Risposi: «Ehi. Che succede?»

Derrick disse: «Abbiamo incastrato Lopez. Ho parlato con un vicino e, bingo, abbiamo abbastanza per il mandato».

«Cosa ti ha detto?»

CAPITOLO QUARANTATRÉ

Svoltai in Verona Walk e attraversai un ponte bianco e rosa. L'ambientazione era un riferimento all'antica città del Nord Italia in cui era ambientato *Romeo e Giulietta* di Shakespeare.

Accostando di fronte a casa di Amanda Reel, mi chiesi cosa significasse vivere in una via chiamata Chianti Lane. Facevano feste a base di vino? Gli amanti del Riesling erano ammessi?

Resistendo al desiderio di scattare una foto al cartello stradale, percorsi il vialetto pavimentato. La Reel aprì la porta. Struccata, aveva le borse sotto gli occhi.

«Entri.»

Si era forse abbattuta una tempesta e lei aveva lasciato aperte le finestre dell'appartamento al secondo piano? La Reel sembrava una cittadina onesta, ma era una pessima casalinga.

«Grazie per aver chiamato.»

Lei aggrottò la fronte. «Non è stato facile, ma se Richard ha fatto questo, deve affrontarne le conseguenze.»

«Capisco.»

«Lui non lo saprà, vero? Ho detto loro che volevo che restasse confidenziale.»

«No, non saprà che ha chiamato lei.»

Lei annuì.

«Qual è il nome completo di suo fratello?»

Lei mormorò qualcosa e la mia mascella si contrasse.

«Mi scusi?»

«Richard Shaw, ma quasi tutti lo chiamano Ricky.»

Non lo annotai.

«Ha una sua foto recente?»

«Un attimo, penso di avere qualcosa del Natale scorso.» Andò verso una cassettiera e aprì un cassetto. Frugò e ne tirò fuori una. «Ecco a lei.»

Una famiglia dall'aspetto normale era accalcata attorno a un tavolo pieno di cibo. Shaw era in primo piano. Non fu la vista del prosciutto a darmi la nausea, ma il fatto che il suo fascicolo fosse sulla mia credenza.

Conoscevo la risposta, ma chiesi comunque: «Dove abita?»

«Uhm, 47908 Ninety-Seventh Avenue, a Naples Park. È in affitto in un bungalow, lì.»

«Okay. Faremo due chiacchiere con lui e daremo un'occhiata.»

«Spero di sbagliarmi.»

Eravamo in due a sperarlo. «E, per favore, non gliene parli.»

«Non lo farò.»

«E, uh, se è lui, non siate troppo duri con lui, okay?»

Mentire fu facile. «Non lo saremo.»

Scendendo di corsa le scale, tirai fuori il telefono. «Derrick, sembra che potrebbe essere Ricky Shaw.»

«È uno dei molestatori, giusto?»

«Sì. Uno di quelli che prende i farmaci per la castrazione.»

«Oh-oh.»

«No. Ho controllato. Hanno detto che non aveva saltato una dose.»

«Forse c'è un modo per neutralizzarli.»

Non era giusto, ma non lo era neanche la vita, così dissi:

«Gliel'ho chiesto a Bilotti, ma non mi ha più fatto sapere niente.»

«Dobbiamo controllare.»

«Sto andando dritto lì. Vuoi raggiungermi?»

L'altro telefono stava suonando. Derrick disse: «Aspetta un attimo, Frank.»

Mise giù il ricevitore mentre io salivo in macchina. Venti secondi dopo, disse: «Frank?»

«Sì.»

«Abbiamo ottenuto il mandato. Vado a supervisionare il ritiro.»

NAPLES PARK ERA UN CROGIOLO DI CONTRASTI: BUNGALOW DI sessant'anni da rimodernare, mescolati a nuove case in stile costiero. La bellezza del quartiere era la sua vicinanza alla spiaggia.

Shaw viveva in una casa di blocchi di cemento giallo vivo, non più di centodieci metri quadrati. Avvicinandomi alla porta, mi chiesi quanto valesse di questi tempi un rudere del genere.

La Dodge Daytona del 1990, a lui intestata, era parcheggiata sul vialetto di ghiaia. Non un SUV come quello che l'appassionato di barche a vela aveva affermato di aver visto, bensì argentata.

Il campanello pendeva dallo stipite della porta. Dentro si sentiva musica rock. Infilai la mano nello strappo della zanzariera e bussai forte alla porta.

Shaw aprì. Aveva molti meno capelli rispetto alla sua foto segnaletica e gli mancava un dente davanti. «Che succede?»

Aveva una parlata strascicata. Invece di afferrarlo per il collo, gli mostrai il distintivo. «Vorrei scambiare due parole.»

«Riguardo a cosa?»

Non sentivo odore di tabacco su di lui, ma i suoi denti

erano del colore di quelli di un forte fumatore. «Un paio di cose. Vogliamo farlo qui dentro o alla centrale?»

«Oh, andiamo, amico.» Spalancò la porta. Una poltrona solitaria e una TV su un supporto erano gli unici oggetti nella stanza. «Non ho molti mobili. Ma possiamo andare sul retro. Ho un tavolo da picnic all'ombra.»

Un albero di banyan, largo metà della casa, faceva ombra all'intero cortile. Tre bottiglie di birra vuote erano posate su un tavolo di plastica sporco.

Di corporatura media, Shaw si mise a sedere su una sedia pieghevole. Spazzai via i detriti vegetali dalla panca e mi sedetti. La gamba di Shaw saltellava come un martello pneumatico.

«Okay, signor Shaw. Prima di iniziare, voglio avvertirla: se mi mente, farò in modo che il suo agente di sorveglianza la faccia sbattere dentro.»

«Stai calmo, amico. Nessun problema.»

«Dov'era la notte del dieci maggio, dalle cinque in poi?»

«Ero qui.»

Dopo un mese, non avrei saputo dire dove fossi stato. «Ci sono testimoni che possono confermarlo?»

«No. Sono un tipo solitario, amico.»

«Come fa a esserne sicuro? È passato più di un mese.»

«È il compleanno di mia sorella.»

«E il quattordici?»

«Oh, non so. Uh, di solito sto a casa. Quei farmaci che mi fanno prendere mi fanno sentire uno schifo, sai.»

«Beh, non avrebbe dovuto aggredire quelle donne.»

«Lo so.»

«Quanto spesso va al North Collier Park?»

I suoi occhi guizzarono. «Quello su Livingston?»

«Sì.»

Shaw scosse la testa. «Non ci sono mai stato.»

«Le ho detto di non mentire.»

«Non sto mentendo. Non ci sono mai andato.»

«Abbiamo due testimoni che la collocano lì.»

«Impossibile, amico.»

«Dicono che Lei era lì la notte in cui una donna è stata violentata.»

«Ehi, amico, non sono stato io. Non può essere, non ho desiderio sessuale, amico.»

«Andiamo, signor Shaw. Lei sa che lo stupro non è solo un modo per sfogare le sue voglie perverse. È una questione di potere.»

«Guardi, amico. Ho scontato la mia pena, e può controllare. Sto prendendo le mie medicine ogni mese e vedo il mio agente di sorveglianza. Ho persino un lavoro. Non è a tempo pieno, ma faccio venti ore a settimana.»

Tirai fuori il telefono. «Un secondo. Qualcuno continua a mandarmi messaggi.»

Facendo scudo allo schermo, aprii un'app di registrazione e dissi: «Mia moglie, vuole che passi a prendere una cosa.»

«Faccia il buon marito, allora.»

«Dove lavora?»

«All'Auto Spa, di fronte a Driftwood.»

«Le piace lì?»

«Non è facile trovare un lavoro con dei precedenti, amico.»

Non riceveva da me la minima compassione. «Si assicuri di stare fuori dai guai. La teniamo d'occhio.»

Scattò in piedi. «Lo farò, lo farò. Nessun problema.»

CAPITOLO QUARANTAQUATTRO

Chiusi la portiera, tirai fuori il telefono e aprii l'app per l'audio. Premetti play. La voce di Shaw era chiara: «Faccia il bravo marito, adesso».

Domandai: «Dove lavora?»

«All'Auto Spa, di fronte al Driftwood».

«Si trova bene lì?»

«Non è facile trovare lavoro con la fedina penale sporca, amico».

«Si assicuri di stare lontano dai guai. La teniamo d'occhio».

«Lo farò, lo farò. Niente paura».

La registrazione sarebbe stata un buon punto di partenza per stringere il cerchio attorno a Shaw. Scorsi fino al numero di Lisa Shaw e allegai il file a un messaggio. Sul punto di inviare, cancellai il testo e feci una telefonata.

«Sarge, sono Luca».

«Che succede?»

«Dobbiamo mettere sotto sorveglianza un certo Richard Shaw. Potrebbe essere lui lo stupratore, e non possiamo rischiare che colpisca di nuovo prima di riuscire a costruire un caso».

«Nessun problema».

Dopo avergli dato l'indirizzo e il posto dove lavorava Shaw, feci un'altra chiamata prima di ripartire.

Le persiane erano tutte abbassate, e non per ripararsi dal sole. Mandai un messaggio prima di avvicinarmi alla porta.

Mi posizionai in linea retta con lo spioncino. Due scatti dopo, la porta si aprì di uno spiraglio.

«Sono il detective Luca, signorina Ramos».

Scivolando dentro, notai il colorito grigiastro della sua pelle. Ramos scrutò il mio viso. «L'... l'avete preso?»

«Stiamo stringendo il cerchio, ma lo teniamo d'occhio ventiquattr'ore su ventiquattro. Non farà più del male a nessuno».

Lei annuì.

«Lei ha detto che la persona che l'ha aggredita aveva un forte accento del sud».

Chiuse gli occhi e annuì.

«Vorrei che ascoltasse la registrazione di una persona e mi dicesse se le suonasse familiare. Sarebbe disposta a farlo?»

Un altro cenno silenzioso.

«Bene». Tenendo il telefono in mano, premetti il pulsante play. Gli occhi di Ramos si spalancarono e lei indietreggiò. «È... è lui. So che è lui».

«Ne è sicura?»

Con uno sguardo che suggeriva un'emicrania, sussurrò: «Non dimenticherò mai il suono della sua voce».

Non era il momento di informarla che probabilmente avremmo dovuto chiederle di venire a fare una dichiarazione formale. Il problema era che il solo riconoscimento vocale non sarebbe bastato a mettere Shaw dietro le sbarre. Non era abbastanza né per un tribunale né per me.

Salutando Ramos, fui perseguitato dal fatto che le vittime di violenza sessuale avevano una probabilità dieci volte maggiore di suicidarsi.

Incastrare Shaw per lo stupro, o chiunque altro, se non fosse stato lui, avrebbe rassicurato Ramos che non era in pericolo, ma non avrebbe annullato nulla.

Suo padre si era comportato da idiota, mettendo ulteriore pressione sul suo fragile stato mentale. Seduto in macchina, feci una telefonata.

«Servizi Sociali, sono Sophia Livoti».

«Ehi, Sophie, sono Frank Luca».

«Come stai?»

«Tutto bene. Senti, ho appena lasciato Lisa Ramos e, uh, non so, non mi sembra che stia bene».

«Ci vuole molto tempo per le vittime e, spesso, anni di terapia per arrivare a un punto in cui la vita sembra normale».

«Puoi assicurarti che qualcuno passi a trovarla una volta al giorno?»

«Pensi che sia un pericolo per se stessa? Dovremmo considerare un TSO?»

«Non sono qualificato per valutarla. Ma mandare qualcuno che possa farlo è un'ottima idea».

«Vado a fare un salto io stessa. Se è in crisi, te lo faccio sapere».

Costringerla a un ricovero in un reparto psichiatrico non era una cosa che mi faceva sentire a mio agio, ma non volevo che si facesse del male o peggio.

Feci un'altra chiamata. «Derrick, Ramos ha identificato la voce di Shaw».

«Lo prenderemo, quel bastardo. E ora?»

«Voglio fare un salto a casa a controllare Mary Ann».

«Sta bene?»

«Sì, sta migliorando. Puoi chiedere a Gesso di mandare qualcuno a mostrare a Noon e al ragazzino una foto di Shaw?»

«Certo. Quella nel fascicolo?»

«No, la sua patente è più recente».

«Ricevuto».

«Novità sulla macchina di Lopez?»

«È in viaggio verso l'officina. La scientifica se ne occuperà tra un giorno o due».

«Chiedigli di spruzzare il luminol. Sapremo subito se c'è del sangue».

Esitò. «Buona idea».

Volevo dire: «Puoi ancora imparare da me», ma dissi: «Non cantare vittoria troppo presto».

«Se chiudiamo entrambi questi casi, dovremmo ricevere delle medaglie».

«So cosa vuoi dire, ma il nostro lavoro è risolvere i crimini».

«Sto solo dicendo che ci consuma un sacco».

Se avesse preso il comando a Port Charlotte, il prezzo da pagare sarebbe stato sicuramente più alto. «È proprio così. Ma tenere a mente le vittime ti dà la forza di andare avanti. Ci vediamo più tardi».

Mary Ann stava sonnecchiando sulla veranda. Mi sedetti sul bordo della chaise longue e lei si mosse. «Cosa ci fai a casa?»

Dirle che ero venuto per ricaricare le batterie emotive l'avrebbe preoccupata. «Ero in zona e ho pensato di passare a salutarti».

«Sto bene».

«Come va il dolore?»

«È sparito».

«Sicura?»

«Sì. Sono uscita fuori a leggere».

«Bene. Non fa male prendere un po' di vitamina D».

«È così bello oggi».

«Lo è. Hai parlato con Jessie?»

«No».

«Facciamole una sorpresa e chiamiamola con FaceTime».

«Adesso? Non ricordo se ha lezione. È mercoledì, giusto?»

«Tutto il giorno».

«Ha lezione solo la mattina».

«Inizia a chiamare. Se è occupata, rifiuterà la chiamata».

Mary Ann premette un pulsante e tenne il telefono a distanza. Il volto sorridente di Jessie riempì lo schermo. «Ehi, ragazzi, come state?»

Ricacciando indietro una lacrima, dissi: «Sei bellissima».

«Grazie, papà. Cosa ci fai a casa?»

«Sono solo passato a salutare mamma».

«Oh, che carino. Che fate oggi?»

Mary Ann disse: «Niente di che. Ho fatto le mie vasche stamattina e forse più tardi andrò a fare shopping».

Non aveva detto nulla a Jessie della riacutizzazione della sclerosi multipla. Ai genitori piaceva proteggere i figli dalle preoccupazioni. Se quella fosse una buona strategia, era tutto da vedere.

«Mamma e io stiamo bene. Tu che hai fatto, studentessa della Ivy League?»

Il suo sorriso fu come essere collegato a una centrale elettrica. Era una motivazione più che sufficiente per togliere dalle strade quanti più cretini possibile.

CAPITOLO QUARANTACINQUE

Derrick era al telefono quando entrai. Fece un pollice in su prima di riattaccare e disse: «Era Skip. Ha detto che il ragazzino era abbastanza sicuro che fosse Shaw, ha detto che lo ha riconosciuto subito».

«E Noon? Lui che ha detto?»

«Non è riuscito a identificarlo, ma conosci Noon».

«È un bravo ragazzo. Vuole solo aiutare».

«Il ragazzino ha fatto il riconoscimento. Che ne pensi, Frank? Portiamo dentro Shaw?»

«Non sono sicuro. Sto pensando di chiedere un mandato per perquisire casa sua e il suo veicolo».

«Cosa pensi che troveremmo?»

«Chi lo sa? Le cose che questi svitati si tengono in giro mi sorprendono ogni volta».

«Non dico che alcuni assassini non sarebbero stati presi senza i cimeli che conservano, ma di certo sarebbe stato più difficile».

«Ti fa capire quanto siano malati questi bastardi».

«Senza dubbio».

«Prepariamo una richiesta di mandato».

Un'ora dopo, Derrick disse: «Penso che possa bastare».

«Allora procedi».

Il telefono squillò e Derrick rispose. Parlò per un paio di minuti e riattaccò.

«Era Whitaker. Indovina cosa ha trovato?»

«Dalla scientifica?»

«Già. Prova a indovinare cosa hanno trovato nell'auto di Lopez».

«Droga?»

«No. Sangue».

«Dove? Nel bagagliaio?»

«No, ha detto che c'era una macchia sulla portiera del passeggero. Ha detto che non era visibile, che Lopez aveva cercato di pulirla».

«Dobbiamo sapere a chi appartiene. Potrebbe essere di chiunque». Il suo volto si rabbuiò e io aggiunsi: «Ma potremmo avere qualcosa su cui lavorare».

«Stabilire il sesso dal sangue è abbastanza facile. Chissà quanto in fretta possano dirci se è di una donna».

«Non avranno un gran campione su cui lavorare e, alla fine, avremo bisogno di un'analisi completa del DNA per vedere a chi appartiene».

«Scommetto che è il sangue della Holmes».

«Dovremo aspettare. Stampa la richiesta di mandato e la porto di sopra a Remin. Averlo presente potrebbe aiutare».

Lo sceriffo aveva molta influenza, ma questa non avrebbe convinto un giudice a firmare se i fatti non lo avessero giustificato. Ma coinvolgerlo direttamente nel processo era un modo inoffensivo di fare politica.

———

Derrick svoltò su Vanderbilt Beach Road. Una piccola squadra di auto di pattuglia ci seguì a Naples Park.

Avvicinandoci alla Novantottesima Strada, mi voltai. «O'Reilly si sta staccando».

«Pensi che Shaw cercherà di scappare?»

«Potrebbe, ma se esce dal retro si imbatterà in O'Reilly».

Derrick annuì verso l'auto che sorvegliava la casa di Shaw. Rallentò e parcheggiò subito dopo il vialetto.

Salimmo lungo il vialetto. Sbirciai nell'auto di Shaw ma non c'era nulla di evidente. Dirigendoci verso la casa, Derrick disse: «Il carro attrezzi dovrebbe arrivare da un momento all'altro».

Il mio partner aprì la porta a zanzariera e bussò con forza sulla porta. «Polizia! Aprite!»

Shaw aprì la porta e io mostrai il mandato. «Signor Shaw, siamo autorizzati a perquisire la sua abitazione e il suo veicolo».

«Ma io non ho fatto niente.»

L'odore del suo alito rafforzò la convinzione di avere l'uomo giusto. «Esca. Non le è permesso rimanere in casa. Può aspettare sul retro con un agente finché non avremo finito.»

«Oh, cavolo, non c'è niente dentro. State sprecando il vostro tempo.»

«Esca. Ora!»

Lui annuì. «Okay, va bene, ma avete preso l'uomo sbagliato.»

Shaw fu scortato sul retro della casa. Infilandosi i guanti, Derrick disse: «Diamo inizio ai lavori. Non dovrebbe volerci molto».

«Tieni gli occhi aperti per un sacco, un cappello o qualcosa che potrebbe aver usato per coprire la testa di una vittima.»

La scarsità di mobili significava meno posti dove nascondersi. Un agente e io andammo in camera da letto. Mi fermai sulla soglia a osservare la zona notte.

Un letto senza testiera dominava lo spazio. Un comodino con una lampada e un cassettone completavano l'arredamento. Chinandomi, esaminai una macchia marrone scuro sul tappeto. Quella macchia, grande quanto una mano, era sangue?

Tirai fuori il telefono e scattai un paio di foto prima di estrarre il coltello. Tagliando un quadrato di otto centimetri di moquette sporca, lo imbustai e lo consegnai.

Sul comodino c'era una copia della rivista *Hustler*. Anche con i guanti, mi sentii sordido a sfogliare il periodico porno.

L'unico cassetto del comodino era pieno di calzini, biancheria intima e flaconi di aspirina Kirkland. Una ciotola sbeccata si trovava su un cassettone di truciolato. Dentro c'erano due mazzi di chiavi, una manciata di spiccioli e un portafoglio consumato.

Il portafoglio conteneva la patente di Shaw, trentasei dollari, buoni per l'autolavaggio del suo posto di lavoro e una foto sbiadita di lui e sua sorella da adolescente.

Il cassetto superiore era pieno di carte, compreso il contratto di affitto della casa. Milletrecento era il prezzo giusto per quell'appartamento con una camera da letto? O era un prezzo di favore?

Dopo aver chiesto all'agente di imbustare l'intero cassetto, frugai negli altri. Nient'altro che pantaloncini e magliette logore.

Il bagno giallo era originale. Un rasoio e un pettine stavano sul mobile del lavandino singolo. L'armadietto dei medicinali conteneva deodorante, articoli da barba e una scatola di Just for Men.

Aprendo le ante del mobiletto, sbirciai dentro. Uno sturalavandini incrostato di chissà cosa, carta igienica e una confezione di sapone riempivano lo spazio. Mi diressi in cucina.

Derrick rovesciò il contenuto di un cassetto sul bancone. Chiesi: «Trovato qualcosa?»

«Non ancora. Tu?»

«C'era una macchia sul tappeto. Non so cosa fosse, ma c'è

una remota possibilità che sia sangue. Ne ho tagliato via un pezzo.»

Frugando tra gli oggetti rovesciati, disse: «Niente qui.»

Aprì l'anta di un mobile e tirò fuori tazze e bicchieri. Prendendo l'ultima tazza, disse: «Ha una scatola di maccheroni al formaggio con le tazze?»

Afferrò la scatola e disse: «Guarda un po' qui. Al nostro uomo, Shaw, piace l'erba.»

Sollevò una bustina di marijuana. «A meno che non abbia una licenza per uso medico, tornerà in prigione.»

Era possibile, forse anche probabile, ma non abbastanza da fargli confessare uno stupro. «Rimettila a posto e fai una foto prima di imbustarla. Voglio controllare una cosa.»

Tornando in bagno, aprii le ante del mobiletto. Afferrando lo sturalavandini con due dita, lo posai sul pavimento del bagno. Non c'era niente dentro la ventosa.

Spostando la carta igienica, guardai sotto il lavandino e non trovai nulla. Tirando fuori la testa, vidi qualcosa attaccato con del nastro adesivo sul retro del tubo di scarico.

CAPITOLO QUARANTASEI

Dopo aver scattato le foto, tagliai il nastro adesivo. Era una boccetta bianca e piccola con dei caratteri cinesi sull'etichetta.

Aprii il tappo a prova di bambino e sbirciai all'interno: piena per metà di piccole pillole rosa. Inclinando la boccetta, ne versai fuori qualcuna.

Le pillole, a forma esagonale, erano contrassegnate da una L e una X. Ne posai una nel tappo, feci uno zoom e scattai una foto. Che cosa erano? Un formato in pillole del fentanil che arrivava dalla Cina?

Shaw fumava erba. Si faceva di roba più pesante? Aveva i denti in pessimo stato, ma non ai livelli di un consumatore di metanfetamine. Poteva trattarsi di fentanil.

Essere strafatto di qualcosa cento volte più potente dell'eroina rendeva difficile violentare qualcuno. Forse Shaw non era sotto l'effetto di droghe quando aveva attaccato la Ramos, ma lo era stato quando se l'era presa con Samus.

Aprii il browser Chrome sul telefono e cercai «droghe con una X e una L». Comparvero un sacco di risultati. Ma erano tutti o per la L o per la X.

Messa la boccetta in un sacchetto per le prove, andai in cucina. «Guarda cosa ho trovato attaccato con del nastro adesivo al sifone del lavandino.»

«Droga?»

«Forse qualcosa per invertire la castrazione chimica? Vengono dalla Cina.»

«Immaginavo.»

«Conosci un modo per tradurre dal cinese all'inglese?»

«Ti servirebbe una tastiera con i caratteri cinesi. Probabilmente possiamo trovarne una online, ma mandala a Cindy Chen; lei legge e scrive in cinese.»

«Ottima idea. Vedrò cosa dice.»

«Ci servirà la conferma del laboratorio.»

«Cavolo, vorrei tanto non dover aspettare i comodi di tutti.»

«La scientifica è coinvolta in quasi ogni caso.»

«Già, ma dovranno decuplicare le loro capacità per gestire tutto quello che arriva loro.»

«Senza dubbio, sono assediati.»

Era difficile controbbattere il suo esercitarsi con vocaboli nuovi, ma dire che il laboratorio era sommerso di lavoro aveva più senso. «Scambiamo due parole al volo con Shaw prima di chiudere.»

Seduto sulla stessa sedia pieghevole, Shaw si stava mangiando un'unghia. Si alzò quando mi vide. «Visto, non ha trovato niente, vero?»

Agitando il sacchetto con la boccetta di pillole, dissi: «E questo cos'è?»

«Non lo so.»

Intervenne Derrick. «Andiamo, Shaw. Lo scopriremo comunque. Non ci faccia incazzare.»

«Giuro, non so cosa sia. L'ha trovato dentro?»

«Attaccato a un tubo sotto il lavandino del suo bagno.»

«Non ce l'ho messo io.»

«E di chi è, allora?»

«Non lo so, amico. Forse ce l'avete messo voi.»

«Smettila con queste stronzate e confessa.»

«Giuro, amico. Non è roba mia. Io non mi drogo.»

Derrick sbuffò. «Sì, certo. Abbiamo trovato un sacchetto di marijuana nel mobile della cucina.»

«Marijuana? Impossibile.»

«Era in casa sua, e lei vive da solo, giusto?»

«Sì, ma non è mia.» Ci puntò il dito contro. «Sapete, penso che fosse già lì quando mi sono trasferito. Sì, dev'essere così.»

«Sarebbe molto più facile se lo ammettesse e basta.»

«Assolutamente no, amico.»

Era categorico. Accusa di stupro a parte, la minaccia di tornare in prigione per una violazione della libertà vigilata legata alla droga avrebbe tirato fuori da chiunque una performance da Oscar. «Si sottoporrebbe a un prelievo di sangue?»

«Vuole prelevarmi il sangue? Perché?»

«Per cercare tracce di droga.»

«Metterete il mio sangue da qualche parte per dire che ero lì?»

«No, signor Shaw: a dispetto di quello che dice Hollywood, è più raro di un politico che dica la verità.»

«Okay, allora. Fatelo.»

«Chiameremo un'ambulanza.»

Poteva dimostrare che ne faceva uso, ma la minaccia che il risultato fosse negativo non sarebbe servita a molto.

Mentre aspettavamo un paramedico, Derrick disse: «Dovremmo portare dentro questo bastardo.»

«Non so.»

«Se lo mettiamo sotto pressione, crollerà. Abbiamo la marijuana come leva.»

«Sarebbe meglio aspettare. Lo terremo d'occhio e vedremo come va a finire.»

L'erba non ci avrebbe aiutato a dimostrare niente. Ma

avevamo la droga sconosciuta, il tablet di Shaw e il suo veicolo. Bastava che uno di questi elementi ci desse qualcosa.

Tornati in ufficio, Derrick disse: «Ora viene la parte più difficile: l'attesa.»

«Hai proprio ragione.»

«Hai detto che lo sceriffo avrebbe accelerato le cose.»

«È sotto forte pressione per il caso Holmes. Ma saltare la fila non è facile. Ogni caso è importante.»

«Non dovrebbe essere così.»

Aveva ragione. «Questa è la versione ufficiale. Lo farà smuovere. Credimi, Remin non vuole continuare a essere importunato dai giornalisti. Sai che ha detto qualcosa sul fatto che Naples sta perdendo il primo posto per il tasso di criminalità più basso del paese.»

«Non sarebbe una buona pubblicità per lui.»

Il mio cellulare squillò. Era Mary Ann. «Ehi, come ti senti?»

«Bene. Mi sento al cento per cento.»

«Fantastico. Che si dice?»

«Mh, niente di che.»

Ciò significava che stava per arrivare qualcosa. «Siamo appena tornati in ufficio, dopo aver eseguito un mandato per un sospetto stupratore.»

«Avete scoperto qualcosa?»

«Stiamo aspettando le analisi e abbiamo trovato delle pillole che dobbiamo identificare.»

«Ce la farete. Ce la fate sempre.»

La sua fiducia in me smentiva il fatto che nessuno aveva un curriculum impeccabile. «Forse stasera possiamo mangiare qualcosa fuori. Ho voglia di un panino con la cernia.»

«Certo. Dove vuoi andare tu?»

«Possiamo fare un salto a Bonita, magari al Fish House o al Big Hickory Grille.»

«Mi sembra un'ottima idea.»

«Va bene, vediamo come va il resto della giornata.»

«Okay. Sai, stavo parlando con Jessica poco fa. Sta pensando di fare un semestre in Europa.»

Ah, il vero motivo della telefonata. C'era sempre un giro di parole prima di sollevare una questione difficile. «Europa?»

«Sì, hanno un ottimo programma con cui può studiare a Firenze. È così emozionata.»

«Lasciami indovinare: non è incluso nella cifra ridicola che stiamo pagando per la retta.»

«No, ma non dimenticare che ha una borsa di studio importante.»

«Quanto?»

«Sono solo settemila dollari circa.»

«Solo?»

«È un'opportunità irripetibile per lei.»

«Siamo piuttosto al limite, Mary Ann.»

«Lo so, ma sarebbe un'esperienza meravigliosa. Riesci a immaginare di studiare in Italia? In un posto come Firenze?»

No, era al di là della mia comprensione. Sorseggiare un Chianti? Quello era il mio viaggio in Italia. «Cavolo, stiamo preparando i ragazzi a una delusione quando entreranno nel mondo reale.»

«Forse potremmo andare a trovarla quando sarà lì.»

La questione non era *se* Jessie sarebbe andata. La decisione era stata presa. Questo si qualificava come essere vittima di bullismo? «Ne parliamo più tardi.»

«Ci tiene tantissimo.»

«Ho bisogno di tempo per digerire la cosa. Okay?»

«Certo, certo. Ovviamente.»

Stavamo cercando di ricostruire i nostri risparmi e si era aperta un'altra falla.

Derrick era al telefono. Balzò dalla sedia e agitò il pugno in aria. Riagganciando, disse: «Il sangue nell'auto di Lopez è di Holmes.»

CAPITOLO QUARANTASETTE

Derrick disse: «Facciamo emettere un mandato d'arresto. Non vedo l'ora di sbatterlo dentro».

L'esperienza del mio primo caso di omicidio mi funse da moderatore. «Forse è meglio convocarlo per parlarci. Vediamo se cambia versione».

«Non pensi che sia colpevole?»

«Non è una questione di sensazioni, è una questione di prove».

«Queste sono stronzate. Parli sempre di istinto e sensazioni viscerali».

«Aspetta. L'istinto è fondamentale, almeno quello affinato dall'addestramento e dall'esperienza. Ci indica una direzione, ma per arrestare qualcuno ci vuole di più, se vuoi che l'arresto regga».

«Credi che non lo sappia?»

«Certo che lo sai. Sto solo dicendo che...»

«Allora lascia perdere. Fai a modo tuo, come sempre».

«Che vorrebbe dire? Lavoriamo ai casi insieme e... Ehi, dove vai?»

«Fuori».

Ripensando a ciò che avevo detto, non c'era nulla che potesse giustificare la sua scenata. Lui voleva arrestare Lopez e il mio suggerimento era stato di parlargli prima. Mi ci vollero un paio di tentativi per ricordare esattamente come l'avevo detto.

Non era come se il suo superiore lo avesse contraddetto; era la cosa più prudente da fare. Se si fosse scoperto che Lopez non era colpevole, avrebbe risparmiato a entrambi una figuraccia.

Cosa stava succedendo? Aver fatto domanda per il posto di comando a Port Charlotte era la prova che voleva essere lui a dirigere le cose. Era così stanco di lavorare con me da non voler più aspettare? Il mio approccio era troppo cauto per la nuova generazione?

O c'era qualcosa che pesava sulla vita personale del mio partner? Doveva essere così. Chiusi la porta dell'ufficio e chiamai Mary Ann. «Ciao, fammi un favore e chiama Lynn».

«Perché? Che succede?»

«Derrick si comporta come un bambino di dieci anni. Qualsiasi cosa io dica lo fa scattare».

«Avevi detto che era sensibile».

«Diciamo pure ipersensibile. Deve essergli successo qualcosa. Forse ha dei problemi con Lynn».

«Oh no. Spero di no».

«Vedi se si confida».

«Ti faccio sapere se scopro qualcosa».

DERRICK MI AVEVA PORTATO IL CAFFÈ DEL MATTINO CHE MI portava da anni. L'incognita era se fosse per abitudine o un'espressione del fatto che teneva ancora a me.

Era difficile separare il personale dal lavoro, ma avevamo un interrogatorio da condurre. Il tentativo di parlare di ciò che Lynn aveva detto che lui provava doveva aspettare.

Derrick tenne il cellulare incollato all'orecchio finché Ponte e Lopez non furono nella sala interrogatori. Osservai l'avvocato e il suo giovane cliente sullo schermo, aspettando che il mio partner desse il via.

Il ragazzo del college non avrebbe potuto essere più irrequieto nemmeno se fosse stato seduto sui carboni ardenti. Ponte manteneva un sorriso stampato in faccia per rassicurare il suo cliente.

Sentendo dei passi, mi voltai. Derrick fece un leggero cenno col capo. Dissi: «Vuoi condurre tu?»

Aspettandomi quasi che dicesse «*Se vuoi tu*», rispose: «Certo».

«Ottimo. È tutto tuo».

Prendemmo posto di fronte a Ponte e a Lopez. Derrick sbrigò le formalità e li ringraziò per essere venuti. Le mie spalle si rilassarono.

«Il mio cliente ha fatto di tutto per collaborare. E ora gli avete sequestrato l'auto, quella che gli serve per completare gli studi. Il signor Lopez vuole togliersi di dosso la stampa e tornare alla sua vita. Devo avvertirvi: stiamo raggiungendo un punto che molti considererebbero molestie».

«Il signor Lopez è una persona d'interesse in un'indagine per omicidio. La perquisizione del suo veicolo è stata autorizzata dal tribunale e conteneva alcune prove interessanti».

La paura balenò sul volto di Lopez. «Cosa state...»

Ponte posò la mano sull'avambraccio del suo cliente. «A quali prove allude?»

«Al sangue di Deborah Holmes».

«No, no. Non è possibile».

«Dove si trovava questo presunto sangue?»

«Sullo sportello del passeggero».

«Interessante, ma non dimentichiamo che il mio cliente aveva una lunga relazione con la defunta; qualsiasi cosa affermiate di aver trovato, potrebbe risalire a un qualsiasi momento in cui erano insieme».

Quella si qualificherebbe come una coincidenza e non era una cosa in cui credevo. Il ragazzo strinse forte gli occhi. Stava forse sperando di trovarsi da un'altra parte quando li avrebbe riaperti?

«Il signor Lopez è stato visto guidare l'auto sulla quale è stato trovato il sangue della signorina Holmes, la notte in cui è scomparsa».

«È l'unica auto che il mio cliente possiede».

Lopez si rivolse a Ponte. «So da dove viene. Si è sbucciata il ginocchio quando siamo andati al parco di Livingston. È caduta e si è tagliata».

La menzione di Livingston mi fece pensare a Ramos.

Derrick disse: «E come se l'è fatto?»

«Stavamo scherzando nel parco giochi per bambini. Ci sono queste grosse rocce e lei è scivolata su una di quelle».

«E quando sarebbe successo?»

«È successo davvero. Ero lì e anche altre persone l'hanno visto. Persino la signora Reedy lo ha visto».

«La signora Reedy era al parco?»

«Sì, stava uscendo da una lezione di yoga e ci ha visti. Debbie sanguinava, quindi ce ne siamo andati subito dopo».

Dissi: «Il detective Dickson le ha chiesto quando è successo. In che data?»

«Oh, il giorno dopo il suo compleanno. Non avevo potuto vederla. Avevamo una gara di nuoto e mi avrebbero cacciato dalla squadra se avessi saltato una gara».

«Come ci è finito il sangue sullo sportello?»

«Non lo so. Deve aver sbattuto la gamba contro lo sportello, entrando. Stava, tipo, saltellando».

Il parco aveva delle telecamere. Ma coprivano il parco giochi? A meno che il ragazzo non fosse un bravo bugiardo – e molti psicopatici lo erano – avrebbe potuto dire la verità.

Aprii il fascicolo e controllai il compleanno della Holmes. Era il ventidue marzo. Quasi tre mesi prima della sua scomparsa.

Derrick domandò: «Quanto era grave il taglio sulla sua gamba?»

«Non troppo, ma sa come sono le ragazze, ne fanno un dramma».

La sera prima avevo sbattuto un dito del piede contro il letto e avevo saltellato più di un coniglio in tutta la sua vita.

«Dove siete andati lei e Debbie la notte del ventitré maggio?»

Derrick aveva formulato la domanda per ingannare Lopez.

Ponte disse: «Il mio cliente ha già dichiarato di non aver visto né incontrato la signorina Holmes quella notte».

«Risponda alla domanda, signor Lopez».

Lui guardò il suo avvocato, che annuì. «Come ho già detto, non l'ho vista quella notte».

«Ma lei era davanti a casa sua quella notte».

«Sono solo passato in auto davanti al suo quartiere».

«E ha parcheggiato dall'altra parte della strada, vicino all'ingresso del suo quartiere».

«No. Non ho parcheggiato da nessuna parte. Gliel'ho già detto».

Ponte disse: «Avete altre domande? In caso contrario, considereremo concluso questo interrogatorio».

Derrick mi guardò e io annuii. Aveva ancora bisogno della mia guida. Avevamo del lavoro da fare: controllare il video del parco, chiedere agli Holmes se Debbie si fosse sbucciata un ginocchio e chiedere al laboratorio di datare il campione di sangue.

Gli esami non avrebbero stabilito con esattezza l'età del campione, ma l'intervallo di tempo avrebbe potuto essere tutto ciò di cui avevamo bisogno.

CAPITOLO QUARANTOTTO

Parlare con Derrick era importante, ma tirare fuori l'argomento era complicato. Era più facile dare seguito all'interrogatorio di Lopez.

Tornando in ufficio, dissi: «È andata piuttosto bene».

Derrick disse: «Smettila con questi elogi fasulli».

«Ma di che parli? Abbiamo piste concrete da seguire. Scopriremo abbastanza presto se è stato Lopez».

Lui fece spallucce. «Conosci quelli del laboratorio meglio di me. Vuoi chiedere loro di datare il sangue?»

«Certo. Poi andrò a parlare con gli Holmes, uhm, a meno che non voglia farlo tu».

«No, faccio un salto al parco a controllare che video hanno».

Mi sembrava di camminare in una galleria degli specchi; un minuto Derrick voleva tenere il timone e quello dopo si metteva comodo sul sedile del passeggero.

Venne ad aprire la signora Holmes. Spalancò gli occhi. «Ha confessato?»

«No, signora».

Lei si accigliò. «Entri».

«Volevo chiederLe di una possibile ferita, una cosa da poco, che sua figlia potrebbe essersi fatta intorno al periodo del suo compleanno».

«Una ferita?»

«Potrebbe essersi sbucciata un ginocchio al parco».

«Ah, giusto. Quella volta. Era con Javier ed è caduta al parco acquatico».

«Il parco acquatico? Non il parco giochi per bambini?»

«Oh, forse era il parco giochi».

«Quando è successo?»

«Forse, uhm, forse tre mesi fa, o meno».

«Era verso il periodo del suo compleanno?»

«Mmh». Il suo labbro tremò. «Mi dispiace...»

«Non si preoccupi, signora. Nessun problema, non è importante. Se dovesse ricordarsene, mi chiami. Altrimenti, non fa niente».

Le madri raramente, se mai, dimenticavano quando i figli si facevano anche solo un graffio. E i compleanni erano eventi che aiutavano la memoria. Ma perdere un figlio era un colpo da cui pochi si riprendevano, specialmente a breve termine.

Venne ad aprire la signora Reedy, con indosso un grembiule. «Oh, uh, detective...»

«Luca, signora. Posso scambiare due parole con Lei?»

«Con me?»

«Sì, riguarda una ferita che Debbie Holmes si è fatta al North Collier Park. Un testimone ha detto che Lei era lì».

«Sì, ma non ho visto com'è successo o altro. Stavo uscendo dalla palestra».

«Si è fatta male al ginocchio?»

«Sì. Perché me lo chiede?»

«Solo un'altra cosa: quando è stato?»

«Credo proprio intorno al suo compleanno».

Il signor Reedy entrò nella stanza. «Detective Luca. Cosa La porta qui?»

«Stiamo facendo delle verifiche su una cosa, e vorremmo sapere di una ferita al ginocchio che Debbie si è fatta nel periodo del suo compleanno».

La signora Reedy disse: «Ti ricordi che ti ho detto di averla vista sanguinare al parco».

«Ricordo che dicevi che aveva perso l'equilibrio, ma non era un graffio o cose del genere. Era un livido».

«Ne sei sicuro?»

«Sicuro al cento per cento, ed è successo settimane dopo il suo compleanno».

«La data potrebbe essere importante. Dobbiamo esserne certi».

«Ho un'ottima memoria. Vero?» disse il signor Reedy a sua moglie.

«È vero. Non so come faccia a ricordare le cose, ma le ricorda».

La mia memoria era andata a farsi benedire per via della chemio di cui ero stato intriso. La cosa mi infastidiva, ma l'intervento e i farmaci mi avevano salvato. «E la Sua memoria com'è, signora?»

«Piuttosto buona».

«Neanche lontanamente buona come la mia».

Suo marito era autoritario, e la cosa mi mise a disagio. Se aveva una memoria migliore, ottimo. Ma la differenza nelle date non mi quadrava.

Derrick non era ancora tornato. Non c'era un modo facile per affrontare un discorso personale. L'unica decisione era se discutere del caso prima di addentrarci in acque inesplorate. Agli uomini piace mantenere le distanze emotive, specialmente con altri uomini.

Il mio partner entrò di slancio nell'ufficio. «Hai trovato qualche video?»

Scosse la testa. «Nessuna copertura sul parco giochi».

«Maledizione».

«Che hanno detto gli Holmes?»

«La madre non è stata di grande aiuto. È ancora sotto shock. Ha iniziato a crollare, così sono andato a trovare la signora Reedy».

«Cosa ha detto?»

«Si ricordava che si era sbucciata il ginocchio intorno al suo compleanno, ma il marito ha detto che si sbagliava».

«Ha negato?»

«Sì. Ha detto che era un livido, niente sangue, e che non era successo nel periodo del suo compleanno».

«Strano».

«Eccome. La madre stava parlando con me, ma lui l'ha interrotta appena è entrato nella stanza».

«A detta di tutti, è un tipo autoritario».

«Non so se ce l'abbia con Lopez per via di suo figlio o se sia solo un saputello».

«Forse sì, ma in ogni caso, è un figlio di puttana prepotente».

Chissà se Derrick mi descriveva a sua moglie nello stesso modo. «Non so se sia troppo tardi per separarli e vedere cosa ne tiriamo fuori».

«Quel treno è già passato. E non possiamo chiedere al loro figlio, Jason. Canterà la stessa canzone del padre».

«Forse un amico o un vicino può fare chiarezza».

«E se gli chiedessimo di sottoporsi alla macchina della verità?»

Era un approccio nuovo. «È un'idea. Però, non so...»

«Dici sempre che si impara qualcosa quando qualcuno dice di no».

Provava ancora rispetto per me. «Vero. Mi piace la tua idea. Facciamolo».

Derrick prese il ricevitore. «Controllo il programma di Franco».

«Aspetta un secondo». Mi alzai e chiusi la porta. «Volevo parlarti».

«Di cosa?»

«Di noi». Sembrava una battuta da soap opera.

Si appoggiò allo schienale della sedia. «Okay».

«Mary Ann parlava con Lynn l'altro giorno, e ha detto che io, ehm, sai, a volte sono stato poco riguardoso. Devi sapere che non era intenzionale. Non farei mai nulla per offenderti».

Il suo silenzio significava che le scuse non bastavano. Potevo scommettere che Lynn gli aveva raccontato tutto ciò che aveva riferito a Mary Ann.

«Io e Bilotti ci conosciamo dal giorno in cui sono arrivato qui. Tutta la faccenda del vino è stata un puro caso. Stavo lavorando a questo caso e sono andato da lui, e sai che il suo ufficio è pieno di quelle foto di campagne vinicole...»

«Non sono mai nemmeno stato nel suo ufficio».

«Non è niente di che. Comunque, quel giorno, ho detto che mi piacevano le foto, e lui ha iniziato a parlare di vino. Voleva sapere che vino mi piaceva e io ho detto quello italiano. Un attimo dopo, mi ha invitato a pranzo, e aveva tipo quattro vini diversi versati. È stato...»

Lui scosse la testa. «Non ha niente a che fare con il vino, amico. Ti comporti come se io non fossi nemmeno lì quando c'è lui. È umiliante».

«Mi dispiace, fratello. Non ne avevo idea».

«È come se voi due aveste un club segreto o qualcosa del genere».

«No, non è quello. Voglio dire, tu non bevi nemmeno vino; a te piace la birra».

«Andiamo, amico. Ti ho detto che non è per il vino. È offensivo non essere nemmeno invitato o incluso. Fai l'invito; se dico di no, almeno...»

«Ho capito. Scusami, davvero. Mi hai insegnato qualcosa. Non sapevo nemmeno di ferire i tuoi sentimenti, e avrei dovuto. Mi sento un completo idiota».

«Volevo dire qualcosa, ma...»

«È colpa mia. Ho sbagliato, alla grande».

Allungò la mano. «Mettiamoci una pietra sopra».

Ignorando la sua mano, lo abbracciai. «Credimi, fratello. Non ne avevo idea».

«È acqua passata, amico».

Qualcuno bussò alla porta e Gesso la aprì. «Odio interrompere lo show del *dottor Phil*, ma c'è stato un altro tentato stupro».

CAPITOLO QUARANTANOVE

AFFERRATE LE GIACCHE, CI DIRIGEMMO VERSO IL PARCHEGGIO. Derrick disse: «Abbiamo Shaw sotto controllo. Se non è sgattaiolato via, allora abbiamo l'uomo sbagliato».

Il pensiero di dover dire a Lisa Ramos che stavamo seguendo la pista sbagliata mi fece salire un conato di bile in gola. Componendo un numero al telefono, dissi: «Dobbiamo sapere se abbiamo perso di vista Shaw. Se qualcuno ha fatto un casino, dovrai tirarmi fuori di prigione».

«Sarò in cella con te».

Riattaccai. «McCloskey ha detto che Shaw era al lavoro ed è rimasto parcheggiato fuori dall'autolavaggio tutto il giorno. Ha detto che Shaw è stato all'esterno per la maggior parte del tempo, ma l'abbiamo perso di vista per circa un'ora e mezza...»

«Lasciami indovinare, nello stesso momento in cui è avvenuto il tentato stupro».

«Esatto, ma avrebbe dovuto essere Houdini per svignarsela, commettere il fatto e tornare indietro senza farsi notare».

«Digli di controllare con i colleghi di Shaw...»

«Me ne sto già occupando».

Derrick svoltò da Golden Gate Boulevard in Santa Barbara. Il mio telefono squillò. «Detective Luca».

«Ehi, Frank, hai un minuto?»

Era Sergio del laboratorio. «Fai in fretta, stiamo andando a interrogare la vittima di un tentato stupro».

«Cavolo, un'altra? Che diavolo sta succedendo?»

Bella domanda. «Cosa hai per me?»

«Abbiamo i risultati delle analisi del sangue di Richard Shaw».

«C'erano marijuana o droghe illegali?»

«Nessuna».

«C'era qualche sostanza nel suo sangue che non siete riusciti a identificare?»

«Niente nei test standard».

«Avevamo consegnato un flacone di pillole trovato durante una perquisizione dei suoi locali».

«Non ne so nulla. Probabilmente si trova ancora alla scientifica».

«Chiamo Gesso e me le faccio dare. Dobbiamo sapere cosa sono. C'erano delle scritte in cinese sul flacone, ma non ci hanno aiutato».

«Quello esula dalle mie competenze. Dovremo mandarle a un laboratorio esterno».

«Quanto ci vorrà?»

«Vale la tua come la mia».

«Andiamo, Serg, stiamo parlando di uno stupro».

«È solo un modo di dire, amico. Farò più pressione che posso».

Il Golden Gate Community Park era alla nostra sinistra, e la vittima viveva dall'altra parte di Recreation Lane, in un quartiere chiamato The Coast Townhomes of Naples. Un nome lungo per un piccolo complesso residenziale.

Derrick disse: «Lasciamo qui le giacche».

Reprimendo una protesta, dissi: «Oggi l'aria è davvero pesante».

Il ronzio del traffico sull'autostrada era l'unico suono sospeso nell'aria umida.

Derrick suonò il campanello, e cinque secondi dopo la porta si aprì. «Siete della polizia?»

«Sì, signora. Detective Luca e Dickson».

Diede appena un'occhiata ai nostri distintivi. «Sono Lois Weaver. Entrate pure».

La Weaver aveva la stessa corporatura delle altre vittime e i capelli castani. Ma il suo comportamento mi spiazzò.

«Ci racconti cos'è successo, signora Weaver».

Indossava una canottiera blu che lasciava intravedere il tatuaggio di un'aquila. «Qualche pazzo fottuto mi è saltato addosso e ha iniziato a palpeggiarmi come un forsennato. Ero tipo, ma che cazzo?»

«Si è fatta male?»

«No, non ho dato a quello stronzo il tempo di farlo».

«Dov'è avvenuta l'aggressione?»

«Dall'altra parte della strada. Nel parco».

«Dove, esattamente?»

«Vicino ai campi da baseball».

«C'erano altri testimoni?»

«No, fa troppo caldo per la maggior parte della gente, ma non per me. L'umidità a me non dà fastidio».

«Le ha detto qualcosa?»

«Non proprio, a meno che gemere non conti. L'ho scaraventato via e gli ho dato un calcio dritto nelle palle».

«Ha idea di chi fosse l'aggressore?»

«Oh, sì, è lo stesso bastardo che avete mostrato nell'identikit al telegiornale».

Tirando fuori il telefono, cercai l'identikit. «Le sembra familiare?»

«Sì, è quel bastardo. Se non fosse scappato, gli avrei spaccato il culo. Ho la cintura nera di judo».

La mia era una speculazione. «È sicura che sia lo stesso uomo?»

«Mi creda, quella faccia non la dimenticherò. È lui».

«Aveva qualcosa con sé?»

«Aveva una borsa o qualcosa del genere».

«Le andrebbe di mostrarci dov'è avvenuta l'aggressione?»

«Certo, perché no?»

«Solo se se la sente».

«Sono così su di giri in questo momento che uscire mi farà bene».

La casa profumava di aglio e cipolle. La giornata era stata stressante, ma stava per finire bene.

«Che buon profumo. Cosa stai preparando?»

Mary Ann rispose: «Cavolfiore e maccheroni».

«Sembra buono. Ma non ci serve il formaggio?»

«Ne ho preso un po' prima».

«Grazie».

«Ho sentito che hai fatto pace con Derrick».

Le donne si scambiavano informazioni meglio degli informatori confidenziali. «Sì. Tutto a posto».

«Cosa ti ha detto?»

«Sentiva che lo stavo escludendo con la storia del vino e di Bilotti. Ma non era così. Non farei mai una cosa del genere».

Lei inarcò le sopracciglia. «Frank, hai fatto la stessa cosa con il nostro vicino, Jimmy».

Bingo. Era chiaro perché la maggior parte degli archeologi fossero donne: amavano disseppellire il passato.

«Quello era diverso. Un malinteso».

«No, sei stato maleducato».

«Assolutamente no. Stavamo andando a vedere una partita di precampionato, e a lui non piace nemmeno il baseball».

«Non è questo il punto. Non puoi invitare una persona davanti a un'altra; non importa quale sia l'evento. È cortesia elementare».

«Hai ragione. Io, sai, ho solo pensato che non gli interessasse».

«Lascia che sia lui a rifiutare, allora».

Non c'era modo di salvare la situazione. «Lo so. Se mi vedi fare una cosa del genere, cerca di farmelo notare, ma non mettermi in imbarazzo, ok?»

«Non lo farei mai».

Lo aveva fatto. «Grazie».

«Oh, dobbiamo trasferire tremila dollari per coprire il viaggio di Jessica».

Era una negoziatrice esperta. «Ok, procedi pure».

«Jessica è così entusiasta».

«Lo immagino».

«Grazie, so che sei preoccupato per le nostre finanze, ma questa è un'opportunità che capita una volta nella vita».

I genitori si mettevano sempre al secondo posto. «Vado a cambiarmi».

«Oh, com'è andata con il tentato stupro?»

«Questa donna era una delle più toste che abbia mai incontrato. Gli ha dato un calcio nelle palle».

«Ben le sta. Ma chi c'è dietro a questi casi?»

«Vado a cambiarmi».

CAPITOLO CINQUANTA

Derrick posò una tazza di caffè sulla mia scrivania. «Buongiorno, Frank.»

«Buongiorno.»

«Sei arrivato presto. A cosa stai lavorando?»

«Sto controllando le chiamate alla linea diretta. Non sono convinto che non si tratti di Shaw. Ci siamo concentrati su di lui perché ha chiamato sua sorella, ma ce n'erano altre trenta che sembravano attendibili.»

«Quindi stiamo cercando un sosia di Shaw?»

«Dicono che ognuno di noi abbia un sosia.»

«Il tuo è George Clooney.»

«Una volta lo ero, ma il tempo ha cambiato le cose.»

Sbuffò. «Gli assomigli ancora. Dammi metà della lista.»

«Ecco a te. A proposito, niente da fare per le telecamere di sorveglianza del parco.»

«Non c'è da stupirsi, per come stanno andando le cose.»

Aveva ragione. Dopo che facemmo entrambi una manciata di telefonate, Derrick si alzò in piedi. Era al telefono. Appena riattaccò, disse: «Forse ho qualcosa.»

«Cosa?»

«George Eckert. Lavora da Driftwood sulla 41.»

«Il vivaio?»

«Sì. Un suo collega ha detto che assomiglia all'identikit e che è un tipo strano. E senti questa: ieri era di riposo quando Weaver è stata aggredita.»

«Dove abita?»

«Sulla Airport Pulling vicino a Orange Blossom.»

«Abbastanza vicino al parco sulla Livingston.»

«Ho controllato. È stato beccato per droga un anno fa. Bisogna dargli un'occhiata e abbiamo tempo prima che Reedy venga per il poligrafo.»

«Vai pure. Non voglio sprecare personale, altrimenti verrei con te.»

«A più tardi.»

Avere una pista era una bella sensazione. Feci un'altra telefonata. «Signor Fernandez?»

«Sì?»

«Sono il detective Luca. Lei ha chiamato la linea diretta per l'identikit che abbiamo diffuso di un uomo con cui vorremmo parlare.»

Abbassò la voce. «Accidenti, dovete essere molto impegnati.»

Fernandez aveva una parlata strascicata. Stava cercando di depistarci? «Il crimine non va mai in vacanza. Mi dica chi crede che assomigli al disegno.»

«Si tratta di Peter Gatrod. Abita nel palazzo ed è un vero verme.»

«Cosa glielo fa pensare?»

«Da come guarda mia moglie e mia figlia, mi viene voglia di spaccargli la faccia.»

Mentre inserivo il nome nel sistema, chiesi: «Ha mai fatto delle avances?»

Prima che rispondesse, comparve la foto della motorizzazione di Gatrod. Assomigliava davvero a Shaw.

«Non direttamente, ma ho detto loro di stare alla larga da quel tipo strambo.»

«Lei abita a Derbyshire Court?»

«Sì.»

Era a pochi passi dal Golden Gate Community Park. «Mi scusi, il signor Gatrod ha una parlata strascicata?»

«Non proprio.»

«Abita da solo?»

«Sono abbastanza sicuro di sì.»

«Sa che lavoro fa?»

«Non credo che lavori. Quel verme probabilmente prende l'assegno da quel maledetto governo.»

Non c'erano informazioni nel database della Florida su dove lavorasse Gatrod. Forse il vicino aveva ragione. Era ora di controllare.

Peter Gatrod viveva in un'unità centrale al primo piano di un edificio di sei appartamenti. La sua Ford Focus bianca era parcheggiata dall'altra parte della strada, sotto una tettoia.

Le tapparelle di tutte le finestre erano abbassate. Parcheggiai di fronte all'edificio successivo e sbirciai dentro l'auto di Gatrod. Degli involucri del Burger King e una lattina di Coca-Cola erano sul sedile del passeggero.

Mentre mi avvicinavo alla porta, mi parve di sentire qualcuno tossire all'interno. O proveniva da un altro appartamento? Dopo aver suonato il campanello tre volte, battei sulla porta con il palmo della mano. Niente.

Weaver viveva lì vicino. Si discostava dal protocollo, ma sarebbe stato utile mostrarle una foto di Gatrod. Non era a casa. Infilai il mio biglietto da visita sotto la porta e me ne andai.

DERRICK ERA TORNATO IN UFFICIO. «COM'È ANDATA CON Eckert?»

«È un tipo strano, senza dubbio. Indovina cosa stava facendo quando sono arrivato?»

«Giocava a scacchi?»

Rise. «Mi hanno indirizzato verso il retro. E quando l'ho visto, stava seguendo una donna in pantaloncini succinti. Mi sono tenuto a distanza e lui si è infilato in una fila dove hanno tutte le ceramiche. Ho fatto il giro da dietro e lui era lì in piedi, a fissare il culo di questa donna.»

«Che stronzo.»

«Già. E questa signora deve aver sentito qualcosa, perché si è girata, ha scosso la testa e se n'è andata.»

«Lui cosa ha detto?»

«È stato evasivo. Quando gli ho chiesto dov'era ieri, ha detto che si era preso il giorno libero perché sua sorella era venuta a trovarlo dal Tennessee.»

«Ha una parlata strascicata?»

«Sì, molto.»

«E i denti?»

«Non perfetti, ma neanche troppo male.»

«E quando Ramos è stata violentata?»

«Ha detto che non si ricordava esattamente, ma siccome era una sera infrasettimanale, ha detto che doveva essere a casa. Ha detto che il caldo di dieci ore di lavoro all'aperto lo mette al tappeto.»

Plausibile, anche se comodo. «Quanto pensi che assomigli a Shaw?»

«C'è sicuramente una somiglianza, ma non li confonderei.»

«Lo so, ma stiamo parlando di vedere qualcuno a distanza. Non dimenticare che uno era un ragazzino e l'altra è Noon.»

«Dobbiamo farlo vedere a Weaver. È l'unica vittima che l'ha visto.»

«Sono passato da casa sua per mostrarle la foto di

questo tizio, Peter Gatrod. Ma non c'era. Un vicino ha chiamato la linea diretta, dicendo che assomiglia all'identikit. Devo dire che questo Gatrod è una copia quasi esatta.»

L'OPERATORE DEL POLIGRAFO STAVA AVVOLGENDO UN DISPOSITIVO simile a una cintura attorno al padre di Jason Reedy. Era uno dei sensori che avrebbero misurato la sua respirazione, la pressione sanguigna, la frequenza cardiaca e la conduttività cutanea.

I risultati del test della macchina della verità non erano ammessi in tribunale, ma lo strumento aveva un suo valore. A volte.

Una cosa che imparammo fu che Reedy accettò subito di sottoporsi al test. Il che segnalava che stava dicendo la verità, ma neanche quello era infallibile.

L'operatore, John Hardy, era considerato uno dei migliori nel sud-ovest della Florida. Finì di collegare Reedy posizionando dei monitor su due delle sue dita e si sedette accanto a lui, dietro la macchina.

Hardy disse: «È pronto a cominciare?»

«Assolutamente.»

Hardy accese la macchina e chiese: «Lei è sposato?»

«Sì.»

«Ha un figlio?»

«Sì.»

«Si chiama Robert?»

«No.»

«Durante questo colloquio, risponderà sinceramente a tutte le domande riguardanti la scomparsa e l'omicidio di Deborah Holmes?»

«Sì.»

Mentre la carta millimetrata avanzava, Hardy vi faceva dei segni.

«Sa chi ha ucciso Deborah Holmes?»

«No.»

Hardy fece un altro segno. «Ha visto Javier Lopez su Livingston Road la notte in cui Deborah Holmes è scomparsa?»

«Sì.»

«Ha avuto qualche coinvolgimento nella scomparsa o nella morte della signora Holmes?»

Ogni volta che Reedy rispondeva, il braccio della macchina si muoveva e Hardy prendeva un'annotazione. «No.»

«Suo figlio, Jason, è stato coinvolto in qualche modo?»

«No.»

«Ha visto Javier Lopez parcheggiato in un parcheggio su Livingston Road?»

«Sì.»

Guardando il video, Derrick disse: «Che ne pensi?»

«È difficile da dire. Sembra un po' troppo sicuro di sé.»

«Potrebbe dire la verità.»

«Vediamo cosa dice Hardy.»

Hardy pose a Reedy altre sei domande e fu tutto. Ringraziammo Reedy per essere venuto e aspettammo che Hardy mettesse via la sua macchina.

Entrammo nella stanza. Derrick disse: «Com'è andato?»

«Mentiva.»

CAPITOLO CINQUANTUNO

Derrick crollò sulla sedia. «Invece di risposte, abbiamo avuto solo altre domande.»

Dissi: «Su cosa è stato vago, Reedy?»

«Non credo stia coprendo suo figlio, Jason. Hardy ha detto che non mentiva quando gli hanno chiesto se sapesse chi avesse ucciso la Holmes.»

«Potrebbe avercela con Lopez?»

«Cosa potrebbe aver fatto, quel ragazzo? Incastrare qualcuno per omicidio perché usciva con la ragazza di suo figlio sarebbe assurdo.»

«Assurdo è la parola giusta, ma non dimenticare in che razza di giro siamo.»

«Amen. E che mi dici di quei pazzi che hanno rapinato il negozio di toelettatura per cani? Hanno lasciato i soldi, ma si sono presi i cani.»

«Tutta questa storia degli animali domestici sta sfuggendo di mano. Non ne abbiamo il tempo, ma è importante stroncarla sul nascere.»

«È la teoria delle finestre rotte di cui parlava Giuliani a New York.»

L'ex sindaco aveva dato una svolta a New York. «Se non ti occupi dei cosiddetti piccoli reati, te ne ritroverai di più grandi. Ma torniamo a Reedy. Perché ha accettato di fare il test?»

«Ha un secondo fine. Ma quale?»

«Mi chiedo se non abbia superato il limite con la Holmes.»

Derrick si sporse in avanti. «Pensi che avesse una tresca con lei?»

«È possibile, ma non sarebbe una tresca... era minorenne.»

«Non so... se lei stava per dire qualcosa, lui potrebbe aver tentato di fermarla e la situazione gli è sfuggita di mano...»

«Però non sembrava mentire quando gli hanno chiesto se sapesse chi l'avesse uccisa.»

«Già. Dev'essere per via di suo figlio e di Lopez.»

Annuendo, dissi: «Avremmo dovuto dire a Hardy di chiedere a Reedy della tempistica del ginocchio sbucciato.»

«Maledizione, me n'ero dimenticato.»

«Dobbiamo tornare a parlare con gli amici della Holmes. Qualcuno potrebbe ricordarsi dell'incidente.»

«Inizio domattina.»

«Ok, io dopo cena passo da casa della Weaver. È andata a trovare sua madre a Sarasota e tornerà verso le otto. Le mostrerò le foto sia di Gatrod che di Eckert.»

Il Fresh Market era affollato. A sinistra, le file alle casse erano un ammasso di carrelli. Mi voltai per andarmene, ma la fame ebbe la meglio. I loro hamburger di pollo erano buoni.

In fila, il mio umore migliorò. Se la Weaver fosse riuscita a identificare Gatrod o Eckert, avremmo saputo che uno di loro era anche il responsabile del caso Ramos.

Ma non avevamo nulla che lo collegasse alla Ramos o a Samus. Gatrod non aveva precedenti per violenza sessuale. Se lo avessimo incastrato per il caso della Weaver, le probabilità che scontasse una lunga pena erano scarse.

Il suo avvocato avrebbe sostenuto che si trattava di semplice aggressione e percosse e, in assenza di lesioni gravi, sarebbe andata proprio così. Mentre avanzavo lentamente nella fila alla cassa, mi venne in mente una soluzione.

Alzai al massimo l'aria condizionata in macchina, mandai un messaggio a Mary Ann e uscii dal parcheggio del supermercato. La mia idea aveva del potenziale, ma richiedeva un approccio cauto.

Il cartello fuori dal Wild Pines diceva che offrivano cinquecento dollari di sconto su appartamenti selezionati. Non aveva senso; gli affitti erano saliti alle stelle ovunque.

Dopo aver parcheggiato in retromarcia, scaricai due foto di uomini dal web e le aggiunsi a un album contenente le immagini di Shaw e Gatrod.

Bruce Noon era sdraiato su una chaise longue gialla a bordo piscina. Completamente vestito, aveva le cuffie. Aprii il cancelletto della piscina e mi avvicinai.

Noon dondolava la testa e sobbalzò quando mi vide. Strappandosi le cuffie, disse: «Oh mio Dio. Detective Luca. Che cosa ci fa qui?»

«Salve, Bruce. Che cosa sta ascoltando?»

«Un podcast. Ha mai ascoltato *Anatomia di un omicidio*? Sono tutte storie vere.»

C'erano già abbastanza crimini veri nella mia vita. «Ne ho sentito parlare. È bello?»

«Oh, cavolo, deve ascoltarlo. L'episodio migliore è stato quello della settimana scorsa. Questo...»

«Grazie, ma sono qui per affari di polizia.»

Raddrizzò le spalle. «È per l'identikit? Avete preso il tizio?»

«Ci stiamo avvicinando.»

«Oh, cavolo, che emozione. Vorrei poter essere con voi quando gli metterete le manette.»

«Forse un giorno le organizzerò un giro in pattuglia.»

«Davvero? Sarebbe fantastico.»

L'ufficio dello sceriffo aveva un programma che dava ai civili la possibilità di salire su una pattuglia in servizio. «Faremo in modo che accada.»

«Oh, cavolo. Non vedo l'ora. Quando?»

«la ricontatterò, ma prima volevo chiederle un aiuto.»

«Certo. Qualsiasi cosa. Cosa?»

«Vorrei che desse un'occhiata a un paio di foto, per vedere se tra queste c'è l'uomo che ha visto al parco su Livingston.»

«Vede? Gliel'avevo detto che non era quell'altro tizio.»

«Ecco il primo uomo.»

Noon scosse la testa quando vide l'uomo sconosciuto. «No. Mi faccia vedere la prossima.»

Apparve il volto di Shaw. «Questo è il tizio dell'altra volta. Non è lui.»

«Okay. E questo?» Era l'altro uomo preso a caso.

«Non è lui. Ne ha altre?»

Scorrendo verso sinistra, sullo schermo apparve la foto di Peter Gatrod.

«È lui. È questo il tizio.»

«Ne è sicuro?»

«Sì, cavolo.»

Tornai alla foto di Shaw. «Quest'uomo assomiglia molto all'altro.»

«No, no. Guardi qui», indicò la bocca nella foto di Shaw. «Le labbra dell'altro tizio sono, tipo, incurvate all'insù, e i suoi occhi sono più vicini.»

Tornando all'immagine di Gatrod, confermai la valutazione di Noon. «Ma inizialmente aveva detto di essere stato lontano quando lo aveva visto.»

«Non così lontano. È facile notare la differenza. Guardi, guardi i suoi occhi. Vede come sono vicini? Torni all'altro.»

C'era una differenza, ma a distanza sarebbe stata difficile da discernere. Se si fosse arrivati al dunque, Noon avrebbe dovuto testimoniare in tribunale. Forse i pubblici ministeri avrebbero potuto fargli descrivere le differenze tra un paio di persone nell'ultima fila dell'aula.

«È stato di grande aiuto, Bruce.»

Il suo sorriso fu il momento migliore della settimana. «E per il giro in pattuglia? Quando posso farlo?»

«Lo organizzerò. Mi dia solo un paio di giorni per chiudere questo caso.»

Il ragazzo che aveva cercato di aiutare la polizia innumerevoli volte aveva un'altra possibilità. E se aveva ragione sul caso Ramos, avremmo dovuto candidarlo a cittadino dell'anno.

CAPITOLO CINQUANTADUE

Dopo lo spavento che Weaver aveva fatto prendere a Gatrod, il pervertito se ne sarebbe probabilmente rimasto a casa a curarsi le palle indolenzite. Ma bisognava partire dal presupposto che fosse pericoloso.

Chiamai Mary Ann e dissi: «Ehi, non ce la faccio a tornare a casa per cena».

«Che succede?»

«Voglio tenere d'occhio un sospettato di stupro».

«Hai lavorato tutto il giorno. Non puoi chiedere a una volante di coprire la zona?»

«Lo so, ma sarei dovuto uscire dopo cena per mostrare la foto di questo bastardo a una vittima. Abita qui vicino. Ho pensato che così sarebbe stato più semplice».

«Cosa mangerai?»

«Non ti preoccupare. Mi metti da parte un piatto di quello che hai preparato?»

«Dovevi passare a prendere la cena da Jimmy P's, ricordi?»

«Ah, già».

«Ti prendo una Cobb salad, ma niente bacon per te».

«Aspetta, digli di metterne un po', okay?»

«Va bene».

«Grazie. A dopo».

L'auto di Gatrod era nello stesso punto e le tapparelle erano ancora abbassate. O era uscito a piedi o si stava nascondendo.

Facendo retromarcia in un parcheggio di fronte all'edificio successivo, chiamai Derrick.

«Ehi, volevo farti sapere che Noon ha identificato Gatrod».

«Wow. Deve essere lui per forza».

«Sembra di sì».

«Otteniamo un mandato d'arresto».

«Dobbiamo essere sicuri che anche Weaver dica che è lui prima di prenderlo. Sono appostato fuori da casa sua nel caso in cui tenti la fuga».

«Vengo giù e ti faccio compagnia».

Eravamo di nuovo sulla pista giusta. «Non ti preoccupare. Sembra che sarà una lunga nottata. Pare che Gatrod non sia in casa».

«Non fa niente. Ti porto un caffè».

«Perché non rimani a casa? Ti chiamo se Weaver conferma che è lui. A quel punto potrai richiedere un mandato e diramare un avviso di ricerca per Gatrod».

«Ricevuto. Resto in attesa».

Dopo un'ora, era il momento di sgranchirmi la schiena. Il cielo si stava oscurando mentre risalivo in macchina. Di lì a un'ora o poco più, Weaver sarebbe stata a casa.

Chiamò Derrick. «Ehi, Frank, volevo farti sapere che sto andando a trovare un'amica di Holmes».

«Quale?»

«Melissa Howser. Dana Foyle mi ha dato il suo nominativo, ha detto che era molto amica di Holmes. Era a trovare dei parenti ad Austin ed è tornata proprio oggi».

«Forse saremo fortunati».

Rise. «Pensavo avessi detto che la fortuna non c'entra».

«E infatti non c'entra. Hai lavorato sodo, e se ottieni qualcosa, è per lo sforzo, non per la fortuna».

Squillò il telefono. Weaver era a casa. Mi disse di guidare lentamente e andai a casa sua.

«Ehi, entri pure».

Era scalza e aveva tatuaggi di coccinelle su entrambi i piedi.

«Grazie. Buon viaggio?»

«Tutto bene. Mia madre sta cadendo a pezzi. È una merda invecchiare».

Lo era di certo. «Mi dispiace. Vorrei che vedesse un paio di foto, per vedere se riesce a identificare l'uomo che l'ha aggredita».

«Facciamolo».

Il piano era di mostrarle la stessa serie di foto che aveva visto Noon.

«Ecco la prima».

«Non è lui».

«E questo?»

«No. Non è lui».

«È questo?»

«È quel bastardo. Come cazzo si chiama?»

«Mi dispiace, ma a questo punto non posso rivelarglielo».

«Questa è una stronzata!»

«Si fidi di me, signora. Mi dia solo un po' di tempo per arrestarlo».

Scosse la testa. «Mi mandi la foto per messaggio, okay?»

«Non posso».

«Non posso avere nessuna informazione su di lui?»

«Le avrà. Mi dia solo un giorno, non di più».

Non appena salii in auto, chiamai Derrick. «Weaver ha identificato Gatrod. Ottieni un mandato e dirama un avviso di ricerca».

«Okay, vado in ufficio».

Svoltando da Santa Barbara su Prince Andrew Boulevard,

strinsi il volante. Ci era voluto troppo tempo, ma lo avevamo preso. Non avrebbe più fatto del male a un'altra donna.

Entrando nel parcheggio, ispezionai l'area. Dov'era la macchina di Gatrod? Inchiodai. Era stata parcheggiata di fronte al suo appartamento. Sbattei un pugno sul volante.

Il posto era vuoto. Gatrod se n'era andato. Lo stavo tenendo d'occhio. Come aveva fatto a svignarsela nei dieci minuti in cui ero stato via? Mi stava osservando?

CAPITOLO CINQUANTATRÉ

Dopo aver diramato un avviso di ricerca per il veicolo di Gatrod, richiamai Derrick. «Gatrod potrebbe essere in fuga».

«Cosa? Che è successo?»

«Non lo so. Sono andato da Weaver, ma solo per cinque minuti, e quando sono tornato era sparito».

«Magari è solo uscito per mangiare qualcosa».

«Ho avuto la stessa idea. Sto andando verso Santa Barbara a controllare i fast food».

«Le grandi menti pensano all'unisono».

«Uh, sì, certo, okay. Senti, procurati il mandato d'arresto per Gatrod, ma mantieni il riserbo. Se si sparge la voce, svanirà nel nulla di sicuro».

«Ci penso io».

«Va bene, ci vediamo dopo».

«Aspetta un secondo».

«Che c'è?»

«Ho chiamato Melissa Howser, l'amica di Holmes, per dirle che non ce l'avrei fatta stasera».

Entrai nel parcheggio di un McDonald's. «Okay».

«Beh, le ho chiesto se si ricordava che Holmes si fosse fatta male intorno al suo compleanno».

«E?»

«Si è ricordata di essere stata con lei il giorno dopo l'incidente, due giorni dopo il suo compleanno».

«Quindi, Lopez diceva la verità».

Mentre uscivo dal parcheggio, disse: «Così sembra».

«Allora Reedy Senior mentiva».

«Dobbiamo scoprire perché ha questo dente avvelenato contro Lopez».

«Non chiedermi perché mi sia venuto in mente, ma pensi che Lopez possa aver fatto delle avances alla signora Reedy?»

«Amico, sarebbe incredibile».

«Il ragazzo è di bell'aspetto...»

«... ed è più in forma di Reedy».

Entrando nel parcheggio di un Wendy's, dissi: «Ma lei è troppo timida per una cosa del genere».

«Forse lo è solo quando c'è lui nei paraggi».

Anche se non si conosce mai veramente qualcuno, sembrava una forzatura. «Potrebbe essere. Dobbiamo chiederlo a Lopez, vedere se riusciamo a cavarci qualcosa».

«Stiamo mettendo Lopez in secondo piano, adesso?»

Non c'era traccia di Gatrod né della sua auto. «Aspettiamo i risultati della datazione del sangue. Se confermano che è vecchio, abbasseremo Lopez nella lista dei sospettati».

«Se il sangue è vecchio, allora è probabile che non sia stato lui. Non dovremmo sprecare altro tempo con lui».

Prendersi dei rischi non rientrava nelle nostre mansioni. «Ha mentito sui suoi spostamenti ed era in zona quando lei è scomparsa».

«Hai ragione, ma...»

«Concentriamoci su Gatrod. Fammi un favore e chiama il laboratorio, vedi a che punto sono con la datazione del sangue. Una volta che lo sapremo, metteremo Reedy sulla graticola».

Uscendo dal parcheggio di un Pollo Tropical, svoltai su Santa Barbara. Dove diavolo era? Rallentai passando davanti a IL Primo Pizza and Wings per ispezionare la zona. Niente.

Gatrod non era in nessuno dei ristoranti vicino al suo appartamento. Poteva essere in un bar, ma probabilmente era in fuga. L'avevo avuto in pugno. Perderlo era imbarazzante, ma il pensiero di come avrebbe reagito Lisa Ramos mi attorcigliava lo stomaco.

Mi ricordai di un bar e ristorante messicano chiamato La Sierra, su Golden Gate Boulevard, e mi preparai a svoltare a sinistra al CVS.

Appena il semaforo diventò rosso, un'auto sfrecciò fuori dal parcheggio della farmacia. Era Gatrod.

Afferrando la radio, chiesi rinforzi e accesi i lampeggianti. Gatrod non rallentò. Accelerai. Sterzando nella corsia opposta, strattonai il volante e mi piazzai davanti a lui.

Frenando lentamente, Gatrod virò verso il marciapiede e si fermò. Nello specchietto retrovisore lo vedevo con le mani alzate, i palmi contro il parabrezza.

Con una sirena in lontananza e la pistola in pugno, scesi. «Tenga le mani alzate».

Aprendo la sua portiera, dissi: «Esca lentamente».

Gatrod obbedì, ma disse: «Che ho fatto?»

Aveva dei denti marci e una pronuncia tanto strascicata quanto quella del vicino che ci aveva messo sulle sue tracce. «È in arresto per aggressione». Mentre lo ammanettavo, un'auto di pattuglia si fermò con una sbandata.

Dopo averlo affidato agli agenti e chiamato un carro attrezzi, mi infilai i guanti e controllai l'auto di Gatrod. Sul sedile del passeggero c'erano degli involucri di cibo appena consumato. Accanto, un sacchetto del CVS.

La busta conteneva una confezione di preservativi, un sacchetto di patatine e una scatola di guanti di gomma. L'avevamo beccato giusto in tempo.

Chiamai Derrick. «Abbiamo preso Gatrod».

«Davvero? Come?»

Dopo che gli ebbi spiegato, il mio partner disse: «Mettere sulla graticola questo bastardo sarà divertente».

«È meglio se prima perquisiamo casa sua. Se troviamo qualcosa, ci risparmierà del tempo».

«Avvio le pratiche per un mandato».

«Bene. Senti, quando arriva Gatrod, registra la sua voce con il telefono. Voglio farla sentire a Ramos. Potremmo aver bisogno della sua testimonianza».

«Pensi che la registrazione possa reggere in tribunale?»

«Non ci sono molti precedenti in una situazione del genere, ma se non riusciamo a collegarlo a Ramos con qualcosa di concreto, potremmo dover usare un paio di cose per farlo».

«Troveremo qualcosa a casa sua».

«Speriamo, ma se ne parlerà domani. Sono stanco morto e ci vorranno due ore per compilare tutte le scartoffie per Gatrod».

***

DERRICK FORZÒ LA SERRATURA ED ENTRAMMO nell'appartamento di Gatrod. Era buio e scarsamente arredato.

Derrick disse: «Questo posto è piccolo».

Azionai l'interruttore della luce. «Io prendo la camera da letto».

Lui si diresse dritto verso un tavolino carico di riviste accanto a una poltrona reclinabile di velluto a coste. «Guarda che porcherie». Sollevò una pubblicazione con una donna nuda e legata in copertina.

«Il fatto che questa robaccia sia permessa è parte del problema».

«Questi pervertiti si fanno beffe del Primo Emendamento».

Farsi beffe? «Non sono un avvocato; mettiamoci al lavoro».

Un letto singolo sfatto dominava la zona notte. Il tappeto marrone della stanza andava sostituito da almeno due anni.

Aprendo l'unico cassetto del comodino, tirai fuori due riviste porno. Rimasero solo una boccetta di Excedrin e un paio di occhiali da lettura economici.

Spalancai le ante a soffietto dell'armadio ed esaminai i pochi capi appesi. Il mio sguardo si posò sulla mensola. Il cuore accelerò quando lo vidi.

CAPITOLO CINQUANTAQUATTRO

Mettendomi in punta di piedi, ne afferrai un angolo con due dita e lo sfilai dallo scaffale. «Derrick! Vieni qui!»

Si sentirono dei passi. «Che c'è?»

«Potrebbe essere la volta buona.»

«Deve essere per forza. Per quale altro motivo avresti un passamontagna in Florida?»

«Se riusciamo a ricavarne il DNA, non ci servirà altro.»

Lui sorrise. «Era ora che ci andasse bene qualcosa.»

Era facile essere d'accordo. Mentre lo imbustavo, dissi: «Vediamo cos'altro riusciamo a trovare».

Gatrod era accasciato su una sedia. Macchie scure sotto le ascelle rovinavano la tuta arancione. Il suo linguaggio del corpo spirava sconfitta.

Brian Getz, un giovane avvocato con cui avevo lavorato una volta, era stato incaricato di difenderlo. L'unica domanda era se Getz avrebbe affrontato la realtà e messo da parte il suo idealismo.

Bussai rapidamente ed entrai. «Signor Gatrod, avvocato.»

Getz mi tese la mano. Il suo cliente mi fece un cenno col mento. Attivai il registratore, recitai le formalità e cominciai.

«Sono stato autorizzato a offrirle un patteggiamento se confessa le aggressioni.»

«Non siamo interessati a patteggiare. Esamineremo gli atti...»

«Mi dispiace, signor Getz, ma se il suo cliente non accetta l'offerta oggi, verrà ritirata.»

«È un trucco, detective?»

«Niente affatto. Abbiamo tre testimoni oculari, inclusa una vittima, che hanno identificato il signor Gatrod.»

«I testimoni oculari sono notoriamente inaffidabili.»

«Concordo, ma abbiamo anche un testimone uditivo. Una vittima che il suo cliente ha aggredito sessualmente ha identificato la sua voce.»

«Il riconoscimento vocale...»

«Siamo ben consapevoli dei limiti, ma una giuria troverà la combinazione convincente. E poi abbiamo il passamontagna che il suo cliente indossava quando ha attaccato almeno una vittima. È in laboratorio. La scientifica sta estraendo il DNA. Ci aspettiamo altre prove che si tratti del signor Gatrod.»

«È ancora presto...»

«No, è tardi. Se dal passamontagna otteniamo ciò che pensiamo, non ci sarà nessun accordo.»

«Che tipo di accordo state offrendo?»

«Si dichiara colpevole di un'accusa di stupro di minore e noi lasceremo cadere le altre aggressioni.»

«A che tipo di pena detentiva state pensando?»

«Venti anni.» Gatrod diventò color cenere, prima che aggiungessi: «Senza condizionale».

Getz disse: «Ma le linee guida prevedono da quindici a quarant'anni».

«Accettate l'offerta o chiederemo una condanna per recidiva e il suo cliente si prenderà l'ergastolo.»

Seguimmo Remin nella sala stampa. Io e Derrick ci mettemmo di lato mentre lo sceriffo si avvicinava al podio. Sorridente, era nel suo elemento, pronto a godersi il momento di gloria.

«Buon pomeriggio, signore e signori. Siamo lieti di confermare che l'individuo che ha terrorizzato le donne della nostra comunità è stato arrestato.» Remin fece una pausa e la sala piena di giornalisti applaudì.

«Grazie. C'è un motivo se Naples è la città più sicura d'America; sono le donne e gli uomini del nostro dipartimento che lavorano sodo. Lavorano instancabilmente per il bene pubblico.

«Oggi vorrei riconoscere il merito di uno di loro, il detective Frank Luca, che ha diretto le indagini portando alla cattura di Peter Gatrod.

«Detective Luca, venga qui.»

Un gruppetto di persone applaudì. Afferrai Derrick per il gomito e sussurrai: «Vieni anche tu».

Remin indietreggiò e noi ci mettemmo fianco a fianco al podio. Dissi: «Questo è il detective Derrick Dickson. Senza i suoi sforzi, oggi non saremmo qui.

«Come tutti i casi, anche questo ha presentato diverse sfide, e vorrei riconoscere altre due persone il cui aiuto è stato fondamentale per l'identificazione del signor Gatrod.

«Questi cittadini si sono fatti avanti con informazioni vitali. Uno ha desiderato rimanere anonimo. L'altra persona era Bruce Noon. L'assistenza che ci hanno fornito è stata inestimabile. Il dipartimento ringrazia entrambi e incoraggia i cittadini a collaborare con le forze dell'ordine per mantenere la Contea di Collier il posto speciale che è.»

Ci allontanammo dal podio tra un applauso sparuto.

Derrick sussurrò: «Grazie. A Lynn farà un sacco piacere».

«Te lo sei meritato.»

«È stato un bel gesto ringraziare Noon. Spero stesse guardando.»

«Oh, certo. L'ho chiamato.»

Lui ridacchiò. «Magari chiamerà più di prima, ma ne vale la pena.»

Il commento di un giornalista fece svanire il sorriso di Derrick più in fretta di un cane che divora un pezzo di carne caduto per terra. Remin disse: «Be', questa non è una descrizione accurata».

Il giornalista del *Naples Daily News* continuò: «Con tutto il rispetto, quale parte non è esatta? Il fatto che la persona che ha ucciso Debbie Holmes sia ancora a piede libero? O che il suo dipartimento abbia aspettato troppo a lungo per concentrarsi su di lei quando è scomparsa?».

Lo sguardo torvo di Remin era fin troppo familiare. Si schiarì la gola. «Prendiamo sul serio ogni denuncia di scomparsa, specialmente quando riguarda un minore. Permettetemi di ricordare alla stampa e alla comunità che gran parte del lavoro che facciamo qui viene svolto lontano dagli occhi del pubblico.»

«Può anche essere vero, ma la mancanza di progressi è a dir poco preoccupante.»

«Ancora una volta, vi ricordo che le nostre indagini non le conduciamo sulla stampa.»

«Il pubblico ha il diritto di sapere, e quando un'agenzia non è trasparente, è dovere della stampa portarlo alla luce.»

La faccia di Remin si arrossò. «Questo dipartimento è trasparente e si stanno facendo progressi nel caso Holmes. Per oggi è tutto.»

L'attacco era stato ingiusto, ma ciò che era davvero ingiusto era che la rabbia di Remin si sarebbe riversata su di me. Seguimmo Remin nell'anticamera mentre i giornalisti gridavano domande.

Lo sceriffo si guardò l'orologio. Si girò verso di me. «Lei. Nel mio ufficio tra venti minuti.»

Tornammo nel nostro ufficio. Derrick disse: «Farai meglio a metterti il giubbotto antiproiettile».

«Si calmerà. Questi giornalisti pensano che stiamo qui a girarci i pollici.»

«Nessuno capisce quanto sia difficile questo lavoro.»

«Questo vale per qualsiasi lavoro. Sembrano tutti facili finché non tocca a te.»

Il telefono della mia scrivania squillò. «Omicidi. Detective Luca.»

«Ehi, Frank, sono Sergio.»

«Cosa bolle in pentola?»

«Hanno appena finito di analizzare il sangue dell'auto di Lopez con lo spettroscopio Raman.»

«E?»

«I risultati lo datano tra i quattro e i sette mesi.»

«Quanto ne siete sicuri?»

«Abbiamo un alto grado di affidabilità del test. Lo hanno eseguito due volte.»

Riattaccando, dissi: «Il sangue nell'auto di Lopez è vecchio. Il ragazzo diceva la verità».

«Tornati al punto di partenza.»

«Tireremo fuori qualcosa. Ogni sospettato eliminato aiuta a concentrare la nostra attenzione su altre possibilità.»

«Lo so, ma mi piacerebbe un caso facile ogni tanto.»

«Anche a me. Senti, devo chiamare Lisa Ramos prima di andare da Remin.»

«Vuoi vantarti?»

Lo stavo facendo? «Niente affatto. Voglio assicurarmi che sappia che, con il patteggiamento, non dovrà testimoniare.»

_____

L'UFFICIO DI REMIN ERA GELIDO. SE PORTASSE LE MANICHE CORTE come la maggior parte della gente, non avrebbe bisogno di tenere l'aria condizionata così bassa. Mi fece cenno di sedermi su una sedia. «Si sieda. Voglio un aggiornamento sul caso Holmes.»

«Grazie, signore.»

«A che punto siete con il fidanzato, quello nella cui auto c'era il suo sangue?»

Non avrei mai rivelato che Lopez era fuori dai giochi. «È ancora una persona di interesse, ma stiamo ampliando il nostro punto di vista.»

Si sporse in avanti. «Ampliando?»

«Sì, ci sono delle incongruenze e delle piste che sono emerse da poco. È presto, ma sono promettenti.»

Remin unì le dita a cuspide. «Ha sentito contro che cosa ci troviamo.»

«È stato fuori luogo, signore. Non possiamo affrettare un'indagine.»

«Francamente, questo caso sembra stia richiedendo una quantità di tempo spropositata. Mi sfugge qualcosa?»

Dov'era un registratore quando ne avevi bisogno? Il caso era aperto da qualche settimana. «Ehm, non sono sicuro a cosa si riferisca. Potremmo aver perso un paio di giorni pensando che fosse un rapimento...»

«Non sono in vena di scuse. Quello che voglio è che lei catturi l'assassino. È chiaro?»

Cos'altro dovrebbe fare un detective dell'Omicidi? Il dottor Bruno aveva detto che non c'era niente di buono nell'aggravare una situazione, a prescindere da chi avesse torto. Era un ottimo consiglio. «Lo prenderemo, che sia un lui o una lei. Ci può contare.»

Quello scambio era l'ennesima prova del perché avessi rinunciato alle opportunità di fare carriera. Era un'altra cosa che mi aveva insegnato il dottor Bruno: cerca di fare ciò che ti rende felice. E fare giochi di potere non mi rendeva felice.

Mentre mi trascinavo giù per le scale, mi colpì la realtà della decisione di manipolare la conversazione con Remin. Era politica, pura e semplice.

Era sgradevole, ma avrei seppellito quella sensazione; non aveva senso dare a Derrick un motivo per accettare un lavoro in un altro dipartimento.

CAPITOLO CINQUANTACINQUE

Derrick disse: «Com'è andata con Remin?»

«Bene. Voleva sapere se avevamo tutto quello di cui avevamo bisogno.»

«Davvero? Non ti ha attaccato?»

Sorridendo, dissi: «Niente più del solito.»

«Gli hai detto del sangue nella macchina di Lopez?»

«No. È inutile gettare benzina sul fuoco.»

«Non ti preoccupa che possa scoprirlo?»

«Quando lo scoprirà, avremo qualcuno nel mirino.» Mi uscì di dirlo con una certa sicurezza. Indorare la pillola stava diventando facile.

«Immagino che cominciamo dal signor Reedy.»

«Ha delle spiegazioni da darci. E dopo aver rivisto i miei appunti ieri sera, direi che potremmo non aver mai approfondito la pista di Sammi Cava.»

«Cava? Non mi ricordo questo nome.»

«È una donna. Jason Reedy ha detto una cosa sul fatto che lei e Debbie fossero venute alle mani a scuola.»

«Non posso credere che ci sia sfuggita.»

«Avevamo troppa carne al fuoco.»

«Sai che ti dico? Mi occupo io di Cava; tu parla con Reedy.»

«Perfetto.» Era più che perfetto. Quel camminare sulle uova riguardo ai sentimenti di Derrick aveva fatto a brandelli il mio desiderio di usare le nostre risorse in modo efficiente.

La barca e il rimorchio non c'erano più a lato di casa Reedy. Lui era un pianificatore, un uomo razionale. Se se n'era andato dopo la nostra telefonata, sarebbe stato un segnale più vistoso della sfera che scende a Times Square.

Sapendo che la gente agisce in modo irrazionale in continuazione, suonai il campanello. Prima che il suono si smorzasse, la porta si aprì. Era il signor Reedy. Anche se mi trovavo un gradino sotto di lui, ero più alto.

«Entri, detective.»

«Grazie.»

Seguendolo, passai accanto a un tavolino con una foto di famiglia. Suo figlio era una sua versione più giovane.

Reedy chiuse un portatile sul bancone della cucina e ci accomodammo al tavolo dove avevamo parlato con suo figlio.

«Che lavoro fa?»

«Sono un consulente.»

«Per che tipo di aziende?»

«Non ha importanza. Sono un consulente di processo.»

«Lei esamina quello che fanno e suggerisce dei miglioramenti?»

«Esatto. Ci sono un sacco di risultati facili da ottenere, ma non è semplice convincere la gente a cambiare quello che fa da anni.»

«Dicono che l'unica costante nella vita sia il cambiamento.»

«Bisogna adattarsi all'ambiente attuale o si finisce per perdere.»

Mary Ann amava prendermi in giro, dandomi del dinosauro di tanto in tanto. La cosa non mi infastidiva. Anche se la scientifica e la tecnologia avevano rivoluzionato le forze dell'ordine, il mio lavoro non era cambiato molto.

Dovevamo ancora battere il territorio, cercare prove, creare collegamenti e interrogare più o meno come facevamo vent'anni prima.

«Immagino abbia ragione; guardi Borders o Toys R Us.»

«Stavo giusto dicendo a Jason stamattina che bisogna avere un piano, ma quando le cose cambiano, bisogna modificare il piano o si è fritti.»

«La fa sembrare facile.»

«Non lo è, ma è fattibile. Guardi, nessuno aveva previsto che Amazon avrebbe sconvolto il mercato dei libri, ma anche se non si può controllare tutto, si possono comunque influenzare i risultati.»

Era un promemoria del fatto che il mio lavoro non era impedire alla gente di fare del male agli altri, ma catturarla dopo il fatto.

«Era quello che stava cercando di fare con Javier Lopez?»

«Cosa?»

Sapeva a cosa mi riferivo. «Lei ha mentito sul fatto di aver visto Lopez la notte in cui la Holmes è scomparsa.»

«No, io l'ho visto su Livingston.»

«Ha anche sostenuto che era parcheggiato in uno dei garage multipiano su Livingston.»

«Era la stessa macchina. Doveva essere lui.»

Dato che aveva mentito, era lecito fare altrettanto. «Le telecamere di sorveglianza non hanno registrato alcuna auto parcheggiata nelle loro proprietà quella notte.»

«Ma doveva essere quella notte.»

«Ha anche sbagliato la data della ferita subita dalla signorina Holmes. Non è avvenuta settimane dopo il suo compleanno.»

«Non è così che me lo ricordo. Potrebbe aver subito una seconda ferita.»

«Chi sta proteggendo?»

«Nessuno. Cosa le fa credere che stia cercando di proteggere qualcuno?»

«Lei ha mentito durante il poligrafo.»

«No, non è vero. Quelle macchine non sono precise.»

«Lei e la signorina Holmes eravate coinvolti in una relazione inappropriata?»

«Certo che no. È una ragazzina, santo cielo.»

«A volte i ragazzini fraintendono le cose e, se hanno una cotta per un adulto, possono fare delle avances. È quello che è successo?»

«No.»

«È successo qualcosa tra voi due?»

«Assolutamente no.»

«Cos'ha contro Javier Lopez?»

«Niente.»

«Andiamo, signor Reedy. Lei ha cercato di incastrarlo.»

«È ridicolo. Non ho fatto niente del genere. Tutto quello che volevo fare era aiutare a catturare chiunque abbia ucciso Debbie.»

«E tenere i riflettori lontani da Lei e da suo figlio?»

«Mio figlio? Cosa c'entra Jason in tutto questo?»

Reedy doveva sapere che le persone più vicine a una vittima erano i sospettati più probabili. «Lo scopriremo.»

«Fantastico: cerco di aiutare la polizia, a loro non piace quello che ho detto e se la prendono con mio figlio, per rappresaglia?»

«Signor Reedy, lei ha accettato di sottoporsi al poligrafo e durante il test ha mentito. Cosa nasconde?»

«Mi sta costringendo a ripetermi. Non sto nascondendo niente. Le ho detto quello che so.»

«Non credo che mi stia dicendo tutto. Sta omettendo qualcosa. Se non confessa, diventerà un mio affare personale scoprire cosa o chi sta proteggendo. E quando lo farò, la incriminerò per ostruzione.»

«Ostruzione? È ridicolo. Sono venuto da voi con delle informazioni...»

«Non importa se ha sviato l'indagine. È un reato perseguibile e faremo in modo che venga perseguito con il massimo rigore previsto dalla legge.»

«Questo interrogatorio è finito. Vorrei che se ne andasse.»

———

TORNANDO IN UFFICIO, RIMUGINAI SU CHI CHRIS REEDY POTESSE star cercando di proteggere. La risposta più facile era se stesso. Aveva superato il limite con la Holmes? Non c'erano prove che la Holmes fosse stata aggredita sessualmente. E non era incinta.

Ma se lei fosse stata sul punto di rivelare che era successo qualcosa fra loro, Reedy sarebbe stato rovinato, se non incarcerato. Era un movente più che sufficiente. Reedy lo negò, ma chi non l'avrebbe fatto? Bisognava esaminarlo più da vicino. Suo figlio Jason era l'altra persona che poteva star proteggendo. Quale genitore non proteggerebbe il proprio figlio?

Il problema, in entrambi i casi, era che quando gli chiesero durante il poligrafo se sapesse chi avesse ucciso la Holmes, Reedy rispose di no e parve dire la verità.

Valutando vari scenari, come la possibilità che fossero coinvolte due persone e lui non potesse determinare chi fosse stato, o che avesse assistito a qualcosa ma non fosse sicuro di come fosse finita, entrai nel parcheggio dell'ufficio.

CAPITOLO CINQUANTASEI

Scendendo dall'auto, mi portai la mano al ginocchio. Una fitta di dolore mi colpì il lato della rotula. Da dove diavolo era saltata fuori?

A ogni passo che facevo, il dolore tornava. Non era acuto, ma mi faceva zoppicare. Entrando in ufficio, Derrick disse: «Ti sei fatto male alla gamba?»

«Non che io sappia. Ha iniziato a farmi male scendendo dall'auto».

«Stai invecchiando, amico».

«Grazie, socio, era proprio quello che avevo bisogno di sentirmi dire».

Si alzò. «Dove ti fa male?»

Indicai l'interno del ginocchio. «Proprio qui».

«Probabilmente è il menisco».

«Che cos'è?»

«Un pezzo di cartilagine che funge da ammortizzatore. Probabilmente hai una piccola lesione o l'hai infiammato».

«Guarisce da solo?»

«La maggior parte delle volte sì, ma se la lesione è estesa, non guarisce».

«Non può essere grave; non ho fatto niente per farmi male».

«Stai solo a riposo. Andrà tutto bene. Com'è andata con Reedy?»

Dopo averlo ragguagliato, dissi: «Qualcosa c'è, ma non vuoterà il sacco. Dobbiamo girarci intorno. Possiamo provare a parlare con suo figlio. Se il padre gli fa prendere un avvocato, allora potremo dare per scontato che sia lui quello che stanno proteggendo».

Derrick si sedette sul bordo della mia scrivania. «Hai detto che ha negato di avere una relazione con la Holmes. Non voglio infangare la sua reputazione, ma usciva contemporaneamente con Jason Reedy e Javier Lopez. Forse era un po', sai, uhm, spregiudicata».

«Sembra una forzatura, ma d'altra parte, certe stronzate che abbiamo visto sono incredibili».

«Parleremo con alcuni vicini...»

«Per quanto non mi piaccia quest'uomo, dobbiamo stare attenti a quello che diciamo. Mettere in giro una voce del genere lo rovinerebbe».

«Vero. Ma sapere che ha tradito la moglie ci aiuterebbe molto».

«Hai cavato qualcosa da Sammi Cava?»

«È una tipa tosta. Non credo ci sia niente lì, ma Cava ha detto che dovremmo parlare anche con Joey Centro. A quanto pare, questo ragazzo era molto amico di Jason e della Holmes e aveva una cotta per lei».

Il mio cellulare vibrò. «Aspetta un attimo. È Sergio del laboratorio»

«Ehi, Serg, che si dice?»

«I federali hanno appena inviato via email un rapporto su quelle pillole che hai sequestrato. Quelle con le scritte in cinese».

«E?»

«È un composto fatto in casa con diversi componenti: testosterone, dopamina, vitamine D ed E, un po' di L-arginina e tracce di integratori cinesi, come la radice di zenzero».

«Aumenterebbe la libido di un uomo?»

«La terapia sostitutiva con testosterone è la soluzione più comune per chi ha livelli bassi, ma le pillole ne contenevano solo il quindici per cento».

«E quella L?»

«La L-arginina migliora il flusso sanguigno ed è usata per trattare la disfunzione erettile».

Era nelle pillole che avevo preso mesi prima quando avevo avuto problemi? «I federali sanno di cosa si trattava?»

«No. È considerato non identificato».

«Tu che ne pensi?»

«Non sono un farmacista, ma basandomi su testosterone, farmaci per il flusso sanguigno e integratori, direi che è una pozione cinese fatta in casa per aumentare la libido».

Era una buona deduzione, considerato che Sergio non sapeva che Shaw fosse stato castrato chimicamente. Ci eravamo sbagliati su Shaw, ma era chiaro che stesse cercando di invertire gli effetti del trattamento a cui si era sottoposto per uscire di prigione.

Se fosse stato sufficiente per rimetterlo dietro le sbarre, non era una mia decisione. Il mio obbligo era riferire ciò che avevamo scoperto e lasciare che i procuratori e il tribunale determinassero se aveva violato i termini della sua libertà condizionale.

C'ERANO UN PAIO DI MODI PER SCOPRIRE SE CHRIS REEDY FOSSE infedele. Chiederlo a sua moglie poteva non portare alla verità, dato che lui era troppo autoritario. Intervistare i vicini era un'altra strada, ma la più semplice era parlare con una delle amiche della moglie.

Avevamo raccolto un paio di nomi. Derrick stava parlando con una certa Charlene Grazi, e io ero a due porte di distanza, a suonare il campanello di Gwen Lee. Aprì la porta una donna sulla quarantina.

«Signora Lee?»

«Sì. Posso aiutarla?»

Mostrai il distintivo e lei si portò una mano al petto. «Oh mio Dio, cos'è successo?»

«Niente, signora. Stiamo conducendo interrogatori di routine riguardo all'omicidio Holmes»

«Che tragedia. Janet ha detto che Jason ha il cuore spezzato»

«Lei è molto amica della signora Reedy, giusto?»

«Sì, ci siamo conosciute prima che si trasferisse nel quartiere. È stato buffo che siamo finite sulla stessa strada»

«Che bello. Suo marito è amico del signor Reedy?»

Lei fece una smorfia. «Non proprio»

«Oh, è un peccato»

«A dire il vero, Chris è troppo teso per mio marito»

«Ognuno è fatto a modo suo»

«È buffo perché sono entrambi buoni amici di James. Abita quattro case più in là»

«Qual è il suo cognome?»

«Fernwood»

«A proposito, qualsiasi cosa ci diciamo rimarrà confidenziale»

«Oh, va bene»

«Ha detto che il signor Reedy è un tipo teso. So cosa intende. Non c'è dubbio su chi porti i pantaloni in quella casa». Risi.

«È la pura verità»

«Com'è il matrimonio dei Reedy?»

Il suo volto si rabbuiò. «Ammiro molto Janet. Non dev'essere un uomo facile con cui vivere»

Mia moglie l'aveva mai detto di me? «Si confida con Lei?»

«Non molto. È riservata»

«Pensa che le sia stato infedele?»

«A essere sincera, non mi sorprenderebbe»

Perché la gente usava le espressioni «a essere sincera» e «a dire il vero»? Tutto quello che avevano detto prima era una bugia? «Cosa glielo fa pensare?»

«Solo una sensazione, tutto qui. Perché fa così tante domande su di lui?» Si portò una mano alla bocca. «Non mi dica che era coinvolto...»

«È pura routine. Dobbiamo creare un profilo di tutti coloro che conoscevano la vittima. Ma visto che l'ha menzionato Lei, pensa che avrebbe potuto farlo?»

«Chris? Intende, uhm, uccidere qualcuno?»

«Sì»

«Non credo, ma non saprei proprio»

Era chiaro che a questa signora il signor Reedy non piaceva o non si fidava di lui. «Conosce il loro figlio, Jason?»

«Certo. Perché?»

«Cosa può dirmi di lui?»

«È tale e quale a suo padre»

«Cosa intende dire?»

«Entrambi, in un certo senso, pensano di essere superiori o qualcosa del genere. Soprattutto Chris»

CAPITOLO CINQUANTASETTE

Attraversando la strada, mi resi conto che il ginocchio non mi faceva male. Il dolore non poteva derivare da uno strappo. Probabilmente era una distorsione.

La strada era inondata di sole. Negli ultimi due giorni, tutti gli alberi lungo il marciapiede erano stati potati. Il verde era sparito, sostituito da rami mozzi che sarebbero tornati folti nel giro di qualche settimana.

La casa di James Fernwood aveva un vialetto circolare e un'aiuola piena di fiori rossi. Oltre il gorgoglio di una fontana vicino alla porta d'ingresso, udii una voce maschile. Era al telefono. Ma chi non lo era di questi tempi?

Il campanello suonò come il Big Ben. Con il cellulare all'orecchio, lo sguardo di Fernwood si posò sul mio distintivo. «Oh, devo andare. Ti chiamo dopo.»

Infilandosi il telefono in tasca, disse: «Cosa posso fare per Lei?»

«Stiamo raccogliendo informazioni per l'omicidio Holmes e stiamo parlando con tutti nel quartiere.»

«È stato un vero shock. L'avevo vista in giro un paio di volte, ma niente di più.»

«Non ha notato nulla di insolito?»

«Non che io sappia.»

«Lei è amico di Chris Reedy, giusto?»

«Sì, è una brava persona.»

«Mi pare di capire che sia, diciamo, un tipo intenso?»

Lui sorrise. «Può sembrare così, ma è solo, come dire, la sua maschera esteriore.»

«Cosa intende?»

«Quando l'ho conosciuto, ho pensato: sa, non è la persona più espansiva, ma poi ha scoperto che avevo problemi di pressione e attacchi di panico, e mi ha aiutato a tenerli sotto controllo.»

«In che modo l'ha aiutato?»

«Mi ha fatto conoscere il biofeedback e un tipo di nome Wim Hof. Questo tizio è incredibile. Riesce a stare in una vasca di ghiaccio per ore mantenendo la temperatura corporea normale.»

«Wow. Ma questo come ha aiutato Lei?»

«Con la respirazione e altre tecniche, ho controllato la pressione sanguigna senza farmaci. Il mio medico non poteva crederci.»

«Come si scrive questo nome?»

«W-I-M, H-O-F. Credo sia olandese. È straordinario. Dovrebbe dare un'occhiata al suo sito web. Sono abbastanza sicuro che ci sia un video gratuito.»

Che Wim avesse un modo per sistemarmi il ginocchio e aiutarmi a perdere cinque chili? «Quanto tempo ci è voluto per imparare a controllare il battito cardiaco e la temperatura corporea?»

«È stato abbastanza veloce, un paio di settimane, ma io ho fatto solo la parte sul battito cardiaco. Chris ha seguito tutti i corsi; lui è, tipo, a un livello superiore.»

«Sembra molto interessante. Dovrei provare.»

«Dovrebbe. Sa, Chris ha detto che non si ammala più. L'intero programma rafforza il sistema immunitario.»

Cosa non poteva fare? «Grazie. Ci darò un'occhiata.»

«Alcune cose sembrano strane; basta solo non mollare.»

«Lo farò. Senta, Lei è in confidenza con Chris; Le avrà detto che tradiva sua moglie.»

«Intende che aveva un'amante?»

«Sì.»

«Non Chris. Non è il tipo. Lui e Janet hanno un bel rapporto.»

«Grazie per il Suo aiuto, signore.»

Nessuno capiva quanto spesso, conducendo gli interrogatori, ricevessimo opinioni contrastanti.

Forse Reedy non tradiva la moglie. Ma a quanto pareva aveva l'addestramento per ingannare la macchina della verità. Il nostro esperto aveva detto che era stato evasivo. Aveva mentito quando gli era stato chiesto se sapesse chi avesse ucciso la Holmes?

Derrick attraversò la strada, risalimmo sul SUV e accese l'aria condizionata al massimo. Disse: «Questa strada non ha un filo d'ombra.»

«Per ora. Il mese prossimo tornerà a essere una giungla.»

«C'è qualcosa nel clima che fa crescere tutto, compresi i miei capelli e le mie unghie.»

«È vero. Senti, sembra che Reedy sapesse come superare il test della macchina della verità.»

«In che senso?»

«Ha seguito dei corsi con un olandese di nome Hof, su come controllare il corpo con la mente.»

«È una specie di guru?»

«A quanto pare. Uno dei vicini di Reedy ha detto che lo ha aiutato ad abbassare la pressione senza farmaci.»

«Effetto placebo?»

«Non so, ma questo tipo riesce a stare nel ghiaccio per ore senza che la sua temperatura corporea scenda.»

«Dev'essere una truffa.»

Digitando Wim Hof nel browser del telefono, dissi: «Forse.»

«Per forza. Scommetto che vende corsi a peso d'oro...»

«Guarda qui.» Passai il telefono a Derrick.

«Porca miseria! Questo tizio scala l'Everest in pantaloncini e a torso nudo.»

Riprendendo il telefono, cliccai su un link sull'apnea. «È pazzesco. Dice che ha trattenuto il respiro per sei minuti.»

«È un mostro.»

«Non lo so, ma se ha aiutato Reedy a fregare il poligrafo, dobbiamo rivalutare tutto. Ah, e un'altra vicina mi ha dato l'impressione che Reedy fosse il tipo da tradire la moglie.»

«Interessante.»

«Tu hai scoperto qualcosa?»

«Sì, ma più su suo figlio, Jason. La donna due case più in là non nutriva alcuna simpatia per Reedy senior, ma questa signora Grazi ha detto che il motivo principale per cui ha tolto suo figlio dalla Baron Collier High è stato per tenerlo lontano da Jason Reedy.»

«Cos'è successo?»

«A detta sua, suo figlio e Jason andarono a un campo estivo tre anni fa, e quando tornò a casa, era cambiato. Le sembrava che suo figlio fosse controllato da Jason.»

«In che senso?»

«Ha detto che pensava fosse una specie di incantesimo.»

Risi. «Magari anche lui ha seguito i corsi di questo Hof.»

«Tale padre, tale figlio.»

«Quali sono le probabilità che l'abbiano uccisa loro due?»

«Padre e figlio?»

«Raro ma non impossibile.»

«Allora dobbiamo indagare su di loro.»

«Non abbiamo fatto molto su Jason Reedy.»

«La ragazza Cava ha detto che Joey Centro era il suo migliore amico, e che lui aveva una cotta per Debbie. Dovremmo iniziare da lì.»

«Già. Abbiamo mai ricevuto quella lista dei ragazzi che non si sono presentati a scuola il giorno dopo la sua scomparsa?»

CAPITOLO CINQUANTOTTO

MENTRE SALIVO IL GRADINO DAL GARAGE, UN DOLORE lancinante mi colpì al ginocchio. Mi fermai e me lo toccai proprio mentre Mary Ann usciva dalla lavanderia con una cesta di panni puliti.

«Che c'è?»

«Ho qualcosa a questo maledetto ginocchio.»

Posò la cesta. «Dove?»

«Qui. Derrick ha detto che probabilmente è il menisco.»

«Potrebbe essere. Abbiamo il tutore che ho usato quella volta. Dovresti metterlo.»

Sì, e far sapere a tutto il mondo che stavo invecchiando? «Non so.»

«Potresti metterlo sotto i pantaloni. Nessuno se ne accorgerà.»

Beccato. «Vediamo un po' come va.»

S'incamminò per il corridoio. «Come vuoi, Macho Man.»

«Quanto manca a cena?»

«Circa un'ora.»

«Okay.» Mi rintanai nello studio e accesi il portatile.

«Frank!»

«Sì?»

«È pronto da mangiare.»

Erano volati cinquanta minuti.

Sedendomi davanti a una ciotola di zuppa di lenticchie, guardai il vapore che si sollevava dal piatto. Presi una cucchiaiata e, invece di soffiarci sopra, mi chiesi se potessi convincere la mia mente a non sentire il calore...

«Frank? Stai bene?» domandò Mary Ann.

«Uh, sì. Stavo, uh, solo pensando a una cosa. Hai mai sentito parlare di un certo Wim Hof?»

«No. È scandinavo?»

«Olandese. Comunque, è un tizio che ha scalato il Monte Everest in pantaloncini e riesce a rimanere nel ghiaccio per ore senza che la sua temperatura corporea ne risenta.»

«Che strano. Dev'essere qualcosa di biologico.»

«Hof sostiene di riuscire a controllare il suo corpo con la mente e con la respirazione. Può trattenere il fiato per un'eternità.»

«Ho letto qualcosa un po' di tempo fa sul biofeedback. In alcuni studi clinici, delle persone sono riuscite a controllare il proprio battito cardiaco semplicemente ricevendo informazioni su come stava andando.»

«Questo tizio ha un paio di video gratuiti. Dovremmo guardarli insieme.»

«Lasciami indovinare: ne ha uno che può influire sulla libido del partner.»

«Ecco, a un corso del genere mi iscriverei subito.»

Ridemmo entrambi, e io dissi: «Scherzi a parte, dice che servono a ridurre lo stress. Dovremmo provarci.»

Derrick era dietro la sua scrivania. «'Giorno, Frank.»

«'Giorno.»

«Come va il ginocchio?»

«Così così. Porto un tutore. Mi ha costretto Mary Ann.»

«È un buon supporto. Non vuoi peggiorare le cose.»

Annuii e dissi: «Abbiamo ricevuto la lista dalla scuola?»

«Fammi controllare la posta.»

Spaparanzandomi sulla sedia, accesi il computer fisso. «È arrivata» disse Derrick. «Te ne giro una copia?»

«Stampala.»

Mi porse due fogli di carta calda. «Caspita, mancano così tanti ragazzi in un giorno normale?»

«Sono abbastanza sicuro che ci siano quasi duemila studenti alla Baron Collier High.»

«Ci saranno una cinquantina di ragazzi su questa lista. Sembrano tanti.»

«Chi lo sa. Magari c'era qualcosa in giro.»

«Dobbiamo fare un controllo incrociato, vedere chi è amico di Jason Reedy e chi era intimo della Holmes.»

«Perché la Holmes?»

«Nessun motivo particolare, se non che potremmo ottenere qualche informazione.» Feci scorrere il dito lungo la pagina. «Bingo. Jason Reedy era assente quel giorno.»

«Interessante.»

Girando alla seconda pagina, dissi: «E qui c'è quel ragazzo che hai menzionato, Joseph Centro.»

«Magari hanno marinato la scuola entrambi.»

«Non so.»

«Non dimenticare che la madre non era a casa; era a Orlando.»

«Vero.» Quale ragazzo non aveva mai approfittato della mancanza di supervisione da parte dei genitori? «Vorrei parlare con Centro, ma Reedy e il suo avvocato devono arrivare tra meno di un'ora.»

CAPITOLO CINQUANTANOVE

Reedy e Tom O'Brien erano rannicchiati nella sala interrogatori. O'Brien era uno degli avvocati penalisti più costosi della contea. Era un tipo tosto, ma giusto. Non avevo toccato la temperatura della stanza e non li avrei fatti aspettare. Chris Reedy non mi piaceva, ma non volevo che nessuno pagasse un avvocato un centesimo più del dovuto.

Sfoderarono un sorriso quando entrammo. Era chiaro che O'Brien avesse consigliato il suo cliente. O forse Reedy aveva fatto gli esercizi di respirazione raccomandati da Wim Hof?

Dopo le presentazioni e le formalità, dissi: «Vorremmo ringraziarLa per essere venuto oggi».

«Il mio cliente è ansioso di fare chiarezza su qualsiasi malinteso relativo al suo tentativo di assistere le forze dell'ordine nell'indagine sul caso Holmes».

«Signor Reedy, quando è stata l'ultima volta che ha visto Deborah Holmes?»

«Un giorno o due prima che sentissimo che era scomparsa».

«Come fa a ricordarlo?»

«Beh, fu piuttosto traumatico per nostro figlio quando Debbie scomparve. Jason e lei avevano una lunga relazione, e insomma, certe cose uno se le ricorda».

«E che giorno era?»

«Mmm, mi faccia pensare... Janet era andata a trovare sua sorella... sì, era un lunedì, e Debbie era passata da noi quel sabato».

Sembrava una parte imparata a memoria, ma c'era da aspettarselo. «Quel lunedì sera, Lei ha detto di aver visto Javier Lopez su Livingston Road, vicino al suo quartiere, non lontano da dove viveva la signora Holmes».

«Sì. È quello che ho visto».

«Cosa stava facendo quando ha visto il signor Lopez?»

«Io?»

«Sì».

«Stavo facendo una passeggiata».

«Fa una passeggiata tutte le sere?»

«No, di solito no».

«Perché proprio quel lunedì sera?»

«Mia moglie non era a casa, e mi andava di uscire, tutto qui».

«Mi risulta che sua moglie sia partita quella mattina. Allora, perché a quell'ora della notte in particolare?»

«Ero stato impegnato prima: avevo una telefonata con un cliente e volevo rifletterci su. Camminare mi aiuta a schiarirmi le idee».

«Ma non passeggia regolarmente?»

«In modo saltuario, ma esco circa una volta a settimana».

«Quanto durano le sue passeggiate?»

«Un'oretta circa».

«Ha anche sostenuto di aver visto il signor Lopez parcheggiato dall'altra parte della strada, in un'area di sosta su Livingston Road».

«Credo fosse lui. La macchina era la stessa».

«Quando lo ha visto? Quanto tempo dopo averlo visto la prima volta?»

«Circa mezz'ora, forse di più».

«Quindi, la sua è stata una passeggiata breve?»

«Non proprio: ho continuato per un po' e poi sono tornato indietro».

«Dove ha invertito la marcia?»

«Oh, non ricordo. Probabilmente dalle parti di Wyndemere».

«Lei è uscito di casa a piedi, ha lasciato il complesso residenziale, ha camminato lungo Livingston fino a un punto vicino a Wyndemere e poi è tornato sui suoi passi?»

«Sì, più o meno».

«Quello che troviamo interessante è che nessuna delle persone con cui abbiamo parlato l'ha vista fuori casa quella sera».

Intervenne O'Brien: «Com'è stato detto, la passeggiata del signor Reedy ha avuto luogo a tarda notte, quando la gente è in casa a fare cose come guardare la TV».

«Signor Reedy, questo è il momento di rivedere la sua dichiarazione. Ha visto il signor Lopez una, due volte o per niente quella notte?»

«Di sicuro, una volta; la seconda volta, ho visto la macchina e ho presunto che fosse lui».

«Durante il test del poligrafo, l'esaminatore, un esperto riconosciuto, ha affermato che Lei non era sincero».

Disse O'Brien: «La prego, detective, sappiamo entrambi che il motivo per cui questi test sono inammissibili in tribunale è che non sono accurati».

«Abbiamo trovato strano che il suo cliente abbia accettato di sottoporsi a uno di essi».

«Stava cercando di essere d'aiuto. La famiglia ha perso una persona a cui teneva profondamente».

«Non stava cercando di essere d'aiuto. Stava cercando di deviare l'attenzione sul signor Lopez».

«Questa è un'accusa grave che dovrà provare o ritrattare».

«Il suo cliente ha usato tecniche di un corso che ha seguito con Wim Hof per controllare il battito cardiaco, il respiro e la sudorazione. Hanno funzionato fino a un certo punto, ma non è riuscito a ingannare il nostro uomo».

O'Brien parve come se Elvis in persona fosse entrato nella stanza. Reedy disse: «Lei non sa di cosa sta parlando. Ho seguito quei corsi anni fa, per controllare l'ansia».

Il suo avvocato si schiarì la gola. «Discutere di un corso che precede di molto l'incidente in questione è irrilevante».

«Ciò che è rilevante è il motivo per cui il suo cliente ha mentito. Perché ha tentato di incastrare Javier Lopez? Chi sta cercando di proteggere? Ha fatto qualcosa alla signora Holmes, o è stato suo figlio?»

Reedy si voltò verso il suo avvocato. «Vede? Mi stanno accusando di qualcosa. Di cosa, non lo so».

L'avvocato diede una pacca sull'avambraccio del suo cliente e disse: «Detective, con tutto il rispetto, lanciare accuse senza prove è, nella migliore delle ipotesi, controproducente. Se avete qualcosa di concreto di cui discutere, questo sarebbe il momento di farlo».

«Il signor Reedy non sta dicendo la verità. Ha mentito durante il test del poligrafo e ha tentato di incastrare un altro uomo per l'omicidio di Deborah Holmes. Se il suo cliente non è stato coinvolto nel crimine, questo sarebbe un buon momento per chiarirlo».

«Il mio cliente ha negato il coinvolgimento in quel crimine efferato. Per quanto riguarda l'accusa di aver cercato di incastrare qualcuno, potrebbe trattarsi di un semplice caso di scambio di persona. Conosciamo tutti l'inaffidabilità dei testimoni oculari».

«E noi conosciamo il tipo di ostruzionismo che crediamo il suo cliente stia mettendo in atto».

O'Brien diede una gomitata a Reedy e si alzò. «A meno che non possiate offrire delle prove, abbiamo finito qui».

CAPITOLO SESSANTA

Derrick disse: «È andata come pensavo. Non abbiamo ricavato nulla».

«Non ne sarei così sicuro. O'Brien voleva vedere cosa avevamo in mano e non l'ha dato a vedere, ma lo abbiamo sorpreso con quella storia dell'addestramento per il poligrafo».

«Sì, ma ha ragione; la tempistica non ci aiuta».

«Non significa niente. Se ti sei addestrato come cecchino cinque anni fa, puoi ancora colpire il bersaglio. È un'abilità. Il problema di Reedy è che non era bravo come credeva di essere».

«Vero, ma come pensiamo di usarla?»

«Non ne sono sicuro. Ma potremmo avere abbastanza per ottenere i tabulati telefonici di Reedy. Se riusciamo a farci un'idea di dove si trovasse, sapremo per certo se era davvero fuori a fare una passeggiata».

«Ma se non è passato a un'altra cella telefonica mentre camminava, non sapremo dov'era».

«Il giudice non sa nulla di celle telefoniche. Prepara la richiesta, o posso farlo io, in modo da verificare la sua posizione e i dati delle chiamate. Reedy potrebbe anche non essere stato a casa, come sostiene».

«Questo è importante. Preparo la richiesta e la porto di persona ai piani alti».

«Grazie. Devo aggiornare Remin. L'intervista che *WINK* ha fatto ai genitori della Holmes lo ha mandato su tutte le furie».

«In bocca al lupo».

«Andrà tutto bene. Quando abbiamo finito, andiamo a trovare Centro».

SVOLTAMMO A DESTRA DA PINE RIDGE ROAD SU OSCEOLA TRAIL. Derrick mancò la svolta per Cougar Road e passammo davanti alla Osceola Elementary School.

Indicando il parco giochi della scuola, dissi: «Guarda là».

«Cosa?»

«C'è una madre che sta pulendo lo scivolo con delle salviette alla candeggina».

Facendo un'inversione a U, disse: «Segno dei tempi».

«Sta solo peggiorando le cose; se non ti esponi, non puoi sviluppare le difese immunitarie».

Accostammo nel parcheggio e Derrick disse: «Ricordami di parlarti del sistema immunitario e dell'invecchiamento».

Invecchiamento? Si stava riferendo a me, in particolare?

Dopo aver mostrato al preside il consenso scritto che la madre di Centro ci aveva dato, ci accompagnarono in una sala riunioni. Passarono cinque minuti e la porta si spalancò. Il preside disse a Centro che sarebbe stato fuori e che avrebbe potuto andarsene quando voleva.

Ci alzammo e ci presentammo. Vestito di scuro, Centro fissava il tavolo, senza mai incontrare i nostri occhi. Era una delle cose che mi davano più fastidio; la maggior parte degli adolescenti si comportava allo stesso modo.

Centro cominciò a scrocchiarsi le nocche.

«Sappiamo che tu e Jason Reedy siete buoni amici».

Annuì.

«Conoscevi anche Debbie Holmes».

«Già».

«Andavano d'accordo loro due?»

«Sì, stavano insieme».

«Tu avevi una cotta per lei».

«Lei sta con Jason».

«È un peccato quello che le è successo».

Aggrottò la fronte.

«Il giorno dopo la scomparsa di Debbie, non sei andato a scuola».

Si irrigidì. «Ah no?»

«Non secondo i registri delle presenze scolastiche».

«Oh, allora immagino di no».

«Cos'hai fatto quel giorno?»

«Non lo so. Probabilmente ero malato».

«Interessante. Neanche Jason è venuto a scuola. Era malato anche lui?»

«Non mi ricordo».

«Dove siete andati voi due?»

«Da nessuna parte».

Erano insieme. «Senti, non dirò niente a tua madre o alla scuola. Stiamo solo raccogliendo informazioni generali per il rapporto che dobbiamo compilare. Non hai idea di quante scartoffie dobbiamo fare. Voglio solo togliermi questa pratica dalla scrivania».

Derrick disse: «Sì, in accademia non ti dicono che per il novanta per cento del tempo non siamo altro che dei passacarte. Questo caso finirà tra quelli irrisolti, quindi se potessi darci una piccola mano, potremmo andare avanti. Abbiamo una marea di altri casi su cui lavorare».

«Siamo solo stati insieme, tutto qui».

«Tu e Jason?»

«Sì».

«Dove siete stati?»

«Non so, semplicemente in giro».

Quando mia madre mi chiedeva dove stessi andando, io dicevo solo «fuori» e me ne andavo. «Sarebbe davvero d'aiuto se potessi indicarmi un posto o due. Sai, c'è una casella nel rapporto che dobbiamo compilare. Dove eravate voi due?»

«Sono abbastanza sicuro che siamo stati a casa di Jason. Sua madre non c'era; era andata da qualche parte con sua nonna».

«Siete stati lì tutto il giorno?»

«Sì».

«C'era il signor Reedy?»

«Ehm, per una parte del tempo».

«C'era Debbie con voi?»

«No».

«Quindi siete stati a casa sua tutto il giorno?»

«Ehm, siamo andati a casa di sua nonna per dare da mangiare al gatto».

«Stavate facendo festa là?»

Fece spallucce. «No».

«Cosa avete fatto lì?»

«Niente, abbiamo solo dato da mangiare a quello stupido gatto».

«Non ti piacciono i gatti?»

Si alzò. «Il signor Hitchens ha detto che posso andarmene se voglio e io me ne vado».

«Certo che puoi. Grazie, Joe».

Saltammo sul SUV. Derrick disse: «Il ragazzo mentiva. Prima era malato e poi era con Jason».

«Senza dubbio, ma era solo la normale reticenza da adolescente o qualcosa di sinistro?»

«Potrebbero aver bevuto o essersi drogati».

«Certo che potrebbero».

«Dobbiamo parlare con Jason».

«Dobbiamo passare per O'Brien. Chiamalo ora, vedi se possiamo vederci lunedì. Possiamo andare noi da loro, se è più facile».

«Lo contatterò». Prendendo il cellulare in mano, disse: «Domani hai quel matrimonio, giusto?»

«Già. Ti farò sapere com'è andata. Hai programmi per il fine settimana?»

«Niente di che, devo dare una ritoccatina alla vernice».

«Fai attenzione se devi salire su una scala». Parlavo come un vecchio.

«Tranquillo, me la cavo. Oh, volevo parlarti di questo farmaco su cui ho fatto delle ricerche. Si chiama Rapamicina. È definito un farmaco anti-invecchiamento».

«Mi sembra una fesseria».

«No, è così che lo chiamano, ma ho letto un sacco di roba al riguardo e, in sintesi, il modo in cui allunga la vita è rafforzando il sistema immunitario, impedendo alle malattie legate all'età di ucciderti».

«Mai sentito».

«Vale la pena darci un'occhiata. La FDA l'ha approvato come farmaco antirigetto per i trapianti. Ma alcuni dottori hanno scoperto che aiutava davvero il sistema immunitario. L'hanno testato sui topi e ha allungato la loro vita del trenta per cento».

«Il trenta per cento è tantissimo». Volevamo davvero un sacco di centoventenni in giro?

«Senza dubbio, e c'è una sperimentazione su larga scala in corso sui cani».

«E per gli umani?»

«Un sacco di medici la promuovono e la usano loro stessi».

«Quali sono le controindicazioni?»

«In realtà non sono gravi, ma verificalo tu stesso. Sto cercando un modo per procurarmela».

«Assicurati che non venga dalla Cina».

CAPITOLO SESSANTUNO

Nella sala si fece silenzio quando il padre della sposa si fece da parte e il dottor Bilotti si avvicinò al microfono.

Estraendo una grossa spada dal fodero, disse: «Per rendere più memorabile il brindisi a una coppia così bella, Fred mi ha chiesto di eseguire una sciabolata. Questo rituale risale ai tempi di Napoleone Bonaparte, quando la sciabola era l'arma preferita della sua cavalleria leggera.

«Le spettacolari vittorie di Napoleone in tutta Europa davano loro molte ragioni per festeggiare. E lo facevano stappando le bottiglie di champagne con le loro sciabole.

«Da bevitore di vino, apprezzo il detto di Napoleone: quando vinceva, beveva champagne per festeggiare, e quando perdeva, lo beveva per consolarsi.»

Appena le risate si placarono, Bilotti disse: «La sciabolata, o *sabrage*, è un gesto celebrativo e quindi adatto a commemorare la splendida unione a cui abbiamo assistito oggi.»

A Bilotti fu portata una bottiglia di champagne ancora chiusa. Rimosse la stagnola e la gabbietta metallica e individuò la saldatura della bottiglia. Tenendola a un'angolazione di trenta gradi, sorrise. «Speriamo che vada come previsto.»

Il dottore appoggiò il filo della sua spada sulla bottiglia e, con un unico movimento, la fece scivolare verso l'alto, colpendo l'anello del collo.

La parte superiore della bottiglia si schiantò sul pavimento mentre la sala scoppiava in un applauso. Bilotti sollevò sopra la testa la bottiglia aperta. «Il meglio della vita e dell'amore ai novelli sposi.»

Smisi di applaudire mentre Bilotti prendeva posto accanto a me. «Bel colpo, Doc.»

«È sempre un po' rischioso farlo in pubblico.»

«L'hai fatto sembrare facile.»

«Posso insegnarti come si fa.»

Disse Mary Ann: «Ti prego, non farlo. Non è capace di piantare un chiodo senza martellarsi un dito.»

«Ehi, non vale!»

Un uomo anziano con i capelli bianchi e corti picchiettò sulla schiena del dottore con una mano coperta di macchie senili. I due uomini si abbracciarono e Bilotti disse: «Frank, questo è Johnny Coburn. Faceva parte del gruppo di degustazione di vini.»

Ci stringemmo la mano e Bilotti disse: «Frank è il detective di cui ti ho parlato. È il miglior detective con cui abbia mai lavorato, e ne ho conosciuti tanti di bravi.»

Disse Coburn: «Non è poco.»

«Sta esagerando.»

«No, non esagero. Frank può trovare chiunque o qualunque cosa.»

«Questo potrebbe essere vero.» Indicai col dito. «Vedo un paio di borse sul tavolo. Scommetto che contengono bottiglie di ottimo vino.» Coburn fece un paio di domande prima che Mary Ann mi trascinasse via. «Dobbiamo ballare, è la nostra canzone.»

Il ginocchio mi doleva mentre ci dirigevamo verso l'uscita. Mary Ann disse: «È stata una festa bellissima.»

«È stato divertente, il cibo era buono e il vino... ti è piaciuto, vero?»

«Ne ho bevuto solo un bicchiere.»

Mentre le porgevo le chiavi della macchina, Johnny Coburn si avvicinò con passo lento. «Posso rubarle suo marito per un momento?»

«Certo.»

Ci allontanammo di qualche passo e Coburn abbassò la voce. «Bilotti mi ha parlato molto di lei.»

«Non creda a metà delle cose che dice.»

Aveva gli occhi e le guance infossate. «Seriamente, ha detto che ci si può fidare di lei.»

Fidarsi? Ci siamo appena conosciuti. «Credo che sia vero.»

Annuì leggermente, fece una pausa prima di dire: «È una lunga storia e sarò felice di raccontarle quello che so, ma ho informazioni riguardo a qualcosa che è rimasto nascosto per molto tempo.»

«E di cosa si tratta?»

Si guardò da entrambi i lati prima di dire: «Una grossa somma di denaro.»

«E com'è andata persa?»

«È stata nascosta, di proposito.»

«Se si tratta di qualcosa di illegale, non voglio sentire altro.»

«Non lo è. Almeno non tecnicamente, secondo gli avvocati che ho consultato.»

«E perché lo sta dicendo a me?»

«Per sondare il suo interesse per una caccia al tesoro.»

Mary Ann fece un passo verso di noi. «Andiamo, Frank. Siamo gli ultimi rimasti.»

«Devo andare.»

«Posso contattarla per discutere di questa faccenda?»

«Certo.»

«Immagino che manterrà riservata questa conversazione e qualsiasi altra futura.»

Raggiunsi in fretta Mary Ann. «Cosa voleva?»

«È un amico di Bilotti e ha un problema.»

«Non farti coinvolgere negli affari degli altri.»

Sì, mamma. «Non sono sicuro di cosa sia, non è entrato nei dettagli.»

CAPITOLO SESSANTADUE

«EHI, DOC, COME STAI?»

«Bene, Frank. È stato un bel matrimonio, vero?»

«Sì, ci siamo divertiti, e grazie per aver portato il vino. Ho esagerato. Sono passati due giorni e ne sento ancora gli effetti.»

Rise. «Non ci riprendiamo più in fretta come una volta.»

«Amen. Sai, mi è piaciuto molto quello dello Stato di Washington. Come si chiamava?»

«Force Majeure. È uno dei pochi vini americani che compro ancora.»

«Anche quel Sassicaia era buono. Potrebbe essere il vino più costoso che abbia mai bevuto.»

«Il Sassicaia è il super Tuscan originale, e adesso costa sui trecento.»

«Pazzesco.»

«Lo è. Non li compro più. Credo di averlo pagato cento, quando lo comprai dieci anni fa.»

«Grazie per averlo condiviso.»

«È stato un piacere.»

«Ehi, volevo chiederti di un farmaco chiamato rapamicina. Lo conosci?»

«È il nuovo farmaco anti-invecchiamento, anche se non è ancora chiaro se valga la pena correre i rischi o meno.»

«Ma funziona?»

«Sembrerebbe di sì, ma la sperimentazione sull'uomo è appena iniziata. Tutto il resto sono solo aneddoti.»

Sentii l'aria sgonfiare il mio palloncino. «Oh.»

«A questo punto, ti sconsiglierei di prenderlo. Se funziona, hai tempo per goderne alcuni benefici.»

«Grazie. Apprezzo il consiglio, e grazie ancora per il vino.»

«Figurati. A proposito, che ne hai pensato del modo in cui Johnny Coburn ha descritto il vino?»

«Sembrava di leggere il *Wine Spectator*.»

«Da giovane aveva un palato incredibile. È una brava persona.»

«Voleva sapere se poteva fidarsi di me. L'ho trovato strano.»

«Johnny è diventato un po' misterioso con il passare degli anni. Credo che suo cognato, o forse era suo zio, fosse un agente della DEA.»

«Davvero?»

«Sono quasi sicuro che lavorasse a Miami, anni fa.»

«Che lavoro faceva Johnny?»

«È in pensione da molto tempo. Credo avesse un paio di negozi. Perché?»

«Semplice curiosità. Quanti anni ha?»

«Sono stato al suo ottantesimo compleanno un paio di anni fa.»

«È quello che immaginavo.»

«Scusa, Frank, ma devo andare. Buona giornata.»

Riattaccato il telefono, la mia mente vagò sulla possibilità che il denaro menzionato da Coburn provenisse da contanti sottratti ai suoi negozi. Avrebbe evitato di dichiarare il reddito. Si trattava di evasione fiscale ed era illegale.

Non era una cosa rara, ma perché l'avrebbe nascosto per poi parlarmene? Si era forse dimenticato dove l'aveva messo?

Sembrava un'ipotesi azzardata, ma Coburn aveva poco più di ottant'anni. Stava cercando qualcuno di cui potersi fidare per ricostruire dove lo aveva nascosto?

Digitando "Johnny Coburn" nel sistema non risultò alcun precedente penale. Una gradita sorpresa.

La possibilità di un guadagno extra era allettante, ma non avevo abbastanza tempo o energie per un secondo lavoro. Il momento di rivalutare la cosa sarebbe stato dopo aver risolto il caso Holmes.

DERRICK DISSE: «LA VERIZON HA INVIATO I TABULATI TELEFONICI di Reedy. Li sto stampando». Saltò giù dalla sedia e la stampante ronzò.

Mi passò un documento. «Ecco i dati delle celle telefoniche.»

C'erano due sezioni: una per il ventitré maggio e una per il giorno successivo. «Sembra che Reedy non si sia mai allontanato dalla zona.»

«Se avesse avuto un po' di furbizia, l'avrebbe lasciato a casa.»

«Dov'è la mappa di copertura della cella?»

«Eccola.»

«Mmm. Potrebbe aver fatto una passeggiata. La cella successiva è subito dopo Golden Gate.»

«A meno che non avesse con sé il telefono, era a casa o stava passeggiando nei dintorni.»

«Diamo un'occhiata alle chiamate che ha fatto o ricevuto.»

«È strano. Non risulta che abbia inviato o ricevuto SMS.»

Indicando il rapporto, dissi: «Ha chiamato questo numero sette volte, ma senza mai prendere la linea. Controlla a chi appartiene».

Digitò il numero in un programma e disse: «Porca miseria! È di suo figlio».

«Le chiamate furono effettuate tra le undici e trentanove e le dodici e diciotto. O era molto oltre l'orario di rientro, o stava succedendo qualcosa.»

«Controlla l'altro numero. Ha chiamato anche quello quattro volte.»

Dopo averlo digitato, premetti Cerca e dissi: «È un numero di rete fissa intestato a una certa Mildred Fenster».

«Potrebbe essere una fidanzata.»

«Forse. Lasciami controllare alla Motorizzazione.»

Sullo schermo apparve la foto di una donna dai capelli grigi con rughe profonde. Derrick disse: «Non può essere. È troppo vecchia».

«Dev'essere una parente o un'amica con cui stava cercando di mettersi in contatto.»

«Forse pensava che lei sapesse dov'era suo figlio.»

Battendo sulla tastiera, avviai una ricerca negli archivi pubblici. Derrick disse: «Cosa stai cercando?»

«Proprio questo. Janet Reedy ha cambiato il suo cognome da Janet Fenster quando si è sposata. Scommetto che questa è sua madre.»

«Probabile. Ma era andata con sua figlia a...»

«Reedy deve aver pensato che suo figlio fosse a casa della nonna.» Tornai alla pagina della Motorizzazione. «Abita al 10981 SW Sixty-Sixth Street. Confronta i dati della cella telefonica per le chiamate fatte a suo figlio con l'indirizzo.»

Derrick sfogliò un paio di pagine. «La cella telefonica copre la casa della nonna.»

«Il padre sapeva o sospettava che suo figlio fosse dalla nonna. Cosa ci faceva lì così tardi?»

«Sapeva che la casa era vuota. Forse stava facendo festa con degli amici.»

«C'era anche Debbie Holmes? Il suo cellulare ha agganciato per l'ultima volta la stessa cella.»

«Avrebbe potuto esserci.»

«Quadra.»

«Certo che quadra. Potrebbe essere andata lì di sua volontà.»

«Non avrebbe lasciato la sua bici.»

«Era nascosta. Forse pensava di riprenderla più tardi.»

«È un'ipotesi azzardata: non ci sarebbe entrata nel bagagliaio di Jason. Ma perché non tornare a casa, lasciare la bici e andare in macchina?»

«Forse i suoi genitori non l'avrebbero lasciata andare. Era una sera di scuola.»

«Ottima osservazione. Ha aggirato i suoi genitori proprio come Jason, ed è finita morta.»

«Potrebbe essere stata assassinata a casa della nonna.»

La speculazione era la moneta corrente di un detective dell'Omicidi. La domanda era se fosse ben spesa.

CAPITOLO SESSANTATRÉ

DERRICK SI ALZÒ. «DOBBIAMO CHIEDERE A REEDY DI QUESTE chiamate.»

«Lo faremo, ma è scaltro. È meglio parlare con un paio di vicini della nonna. Con un po' di fortuna, raccoglieremo qualche informazione, e se Reedy comincia a raccontare frottole, potremo metterlo con le spalle al muro.»

«Hai ragione. Potrebbe farci risparmiare tempo. Vado subito.»

Non lo disse mai, ma dal suo modo di fare si capiva che aveva rifiutato il lavoro a Charlotte. «Andiamo insieme.»

Svoltando sulla SW Sixty-Sixth Street, passammo davanti alla Center Point Community Church. Derrick domandò: «Quanti anni ha questa signora Fenster?»

«Ottantadue.»

«E cosa ci fa qui fuori? Le case sono troppo distanti l'una dall'altra. Se ha bisogno di qualcosa, è nei guai.»

Era una buona domanda. «Forse vive qui da molto tempo. Non è facile convincere qualcuno a traslocare.»

«A chi lo dici. Ho detto ai miei di trasferirsi in una casa più piccola, ma non venderanno mai la loro.»

«Finché sono in grado di gestirsi, è meglio che prendano la decisione da soli.»

«Vero. Darebbero la colpa a me.»

«Rallenta.» Indicai un punto davanti a noi. «Quella gialla è casa Fenster.»

«Dubito che qualcuno abbia visto qualcosa. Non ci sono lampioni qui fuori.»

«Probabile, ma ormai siamo qui. Suoniamo a un paio di campanelli. Io mi occupo delle due case ai lati e tu delle due dall'altra parte della strada.»

Allontanandomi dalla prima casa, feci pollice verso a Derrick. Attraversai quello che passava per un prato e mi diressi verso un'abitazione blu a un piano con il tetto di metallo.

A circa tre metri dalla porta d'ingresso, un paio di cani cominciarono ad abbaiare come se fossi un ladro.

Mi aprì un ometto che sembrava un elfo con una coda di cavallo. Gli mostrai il distintivo mentre allontanava i cani. «Macy! Garmin! Basta!»

«Mi dispiace. Una volta che vi conosceranno, non riuscirò a impedire loro di leccarvi.»

«Sembrano gemelli.»

«Fratelli. Li ho presi dalla stessa cucciolata.»

«Sono carini.»

«Siamo inseparabili. Come posso aiutarLa?»

«Vorrei chiederLe se ha visto qualcosa a casa Fenster.»

«È successo qualcosa a Mildred?»

«No, sta bene. Ma è stata via un paio di settimane fa e ci interessava sapere se c'è stata qualche attività presso la casa in quel periodo. I giorni in questione sono lunedì e martedì, il ventitré e ventiquattro maggio.»

«C'è stata un'effrazione?»

«No. Ricorda di aver visto qualcosa?»

«Sa, in effetti sì. Stavo portando a spasso i ragazzi, i miei cani, ed era poco prima di mezzanotte; usciamo ogni sera a quell'ora.»

Un altro motivo per non avere un cane. «Cosa ha visto?»

«Beh, c'era un'auto nel vialetto che non c'era quando siamo usciti verso le cinque. Siamo passati davanti alla casa, ma ho solo pensato che avesse visita; la sua famiglia vive in città.»

«Che tipo di auto?»

«Era bianca, è tutto quello che so.»

Reedy guidava una Honda bianca.

«Le luci in casa erano accese?»

«Un paio sì. Ma quando abbiamo fatto dietrofront, noi andiamo giù fino al canale, è arrivata un'altra macchina che ha svoltato nel vialetto. È sceso un ragazzo giovane e, quando siamo arrivati all'altezza della casa, stava già risalendo in macchina per poi andarsene.»

«Pensa che fosse una consegna di cibo?»

«Forse. Aveva un sacchetto quando è risalito in macchina.»

«Aveva qualcosa in mano quando è arrivato?»

«Non saprei dire. Io e i ragazzi eravamo troppo lontani.»

«Quanto tempo pensa sia rimasto a casa?»

«Cinque, dieci minuti?»

«Ha visto una ragazza di circa diciassette anni?»

«No.»

«Ed è sicuro dell'ora?»

«Ah-ah. I ragazzi hanno la loro routine. Se non li porto fuori in orario, diventano irrequieti.»

«Grazie. Posso avere il suo numero, nel caso avessi qualche altra domanda?»

Di nuovo in macchina, Derrick disse: «Un buco nell'acqua. Tu come te la sei cavata?»

Lo aggiornai. Lui commentò: «Sembra che Jason fosse qui. L'altro ragazzo potrebbe aver fatto una consegna.»

Ripartì dal marciapiede mentre un furgone svoltava nella strada. Dissi: «Dobbiamo dare per scontato che Jason Reedy fosse qui. Non c'è altra spiegazione per la chiamata del padre a quella casa.»

«Sono d'accordo.»

Il furgone passò rombando. Dissi: «Fai inversione.»

«Cosa?»

«Quello è un giardiniere. Forse ha visto qualcosa il giorno dopo; oggi è martedì.»

«Di giorno?»

«Non si sa mai.»

Il furgone della Paradise Landscaping si fermò davanti a una casa dove era stato Derrick. Accostando dietro di esso, scendemmo mentre un uomo scendeva con un tosaerba da una rampa. Un altro stava tirando la cordicella di un decespugliatore.

«Mi scusi! Possiamo scambiare due parole?»

L'uomo sul tosaerba lo spense. «Cosa succede?»

«Falcia questo prato ogni martedì?»

«Sì, perché? Abbiamo fatto qualcosa?»

«No, no. Un paio di martedì fa, il ventiquattro maggio, ha visto qualcosa in quella casa?» Indicai la casa dei Fenster.

«Credo che ci viva una signora anziana, giusto?»

«Sì. Ricorda di aver visto qualcosa?»

Cominciò a parlare in spagnolo con l'altro uomo, poi disse: «Saranno state circa sei settimane fa?»

«Sì.»

«Non siamo sicuri, ma pensiamo che potesse essere il giorno in cui c'era una barca su un rimorchio.»

«Ha visto una barca trainata da un'auto?»

«Sì.»

«Che tipo di auto?»

«Oh, non lo so. Credo fosse bianca, una di quelle straniere.»

«Ne è sicuro?»

Parlò di nuovo in spagnolo prima di dire: «Luis pensa che fosse argentata, forse una Ford.»

Ecco come vanno le cose con i testimoni oculari. «Okay. Ma la barca, siete entrambi sicuri di averla vista nel vialetto di quella casa?»

«Sì, gliel'abbiamo detto. Era parcheggiata in retromarcia verso il garage.»

«A che ora è stato?»

«Verso quest'ora, veniamo sempre alla stessa ora.»

Erano quasi le quattro del pomeriggio. «Grazie.»

Tornammo in macchina. «Sembra che il giorno dopo Reedy o suo figlio siano tornati a quella casa.»

«Forse il vecchio era andato a pesca e sulla via del ritorno si è fermato a cercare suo figlio.»

«Non me la bevo. Sarebbe venuto la mattina presto, se il ragazzo non fosse tornato a casa.»

«Forse l'ha fatto ed è tornato più tardi.»

«Potrebbe essere, ma scommetto che non è andata così.»

CAPITOLO SESSANTAQUATTRO

Scesi le scale a due gradini per volta, sbucai al nostro piano ed entrai a passo svelto in ufficio. «Abbiamo abbastanza elementi per un mandato per la casa della nonna.»

«Pensavo che ce l'avrebbero respinto.»

«C'è molta pressione per via di questo caso. Pensavo avessimo pochi elementi, ma hanno dato il via libera.»

«Che ha detto lo sceriffo?»

«Ne ha parlato con Wilner. Tra le altre cose, ha detto che, dato che il ragazzo era stato uno degli ultimi, se non l'ultimo a vederla, e che l'ultima posizione registrata del suo cellulare era nella stessa zona della casa, avevamo abbastanza elementi.»

«Un giudice che si dimostra utile. Chi l'avrebbe mai detto?»

«È una bella cosa.»

«Secondo me il padre e il figlio sono complici. Per quale altro motivo avrebbe continuato a chiamarlo ogni due minuti?»

Il figlio di Derrick era troppo piccolo perché capisse che, quando un figlio usciva di casa, un genitore non riusciva a stare tranquillo, specialmente se non poteva contattarlo. «Forse, ma è anche possibile che fosse solo preoccupato di dove si trovasse suo figlio.»

«Allora perché ha mentito su Lopez e sul ginocchio di Holmes?»

«Lui e il figlio sono in cima alla lista. Finiamo di limare questa richiesta e facciamola firmare.»

Mi squillò il telefono. Era Mary Ann. «Ciao, ho pensato di chiamarti per sapere come stai.»

Si annoiava. «Sto bene. Stiamo per chiedere un mandato per una casa che pensiamo sia collegata al caso Holmes.»

«Sembra eccitante.»

Doveva essersi dimenticata di tutte le scartoffie che era costretta a compilare quando era in servizio. «Staremo a vedere. Tu che fai?»

«Niente.»

«Hai fatto le tue vasche?»

«Sì.»

«Sai, stavo pensando che forse dovremmo fare un viaggio a Savannah. Hai sempre detto che volevi andarci.»

«Sarebbe divertente, ma quando?»

«Appena questo caso sarà concluso.»

«Oh.»

«Perché non fai qualche ricerca, trovi un hotel e qualcosa da fare per un fine settimana lungo?»

«Vuoi stare in città?»

«Dove vuoi tu.»

«Avrei dovuto registrarlo.»

Risi. «Negherei tutto, specialmente se è costoso. Ci vediamo più tardi.»

Mettendo via il telefono, notai un messaggio. Era di Johnny Coburn. Voleva vedermi. Lo cancellai.

Dopo aver notificato a qualcuno la morte di una persona cara, coinvolgere un innocente in un caso di cui non sapeva assolutamente nulla era sconvolgente.

«State tutti indietro. Si tratta di una signora anziana, una passante innocente.»

«Dicci tu quando prendere il controllo.»

«Lo farò, e per favore, siate delicati. Fate il vostro lavoro, ma non voglio che questa casa sia messa a soqquadro. È chiaro?»

«Nessun problema, Luca.»

Con la camicia incollata alla schiena, suonai il campanello e mi allontanai dalla porta. Mentre stavo per suonare di nuovo, la porta si aprì. Mildred Fenster aveva un sorriso gradevole e una postura eretta. «Salve. Posso aiutarLa, giovanotto?»

Giovanotto? Era impossibile non trovarla simpatica. «Mi scusi se La disturbo, signora, ma siamo dell'ufficio dello sceriffo.»

«L'ufficio dello sceriffo?»

Le porsi il mandato. «Sì, dovremo perquisire la Sua casa.»

«Per quale motivo mai dovreste farlo?»

«Un giudice ritiene che potrebbero esserci delle prove all'interno della Sua abitazione.»

«Prove? Di cosa? Dovete aver sbagliato indirizzo. Vivo qui da quasi trentadue anni.»

«Mi dispiace, signora. Questa è l'abitazione corretta. Dobbiamo chiederLe di uscire. Fa caldo fuori; potrebbe voler aspettare in una delle nostre auto.»

«Non capisco cosa sta succedendo. Posso chiamare mia figlia?»

«Sì, ma dovrà farlo fuori.»

Derrick disse: «Venga con me, signora Fenster. La mia auto è comoda. Può aspettare lì e fare le Sue telefonate.»

Feci un cenno alla squadra di perquisizione e i cinque si

avvicinarono. «Prendete tutto quello che riuscite a trovare, ma siate delicati.»

Era sempre scomodo entrare in casa di un estraneo, ed entrare nella camera da letto della Fenster fu doloroso. Era un tuffo negli anni Settanta. Nel dubbio se aprire i cassetti del suo comodino marrone, sapevo che non stava nascondendo nulla.

Come compromesso, feci scorrere il cassetto superiore e lo richiusi. Se ci fosse stato qualcosa, sarebbe stata la più grande sorpresa della mia carriera.

Chiudendo la porta della camera da letto alle spalle, andai in salotto. Un tecnico della scientifica era in ginocchio a raccogliere fibre e capelli dal tappeto, mentre un altro esaminava il divano.

Derrick entrò in casa dal garage. Mi fece un cenno. «Vieni qui. Pensano che ci sia del sangue nel garage.»

Due tecnici erano inginocchiati vicino al retro dell'auto della Fenster. «Cosa avete?»

«Abbiamo spruzzato il luminol e quest'area si è illuminata.»

Era una macchia a forma di fegato. «È marrone. Dev'essere vecchia.»

«Può darsi, ma è stata strofinata e i detergenti l'avrebbero scolorita.»

«Ci serve un campione per l'analisi del DNA. Potete farlo?»

«È complicato, ma l'abbiamo già fatto.»

«Come fate?»

«Il modo migliore è tagliare una sezione del cemento.»

«Che altro potete fare?»

«Usare un nastro adesivo e, in più, raschiare via un po' del materiale.»

«Sarà accurato?»

«Sì.»

«Procedete.»

Mi voltai verso Derrick. «Hai controllato il resto del garage?»

«Sì, nient'altro che un mucchio di roba ammuffita. Metà della cianfrusaglia qui dentro andrebbe buttata.»

«Le persone e la loro "roba", le conosci.»

«Ha più attrezzi di me.»

«Probabilmente li ha tenuti dopo la morte di suo marito.»

«Che valore sentimentale può avere un trapano?»

Aveva ragione. «Mary Ann sta cercando qualcosa da fare. Forse può aiutarla a vendere un po' di questa roba su eBay.»

«Chi la vorrebbe?»

«Saresti sorpreso di quello che la gente compra.»

«Mary Ann non vede l'ora di tornare al lavoro?»

«Sa che non le fa bene. Deve trovare qualcosa con cui tenersi occupata. Parliamo con la Fenster del sangue. È una brava signora, quindi sii gentile. Non voglio che si agiti più di quanto non lo sia già.»

«Mi dispiace per lei, specialmente se si scopre che suo genero o suo nipote sono coinvolti nell'omicidio di Holmes.»

CAPITOLO SESSANTACINQUE

DERRICK TORNÒ IN UFFICIO. «IL VICINO CON I CANI HA DETTO che pensa che il tizio che ha visto salire in macchina fosse Joe Centro.»

«Sapevamo che Centro stava mentendo, ma riguardo a cosa?»

«Il vicino ha confermato la sua versione; non pensava che Centro fosse entrato in casa.»

«Allora perché era lì?»

«C'era Jason Reedy. Forse suo padre ha chiamato Centro e gli ha chiesto di controllare il figlio.»

«Non risultano chiamate dal telefono del padre a Centro.»

«Già. Allora Jason ha chiamato Centro.»

«Per fare cosa, se non è entrato in casa? Jason ha cambiato idea?»

«Centro avrebbe potuto sapere che era lì ed essere preoccupato per quello che stava succedendo con la Holmes.»

«Ora chiamo il laboratorio. Dovrebbero essere in grado di dirci se qualcuno dei capelli raccolti corrisponde a quelli della Holmes. Possiamo aspettare il DNA, ma il colore dovrebbe essere un buon indicatore. Non credo che la Fenster avesse chissà quante visite.»

«Chiedigli del sangue.»

«Un'analisi completa del DNA richiede tempo.»

«Remin non può mettergli fretta?»

«Gliel'ho chiesto, ma sai cosa si dice sul saltare la fila.»

«Credi alla vecchia signora quando dice che non sapeva nulla del sangue?»

«Sì. La Fenster ha ottant'anni. Quando entra in garage, è concentrata a non urtare nulla. Poi entra in casa. Non se ne va in giro a ciondolare per il garage.»

«E quando tira fuori la spesa dal bagagliaio? Non era una gran macchia, ma io l'avrei notata.»

Allungai la mano verso il telefono della scrivania che squillava. «Senti, se è coinvolta in un insabbiamento, o peggio, consegno il distintivo.»

«Detective Luca, Omicidi.»

«Oh, salve.»

«Okay.»

«Sì, capisco. Arrivederci, avvocato.»

Riagganciai e dissi: «Era O'Brien. Il suo studio rappresenta Jason Reedy e la Fenster.»

«La Fenster? Perché avrebbe bisogno di un avvocato se non fosse coinvolta?»

Ottima osservazione. «Forse stanno cercando di limitare l'accesso: non vogliono che dica qualcosa che danneggi i Reedy.»

«Benvenuti in America, dove tutti hanno il loro avvocato.»

«Non lontano dalla verità.» Presi il telefono. «Chiamo il laboratorio.»

«Serge, sono Luca.»

«Ciao, Frank. Stavo giusto per chiamarti. Abbiamo i risultati del sangue.»

«E?»

«Non è umano.»

«Che vuoi dire?»

«È sangue animale. Forse di un roditore o di un opossum.»

«Ne sei sicuro?»

«Sì. Il rapporto tra i tipi di cellule non è umano.»

«Maledizione.»

«Mi dispiace, ma ci sono buone notizie.»

«Cosa? Dimmi.»

«Quattro dei capelli raccolti a casa Fenster corrispondono in modo sostanziale al campione noto.»

«Corrispondono a quelli di Debbie Holmes?»

«Sì.»

«Hai detto 'in modo sostanziale'. Che significa?»

«Il capello in esame mostra le stesse caratteristiche microscopiche del campione di capelli della Holmes. È compatibile con la stessa fonte.»

«Quindi, sono capelli di Debbie Holmes?»

«Crediamo di sì.»

«State facendo un test del DNA?»

«No.»

«Perché no?»

«Non c'erano follicoli sui capelli recuperati. Sono caduti naturalmente.»

«Grazie, Serge.»

Derrick era in piedi davanti alla mia scrivania. «Sono i capelli della Holmes?»

«Sì.»

«Era a casa sua. E il sangue?»

«È di un animale.»

«Cavolo, pensavo che...»

«Dobbiamo convocare Jason Reedy.»

Derrick prese il telefono. «Chiamo O'Brien.»

«Aspetta.»

«Perché?»

«Sto pensando che forse dovremmo parlare prima con Centro. Vedere cosa dice.»

«Davvero?»

«Non abbiamo niente da perdere, e potremmo ottenere qualcosa da usare con Reedy.»

«Vuoi farlo qui?»

«No. Non vogliamo allarmarlo a questo punto. Si prenderebbe un avvocato.»

CI FECERO ACCOMODARE NELLA STESSA SALA RIUNIONI DI PRIMA. Cinque minuti dopo, entrò Joey Centro, vestito di nuovo di nero. Pensai al film *Ricomincio da capo*.

Con gli occhi di nuovo sul tavolo, si mosse a disagio quando dissi: «Abbiamo un altro paio di domande.»

«Non ho fatto niente.»

«Non abbiamo detto che Lei ha fatto qualcosa. Ci interessa il Suo amico Jason Reedy. Si sieda.»

Tirò indietro una sedia strisciandola e vi si lasciò cadere. «Si ricorda la nostra piccola chiacchierata di qualche giorno fa?»

Annuì.

«Beh, sembra che non ci stesse dicendo la verità.»

Si agitò sulla sedia come un bambino di cinque anni. «Vi ho detto tutto, tutto quello che ricordavo.»

Ah, i distinguo arrivavano presto. «Visto che ha avuto tempo per pensarci, possiamo mettere le cose in chiaro.»

Derrick disse: «Mentire a un agente di polizia si chiama ostruzione, e potrebbe andare in prigione per questo.»

Le spalle del ragazzo si afflosciarono.

Scivolò ancora più in basso sulla sedia quando rincarai: «Ha ragione. Non Le conviene entrare nel sistema della giustizia penale; se lo porterà dietro per tutta la vita. Ora, la notte in cui è stata denunciata la scomparsa di Debbie Holmes, il ventitré maggio, per la precisione. Cosa ha fatto?»

«Niente. Ero a casa.»

«Non ha appena sentito il detective Dickson dire che mentire è un reato da prigione? Dov'è andato quella notte?»

«Non credo da nessuna parte.»

«Le darò un piccolo aiuto: sappiamo che è andato a casa della nonna di Jason Reedy.»

I suoi occhi si spalancarono. «Oh, già, me n'ero dimenticato.»

«Perché è andato lì?»

«Jason mi ha chiamato e mi ha chiesto di andare.»

«Era tardi.»

Fece spallucce.

«Cosa avete fatto lì?»

«Niente. Siamo solo stati un po' insieme.»

«C'era Debbie Holmes, non è vero?»

«Ehm, non lo so. Non l'ho vista.»

Sapevamo che non era entrato in casa. «Siete stati insieme e non ha visto Debbie?»

«No.»

«Quanto tempo è rimasto lì?»

«Non a lungo.»

«Cinque minuti? Un'ora?»

«È stata solo, tipo, una cosa al volo, sa?»

«Abbiamo un testimone che L'ha vista lì.»

Il colore gli defluì dal viso.

«Cosa portava con sé?»

«Niente.»

«Aveva una borsa.»

«Ehm, il mio zaino.»

«Cosa c'era dentro?»

«Niente.»

«Allora perché portarselo?»

«Io, ehm, avevo delle birre dentro.»

«Perché non le ha bevute con Jason?»

«Ha detto che doveva andare, così me ne sono andato anch'io.»

«E non ha mai visto Debbie Holmes quando era lì?»

«No.»

«Ha sentito la sua voce?»

Scosse la testa.

«Ne è sicuro?»

Annuì.

«Va bene, grazie per la collaborazione. Torni in classe.»

Derrick disse: «Sono sorpreso che tu abbia chiuso così presto.»

«Ho un'idea che potrebbe funzionare.»

CAPITOLO SESSANTASEI

MARY ANN MISE UNA CIALDA NELLA MACCHINETTA DEL CAFFÈ.
«Oggi pranzi?»

«Non so. Ci sarà un bel da fare.»

«Portati uno yogurt.»

Quello non era un pranzo. Ma esisteva lo yogurt quando ero piccolo? «Forse.»

«Che avete in programma oggi?»

«Interrogheremo Jason Reedy e il suo amico contemporaneamente. Li separeremo e vedremo dove ci portano le crepe nelle loro storie.»

«Ricordo che lo facemmo una volta. Con i fratelli Freeport, ricordi?»

«Fu quando ci misero in coppia per la prima volta.»

«E non ti fidavi di me per niente.»

«Non è vero.»

Mary Ann inarcò le sopracciglia. «Davvero?»

Aveva ragione. «Dovevo tenerti sulla corda.»

Sentii il suo alito di caffè mentre mi si avvicinava. «Mi ci è voluto un po' per ammorbidirti. Questa versione di te mi piace di più.»

Le diedi un bacio sulla guancia. «Allora direi che sono invecchiato bene. Tu che fai oggi?»

«Vado a pranzo con Brittany e continuo a ficcanasare su quei rapitori di cani. Ho un'intuizione su di loro.»

«Cioè?»

«Ti faccio sapere se è una pista promettente.»

«Ti manca il lavoro, vero?»

«In parte. Caspita, sarebbe bello farlo due giorni a settimana.»

«Forse potremo riaprire l'agenzia privata quando appenderò le scarpe al chiodo.»

SBIRCIANDO DA SOPRA IL MONITOR, DERRICK DISSE: «GIORNO, Frank.»

«Giorno. Sarà una bella giornata.»

«Sarebbe stata migliore se anche Chris Reedy fosse in una stanza.»

«O'Brien è troppo scaltro per permetterlo. Se continuiamo a fare pressione, scopriremo qual è stato il suo coinvolgimento.»

«Pare che Centro stia arrivando con sua madre. Secondo me il ragazzo non c'entra niente.»

«Ha mentito più volte...»

«Sta proteggendo un amico.»

«Dubito che sia solo per lealtà.»

«Probabilmente hai ragione.»

«Crimini a parte, sarebbe bello se ogni tanto la gente si desse manforte a vicenda.»

«Continua a sognare.»

Guardando il video del circuito interno, mi chiesi se i Centro fossero daltonici. Sua madre aveva un bastone nero e indossava un lungo abito nero. Il figlio portava jeans e una camicia elegante, entrambi neri.

Derrick disse: «Se avesse una ciocca di capelli grigi, potrebbe essere Morticia di *La famiglia Addams*.»

«Forse è dark?» Bussai e aprii la porta. «Vi serve qualcosa? Acqua?»

«No, grazie.»

«Siamo spiacenti per l'attesa, saremo da voi tra un attimo.»

Svoltammo l'angolo verso la stanza 5. O'Brien e Jason Reedy stavano chiacchierando amabilmente. Il ragazzo Reedy sorrideva come se fosse con un amico in pizzeria. Non credevamo che Reedy e Centro si fossero parlati prima di venire.

Dissi: «Facciamolo.»

«Ti stai rammollendo?»

«Di che parli?»

«Non hai giocato con la temperatura della stanza.»

«Ma dai, O'Brien è a posto, e non è giusto mettere a disagio la madre. Ha un bastone...»

Lui sorrise. «Sì, come no.» Bussò alla porta e la spalancò.

Derrick li informò che l'interrogatorio veniva registrato e dichiarò i presenti e l'ora.

O'Brien disse: «Siamo ansiosi di collaborare e di concludere il coinvolgimento del mio cliente.»

Dissi: «Allora cominciamo. Jason. Posso chiamarla Jason per evitare confusione nel verbale con suo padre?»

«È il mio nome.»

Mentre mi tornava in mente ciò che diceva mio padre, sul far sparire il sorrisetto dalla faccia di qualcuno, Derrick disse: «Vorremmo iniziare dalla notte del ventitré maggio di quest'anno, il giorno in cui Deborah Holmes è stata vista viva per l'ultima volta.»

Dissi: «Cosa ha fatto quella sera?»

«Niente di speciale. Ero a casa, se non ricordo male.»

«Per tutta la serata?»

«Sì.»

«Allora perché suo padre continuava a chiamarla al cellulare?»

«Come potrei saperlo? Se rispondessi, farei solo delle supposizioni.»

Ma questo ragazzo seguiva corsi di legge? «La stava cercando. Non è per questo?»

«Forse.»

«Perché l'avrebbe fatto se lei era a casa?»

«Di nuovo, non posso rispondere a questa domanda.»

«Era a casa di Sua nonna. Non è vero?»

O'Brien capì che sapevamo e sussurrò qualcosa all'orecchio di Jason. Il ragazzo disse: «Me n'ero completamente dimenticato. Mia nonna era via con mia madre e il suo gatto, Felix, aveva bisogno di mangiare.»

«Con chi è andato a casa di Sua nonna?»

«Sono andato da solo.»

«La Sua ragazza, Deborah Holmes, non era con Lei?»

«No.»

«Interessante, perché durante la perquisizione di casa Sua abbiamo raccolto quattro dei suoi capelli.»

O'Brien disse: «Il mio cliente e la defunta sono stati una coppia per oltre un anno. Lei era stata a casa della nonna in diverse occasioni. I capelli potrebbero essere caduti in qualsiasi momento del periodo in cui stavano insieme.»

«Abbiamo un testimone che ha detto che era lì.»

Jason si sporse in avanti. «Chi l'ha detto?»

«Il Suo amico Joseph Centro. Ha detto che Lei lo ha chiamato per farlo venire.»

Un lampo di rabbia gli attraversò il viso. «Non l'ho mai chiamato, ma Debbie era lì.»

«Perché lo nascondeva?»

«Per svariati motivi: primo, i genitori di lei si sarebbero

arrabbiati se avessero saputo che era uscita contro il loro volere e, dopo quello che è successo, sarei passato per un sospettato.»

«Ha detto "dopo quello che è successo". Ci dica cosa è successo.»

«Niente. Stavamo amoreggiando e, uhm, lei voleva tornare a casa e se n'è andata.»

«Perché non l'ha accompagnata a casa in macchina?»

«Avevo bevuto, probabilmente sei birre. Per quanto sia doloroso pensare che le cose sarebbero andate diversamente se l'avessi accompagnata, non ero nelle condizioni di guidare.»

«L'ha lasciata tornare a casa a piedi?»

«Mi rendo conto che suona folle dopo quello che è successo, ma il quartiere è sicuro. O lo era.»

«Perché non ha chiesto al Suo amico di accompagnarla a casa?»

«lei non voleva andarsene quando è arrivato lui.»

«Lei lo ha chiamato perché venisse, eppure lui se n'è andato dopo una breve visita?»

«Non l'ho chiamato io. Sapeva che ero lì ed è passato. Avevo bevuto e poi, prima che arrivasse, Deb ha cominciato a provarci con me, e abbiamo iniziato ad amoreggiare. Poi è arrivato Joey. Gli ho detto cosa stava succedendo e lui se n'è andato.»

«Quanto tempo dopo se n'è andata Debbie?»

«Poco dopo. Joey ha rovinato l'atmosfera e, uhm, lei se ne voleva andare.»

«Lei cosa crede che sia successo?»

«Non sono uno che fa supposizioni, ma è possibile, e odio dirlo, probabile che Joey l'abbia vista e l'abbia presa. Ha sempre avuto una cotta per lei, e ha fatto diverse avances non richieste a Debbie.»

«Pensa che il Suo amico c'entri qualcosa con la sua morte?»

«È certamente possibile. Cos'altro potrebbe essere successo?»

«Invece di farla tornare, può aspettare qui per quindici, venti minuti?»

Jason alzò gli occhi al cielo, ma sapevo che O'Brien, a seicento dollari l'ora, non si sarebbe lamentato. «Va bene. Fateci solo portare dell'acqua da qualcuno.»

CAPITOLO SESSANTASETTE

Entrando nella stanza con due bottigliette d'acqua, dissi: «Ci dispiace avervi fatto aspettare».

Porsi una bottiglietta d'acqua alla signora Centro e a suo figlio. La signora Centro ebbe una smorfia di dolore e si mosse sulla sedia. «Avete una sedia più comoda? Soffro di stenosi spinale».

«Mi dispiace, signora. Non ne abbiamo, ma se preferisce stare in piedi...»

Scosse la testa e si spostò sul bordo della sedia mentre Derrick accendeva il registratore e recitava le formalità.

Dissi: «Signor Centro, saremo molto diretti e la esorto a fare lo stesso. Il suo amico Jason Reedy e il suo avvocato sono in un'altra stanza in fondo al corridoio».

La signora Centro disse: «Oh mio Dio. È stato Jason a uccidere quella povera ragazza?»

«Stiamo conducendo un'indagine e suo figlio potrebbe avere informazioni per chiarire il ruolo di diverse persone».

«Joey, aiuta la polizia. È tuo dovere».

Disse Derrick: «Niente giri di parole stavolta. Se ha avuto

un ruolo in questo crimine, ce lo dica ora. Se collabora, faremo del nostro meglio per aiutarla».

«Il detective Dickson ha ragione. Quel che è fatto è fatto. Non possiamo cambiare il passato, ma se lei è sincero con noi, possiamo renderle la vita più facile».

«Oh mio Dio. Joey, hai fatto qualcosa?»

«No, mamma. Non preoccuparti».

«Ci dica cosa è successo la notte del ventitré maggio».

«Ve l'ho già detto. Jason mi ha chiamato e sono andato là...»

«La notte dell'omicidio?»

«Signora, lei ha il diritto di essere qui, ma la prego di non interrompere».

«Ok, mi scusi».

«È andato a casa della nonna di Jason Reedy?»

«Sì».

«E cosa ha fatto lì?»

«Niente. Me ne sono andato subito».

«Perché?»

«Così e basta».

«Ha visto Deborah Holmes?»

«No».

«Aveva una cotta per lei?»

«Non proprio».

«L'ha vista andarsene?»

«No, ve l'ho già detto».

«Il suo amico Jason ha detto che Debbie ha lasciato la casa più o meno quando se n'è andato lei. Ha detto che stava tornando a casa a piedi e che lei l'ha afferrata e uccisa».

«Ma che cazzo?»

«Joey! Modera i termini».

«Mamma! Jason sta mentendo».

«Ci dica cos'è successo davvero».

«Finirò nei guai?»

«Ha fatto del male alla signorina Holmes?»

«No».

«L'ha trattenuta?»

«No».

«Allora non ha nulla di cui preoccuparsi. Se sarà sincero con noi, dimenticheremo i suoi tentativi di ostruzionismo».

«Joey è un bravo ragazzo. Non farebbe del male a nessuno».

«È nell'interesse di suo figlio dirci la verità, tutto quello che sa».

«Avanti, Joey. Diglielo».

Centro sospirò. «Mi dispiace, ma se sta cercando di scaricare la colpa su di me, allora devo dire quello che devo dire».

«Prego».

«Mi ha chiamato e mi ha chiesto di andare a casa di sua nonna. Ero stanco e non volevo andarci. Continuava a dire che dovevo, che aveva bisogno di aiuto. Gli ho chiesto per cosa, ma ha detto che me l'avrebbe detto quando sarei arrivato».

La signora Centro disse: «Devi smetterla di dargli retta. Hai la tua testa; se non vuoi fare una cosa, non la fare. Vedi dove ti ha portato?»

Aveva ragione, e interromperla avrebbe potuto sminuire la lezione che stava cercando di impartire.

«Dai, mamma».

Disse Derrick: «Continui. Jason Reedy l'ha chiamata dicendo di aver bisogno di aiuto. E poi?»

«Sono uscito e sono andato in macchina a casa di sua nonna».

«Cosa successe quando arrivò lì?»

«Mi chiamò mentre ero per strada, ero a tipo cinque minuti di distanza. Era molto nervoso, disse di non fare rumore quando fossi arrivato».

«Le disse perché?»

«No».

«La prego, continui».

«Be', arrivai e suonai il campanello. J aprì la porta e

sembrava stressato, sa com'è. Feci per entrare, ma lui disse: «No, resta lì», e chiuse la porta. Un minuto dopo, aprì la porta e disse: «Prendi questa e buttala via. Non voglio che nessuno la trovi». Dovevo fare pipì ma non mi lasciò entrare. Fu strano, mi disse solo di andare e di sbarazzarmi del sacco il più in fretta possibile».

«Cosa le diede?»

«Un sacco di plastica».

«Cosa c'era dentro?»

«Non lo so. Non ho guardato».

«Cosa fece?»

«Gli dissi: «Cosa c'è dentro?». E J rispose: «Non sono affari tuoi, e faresti meglio a non guardare dentro»».

«È sicuro di non aver controllato cosa ci fosse nel sacco? Io l'avrei fatto».

«No. Lei non conosce Jason; si sarebbe incazzato di brutto se l'avessi fatto».

«Come l'avrebbe saputo? Le ha detto di buttarlo via».

«Mi creda, l'avrebbe saputo».

«Ok. Che tipo di sacco?»

«Era nero, come quelli che si usano per l'immondizia».

«Riusciva a capire cosa ci fosse dentro?»

«Non proprio, forse dei vestiti?»

«Dov'è il sacco?»

Centro si accigliò. «Me ne sono sbarazzato».

«Come?»

«L'ho gettato in acqua».

«Dove?»

«Vicino al ponte per Marco».

«L'ha gettato nella baia?»

«Sì».

«È affondato?»

«Sì, ci ho messo dentro il ferro per le gomme, quello della nostra macchina».

La madre non aveva smesso di scuotere la testa. Il dolore sul suo viso non proveniva dalla schiena.

«E quando ha messo dentro la chiave per gli pneumatici, non ha visto cosa c'era dentro?»

«Era buio. Forse c'era una maglietta o qualcosa del genere».

«Si ricorda in che punto del ponte l'ha gettato in acqua?»

«Sì, più o meno all'inizio. Avevo paura e volevo andarmene da lì».

«Potremmo aver bisogno che ci mostri dove. Può farlo?»

«Sì, so dov'è».

«Ci racconti di nuovo tutto. Ricevette una chiamata da Jason Reedy, che le chiedeva di andare a casa di sua nonna».

«Esatto, e ci andai. Ma quando arrivai, non mi fece entrare. Mi disse di aspettare, e poi mi diede un sacco e mi disse di farlo sparire».

«Furono queste le sue parole esatte?»

«Sì».

«Mentre guidava da casa sua a quella di sua nonna, successe qualcosa?»

«Cosa intende?»

«Si fermò da qualche parte? Vide qualcuno?»

«No, andai dritto lì, ma J mi chiamò e mi disse di fare piano quando fossi arrivato».

«Okay. Lui le dà questo sacco e poi?»

«Me ne andai. Ero nervoso e cercavo di pensare a dove sbarazzarmene. Stavo per bruciarlo, ma non mi veniva in mente dove, e qualcuno avrebbe potuto vedere il fuoco».

«Quando se ne andò, vide qualcuno?»

«C'era un tizio che portava a spasso un cane, due cani. Stava passando davanti alla casa».

«Gli parlò?»

«No. Salii in macchina e presi l'altra strada».

«Altra strada?»

«Ero arrivato da via Golden Gate, ma tornai indietro per non doverlo incrociare».

«Perché fu così attento a evitare le persone se non aveva fatto niente di male?»

«Non lo so. Sentivo che Jason aveva fatto qualcosa di brutto».

«Cosa le diede quella sensazione?»

Fece spallucce.

«Può dircelo tranquillamente. Non finirà nei guai».

«Solo il modo di fare di J».

«Ha detto a Jason Reedy cosa ha fatto del sacco?»

«Sì, me lo ha chiesto e gliel'ho detto».

«Cosa le disse?»

«Niente, solo grazie per averlo aiutato, e che non se lo sarebbe dimenticato».

CAPITOLO SESSANTOTTO

Rilasciammo Centro e sua madre e ci dirigemmo verso la sala interrogatori dove si trovavano Jason Reedy e il suo avvocato. Dissi: «Aspetta un attimo.»

«Che succede?» domandò Derrick.

«Dobbiamo sequestrare la barca dei Reedy. Se l'ha usata per spostare il corpo della Holmes, si allarmerà e cercherà di cancellare ogni prova.»

«Sicuro. Appena finiamo, prepariamo un mandato.»

«Temo che non possiamo aspettare, altrimenti partirà in vantaggio. Ci vorranno come minimo diverse ore per far approvare un sequestro.»

«Tu finisci l'interrogatorio; io scrivo la richiesta e la porto di sopra.»

«Grazie, amico.»

Ci separammo ed io entrai nella sala interrogatori. «Scusate per l'attesa. È sorto un imprevisto.»

Disse O'Brien: «Capiamo. Ha altro per noi?»

«Sì. Vorremmo sapere cosa ha dato il suo cliente a Joseph Centro, la notte del ventitré maggio, mentre era a casa di sua nonna.»

Gli occhi del ragazzo si spalancarono. «Non gli ho dato niente.»

«Non è quello che ha detto il signor Centro. Ha detto che lei gli ha dato una busta di plastica, con l'ordine di sbarazzarsene.»

«Ah, quella. Era spazzatura. Gli ho chiesto di buttarla via.»

«E non voleva che nessuno lo sapesse?»

Disse O'Brien: «La prego di chiarire la domanda.»

«Quando ha consegnato la busta al signor Centro, gli ha detto di non farne parola, di non guardare nella busta e di non parlarne con nessuno.»

«Erano un mucchio di lattine di birra vuote. In più, ci avevo vomitato dentro. Puzzava da morire.»

«Perché non l'ha buttata via lei?»

«Lui era sulla porta. La nonna tiene i bidoni sul lato della casa, e io non avevo le scarpe.»

Quel ragazzo aveva una risposta per tutto. Se fossero vere, era l'unica domanda che non potevamo fargli.

«Il giorno dopo non è andato a scuola.»

«Non mi sentivo bene per aver bevuto troppo.»

«Eppure il giorno dopo è tornato a casa di sua nonna. Perché?»

«Felix deve mangiare tutti i giorni.»

«Perché ha preso la barca?»

«Sono uscito a fare un giro dopo aver dato da mangiare a Felix.»

«Dov'è andato?»

«A pescare.»

«Preso qualcosa?»

«Non abboccavano, e stare sull'acqua mi dava la nausea.»

«Ha lavato la barca quando è tornato?»

«Lo faccio sempre. Bisogna starci dietro, altrimenti lo sporco si cementifica.»

«Il giorno dopo la scomparsa della sua ragazza, lei va a pescare?»

«Ho chiamato Deb ma non ha risposto.»

«È andato a cercarla?»

«Un po'. Ho controllato la zona intorno a casa di mia nonna.»

«Non si è dato più di tanto da fare, vero?»

Disse O'Brien: «Questo è fuori luogo, detective. Se non ricordo male, quando fu denunciata la scomparsa della signorina Holmes, tutti, comprese le forze dell'ordine, credevano che fosse scappata.»

«Giusto, avvocato. Ha fatto altro per cercare di trovare la signorina Holmes?»

«Ho chiesto ad amici se qualcuno sapesse qualcosa, ma dato che la polizia era coinvolta, eravamo convinti che l'avreste trovata voi.»

Contai fino a tre. «E per tutto quel tempo era a Marco Bay.»

Lui aggrottò la fronte.

«Può star certo che scopriremo chi ce l'ha messa.»

DERRICK STAVA PICCHIETTANDO SULLA TASTIERA. «COM'È andato il resto dell'interrogatorio?»

Lo ragguagliai e dissi: «Dove sono i tabulati telefonici di Jason Reedy?»

«Nel fascicolo dell'omicidio, sulla credenza.»

Prendendolo, domandai: «Hai quasi finito con la richiesta?»

«È già di sopra. Sto scrivendo il rapporto sull'interrogatorio di Centro.»

«Grazie. Sai, Jason non ha chiamato Centro dal suo cellulare. Pensi che lo abbia chiamato, o che Centro sia coinvolto più di quanto pensiamo?»

«Hanno mentito entrambi. Forse ci stanno prendendo in giro, insieme.»

«Centro ha detto di essere andato al ponte per buttare la busta. Forse ha gettato il corpo da lì.»

«Potrebbe averlo fatto.»

«Dobbiamo trovare quella busta. Quello che c'è dentro potrebbe aiutarci molto a capire chi sta dicendo la verità.»

«Questo richiederà un sacco di risorse. Marco Bay è enorme.»

«Remin ci starà addosso se recuperiamo la busta e si scopre che è piena di vomito.»

Derrick ridacchiò. «Me lo vedo già su *WINK News*: 'Dipartimento pasticcione a pesca di vomito'.»

«Sai, se la troviamo e Centro non ha fatto un nodo stretto, chissà cosa ci troveremo. Per quanto possa sembrare pazzesco, mi ricordo di essere stato su un barcone da pesca al largo di Sheepshead Bay a Brooklyn. C'era mare mosso e un paio di tizi si sentirono male. Cominciarono a vomitare fuori bordo. Cavolo, avresti dovuto vedere i pesci che venivano in superficie per mangiarselo.»

«Che schifo.»

«Per poco non vomitavo anch'io il pranzo.»

«Beh, a me hai fatto passare la fame.»

Ridendo, composi un numero. «Sophia Livoti.»

«Ciao, Sophia, sono Frank Luca.»

«Come stai?»

«Bene. Volevo chiamare per sapere come sta Lisa Ramos.»

«Lisa ha ancora molta strada da fare, ma sta molto meglio.»

«Mi fa piacere sentirlo. Salutamela.»

«Lo farò. Grazie per aver chiamato.»

«Grazie a te per tutto quello che fai per lei e per tutti gli altri con cui lavori.»

«Grazie a te, Frank.»

Nell'aria c'era odore di rosmarino. Baciai Mary Ann sulla guancia. «Stai preparando le patate rosse?»

«No, sto preparando il branzino come piace a te da La Pescheria.»

«Al forno?»

«Sì, con cipolle rosse e patate a fette.»

«Olive?»

«Sì, spero che venga bene.»

«Verrà bene, e sarà molto più economico.»

«Sei stato fortunato. Sono passata da Wynn's Market e mi sono ricordata che avevano il branzino in offerta.»

Le arrivai alle spalle. «Hai intenzione di approfittarti di me più tardi?»

«Non sei così fortunato.»

«Ehi, non vale.»

«Vedremo. Come sono andati quegli interrogatori?»

«Piuttosto bene. Ho fatto ammettere al ragazzo dei Reedy che la Holmes era lì quella notte, e lui ha puntato il dito contro il suo amico.»

«Quando iniziano a tradirsi a vicenda, la fine è vicina.»

«Speriamo. Tu cos'hai fatto?»

«Ti ricordi che ti ho parlato di quella gente che vende cani su Craigslist?»

«Sì?»

«Ho fatto qualche ricerca e credo che potrebbero esserci loro dietro. Ho chiesto delle foto di questa Yorkie. Era così carina...»

«Non ci serve un cane.»

«Lo so, ma te la mostro dopo; è adorabile. Ma comunque, in una delle foto, nella stanza dove il tizio stava scattando, c'era uno specchio, e lui assomiglia a uno dei ladri di quel video di *WINK*. Ti ricordi, i due tizi?»

«Sì.»

«Uno di loro assomiglia al venditore di cani. Chiederò altre foto e controllerò se *WINK* ha il video sul loro sito web.»

Mantenendo viva la speranza di un po' di effusioni, dissi: «Hai ancora un ottimo istinto.»

CAPITOLO SESSANTANOVE

Mentre mi avvicinavo al Judge Jolley Bridge per Marco Island, mi squillò il cellulare. «Ehi, Sarge, che si dice?»

«Volevo farti sapere che la barca dei Reedy è al sicuro e sta rientrando.»

«Ottimo. Grazie per avermi avvisato.»

«Nessun problema. Ehi, in bocca al lupo con la borsa.»

Il mio sguardo vagò verso l'ampia distesa della East Marco Bay. «Ne avremo bisogno; c'è un sacco di territorio da perlustrare.»

Riagganciai e dissi: «Hanno preso la barca. La stanno portando al laboratorio.»

«Bene.»

Rallentai fino a fermarmi a metà strada verso il punto più alto. Derrick disse: «Guarda, eccole là.» Indicò quattro barche che battevano la bandiera dello sceriffo.

«Speriamo che il tizio della Gulf Coast University ci abbia azzeccato con la corrente di quella notte.»

Le barche si allontanarono l'una dall'altra a motore e rallentarono. «I sommozzatori si stanno preparando.»

Derrick disse: «Mi sento fortunato.» Fece scattare la radio

portatile. «Qui è il detective Dickson. Fate con comodo là fuori e state attenti. Attenetevi alla griglia il più possibile.»

Arrivò una risposta gracchiante: «Abbiamo una barca sul sito bersaglio e le altre stanno lavorando da metà ponte fino alla spiaggia.»

Mentre un sommozzatore si tuffava in mare, dissi: «Ho dimenticato il cappello.»

«Il sole picchia.»

«C'è una pace incredibile qui fuori. Ma ogni volta che attraverserò questo ponte, penserò a questa povera ragazza.»

«Togliamoci dal sole per un po'. Se trovano qualcosa, ci chiameranno via radio.»

Salendo in macchina, Derrick disse: «Guarda quel tizio sulla tavola da paddle. Ha un cane con sé.»

«Pazzesco.»

«Se ne sta lì seduto, così ben educato.»

«A proposito, Mary Ann ha una pista su chi potrebbe esserci dietro al rapimento del cane.»

«Che cosa ha scoperto?»

La radio si rianimò. «Uno dei sommozzatori ha appena tirato su qualcosa. Sembra che l'abbiamo trovata.»

«Stiamo arrivando. Vediamoci a Bear Point.»

Ci fermammo in un'area sabbiosa, scendemmo e infilammo i guanti. La flottiglia gettò le ancore a venti piedi dalla riva.

Derrick e io ci avvicinammo al bagnasciuga mentre un sommozzatore saltava giù dalla barca. Gli fu passato un sacco di plastica nero. Con l'acqua fino alla vita, tenne il sacco in alto e avanzò a fatica verso di noi.

Gocce d'acqua scintillanti scivolavano sulla plastica. «L'abbiamo trovata prima del previsto.»

Il mio sguardo si concentrò sulla parte superiore mentre lui la passava al mio partner. «Ben fatto. Grazie.»

Derrick disse: «Sembra un nodo piuttosto stretto.»

«Sì, ma l'acqua si infila dappertutto.»

Palpai il fondo del sacco. «Poca acqua, se non nessuna.»

Aprimmo il portellone posteriore del nostro SUV e vi posammo il sacco. Mi si rivoltò lo stomaco. «Questo potrebbe essere un sacco pieno di vomito o il biglietto per risolvere il caso Holmes.»

Derrick disse: «Incrociamo le dita.»

Tirando delicatamente il nodo, questo si allentò lentamente. «Ci siamo.»

Allargando la parte superiore spiegazzata, annusai. «Non è così male.»

Con le teste a un centimetro di distanza, guardammo dentro. Derrick disse: «Cos'è quello? Un lenzuolo?»

«Una federa. Probabilmente quella usata per soffocarla.»

«Facciamo delle foto prima di spostare qualsiasi cosa.»

Scattammo cinque foto. Lentamente, calai la mano nel sacco. Tastando il tessuto, sentii qualcosa di duro. «Il telefono della Holmes.»

«Probabile: aveva un iPhone.»

Quale ragazzo non ce l'aveva? Mentre estraevo la federa, divenne visibile una cinghia di pelle. «Ecco la sua borsetta.» Passai la biancheria da letto a Derrick e tirai fuori la borsetta. Era bagnata.

«È uno di quei marsupi.»

«Ha iniziato la serata in bicicletta.»

Tenendo i bordi della federa, la dispiegò. Indicò un punto. «Guarda qui: è rossetto.»

Mi sentii come se qualcuno mi si fosse seduto sul petto. «Sembra pazzesco dirlo, ma è probabile che sia l'arma del delitto. Stai attento: qualsiasi cosa ci sia sopra, dobbiamo conservarla.»

«La metto in un sacchetto.»

Spostai di lato un mucchio di fazzoletti, di colore marroncino, rivelando lattine di birra schiacciate, due involucri di snack viola e la chiave per pneumatici.

Separando gli oggetti, li imbustai separatamente prima di concentrarmi su quella che pensavamo fosse la borsetta della Holmes.

Aprii la cerniera della borsetta e tirai fuori il suo tesserino scolastico. La Holmes mostrava un sorriso smagliante. Scuotendo la testa, disposi il resto del contenuto: due pacchetti di gomme, uno specchietto compatto, un rossetto e una chiave.

«Quindi, c'erano lattine di birra e vomito, come ha detto Jason Reedy.»

«Già, si è solo dimenticato di parlarci della federa, del telefono e della borsetta della Holmes.»

«Pensi che suo padre fosse coinvolto?»

«Ci ha depistato. Perché?»

«Lo scopriremo.»

«Portiamo tutto alla scientifica.»

Derrick era al volante e disse: «Pensi che la scientifica possa estrarre il DNA dalla federa?»

«Sì. Dovrebbero riuscire a ottenere il DNA della Holmes dal rossetto.»

«È incredibile quello che si può fare oggi.»

«Dobbiamo vedere se c'erano fibre di quella federa nella gola della Holmes.»

«Sarebbe dovuto essere nell'autopsia, ma non mi pare di ricordarlo.»

Era noto che la chemio influisse a intermittenza sulla capacità di ricordare. «Nemmeno io. Ma sembra che abbiamo ciò che è stato usato per ucciderla. Quello di cui abbiamo bisogno è collegarlo a Reedy.»

«Prenderemo anche il suo DNA dalla federa.»

«Ha passato il sacco a Centro, gli ha detto di buttarlo e ha ammesso che la Holmes era con lui a casa della nonna.»

«Direi che è ora di stappare lo champagne.»

Un video di Bilotti che usava una spada per aprire la bottiglia al matrimonio mi attraversò la mente. «Non stiamo festeggiando. Una giovane donna è stata assassinata. Quello che stiamo facendo è ripulire.»

«Lo so, amico, ma questo caso è stato duro.»

«Dobbiamo ancora portarlo a termine.»

«Ora tocca al laboratorio.»

«Fino a un certo punto, ma non lasciare mai il tuo destino nelle mani di un altro.»

«Stai diventando filosofico?»

Emotivo era più accurato. «No, forse sono solo stanco di tutta questa scena. Non è esattamente edificante.»

«Tieni duro, amico.»

«Sì, certo. Senti, mi scoccia farlo, ma dobbiamo richiedere d'urgenza un altro mandato per la casa della nonna. Dobbiamo far combaciare la federa e la provenienza del sacco della spazzatura per collegare il tutto al ragazzo Reedy.»

CAPITOLO SETTANTA

Riattaccando il telefono, dissi: «Remin mi vuole alla conferenza stampa settimanale».

«Ancora? E perché mai?»

«Non lo so. Forse sa che odio avere a che fare con i media e vuole torturarmi».

«Gli piaci, amico. Tu non credi, ma è così».

«Non è che gli piaccia; mi trova utile, a volte. Ci vediamo dopo».

«Io faccio un salto al garage della scientifica, vedo a che punto sono con la barca».

Speravo che trovassero qualcosa per collegare Reedy padre all'omicidio, ma sapevo come sarebbe suonata una cosa del genere. «Tienimi aggiornato».

Remin indossava un abito grigio chiaro. Aveva un'aria strana. Era difficile non chiedersi quale calcolo ci fosse dietro quella deviazione dal blu scuro.

Si avvicinò al podio. «È un piacere vedervi tutti. Vorrei iniziare dal fronte del traffico. Nel tentativo di ridurre l'eccesso di velocità, che ha contribuito a un decesso la scorsa settimana, aumenteremo i controlli. Non ci piace fare multe a residenti o visitatori, ma non abbiamo scelta».

«A partire da lunedì, le arterie principali della contea saranno pattugliate sia da veicoli con insegne che da auto civetta».

«Un'irruzione a Golden Gate, la settimana scorsa, ha portato a otto incriminazioni. Crediamo che quella particolare banda di spacciatori fosse responsabile di un quarto della meth in circolazione nella contea».

«Inoltre, siamo lieti di annunciare che i membri di una banda di ladri che colpiva le abitazioni dei residenti stagionali sono stati arrestati. Quest'operazione, non resa pubblica in precedenza, ha coinvolto una dozzina di agenti e ha svelato un collegamento con una banda di Miami. Lavorando con i nostri colleghi di Miami-Dade, crediamo di averla smantellata completamente».

«Per oggi è tutto. Domande? Iniziamo con Cynthia».

La giornalista del *Naples Daily News* si alzò. «Sceriffo, possiamo avere un aggiornamento sull'omicidio di Deborah Holmes? Il dipartimento ha sequestrato una barca e vari oggetti sono stati recuperati da Marco Bay».

«L'indagine prosegue e sono fiducioso che chiuderemo presto questo caso».

«Un arresto è imminente?»

«Non posso dirlo in questo momento».

«La barca che avete sequestrato appartiene a un certo Christopher Reedy. Suo figlio, Jason, aveva una relazione con Debbie Holmes. Sono sospettati?»

«Soggetti d'interesse, è tutto quello che posso dire».

«A che punto potrà assicurare alla comunità che l'assassino non è più in circolazione?»

«Ci aspettiamo di fare un annuncio entro pochi giorni».

«Cosa richiede così tanto tempo?»

«Per fare giustizia nel modo giusto, ci vuole tempo».

Sarebbe stato bello rinfacciare quella frase a Remin la prossima volta che mi mettesse fretta.

Remin indicò una giornalista di *WINK*. «Melissa?»

«Grazie, sceriffo. Capisco che Lei sia riluttante a definire sospettata la famiglia Reedy, ma, a parte loro, c'è un altro sospettato?»

«Il detective Luca e la sua squadra stanno conducendo le indagini. Frank, Le andrebbe di dire qualcosa?»

E così, Remin mi passò la patata bollente. Potevo forse dire di no?

«Come ha detto lo sceriffo Remin, siamo vicini a portare a termine questo caso. Forse c'è voluto più tempo di quanto tutti desiderassero, ma abbiamo un sistema di giustizia e dobbiamo fare le cose per bene».

«E Lei pensa di averle fatte per bene?»

«Sì, signora. Abbiamo solo bisogno di un po' di tempo affinché la scientifica ci fornisca ulteriori prove».

«Sembra fiducioso di concludere a breve.»

«Sì, signora.»

«Avete messo sotto sorveglianza la famiglia Reedy?»

«Non rilasciamo commenti sulle operazioni in corso.»

Remin disse: «Per oggi dovremo fermarci qui. Vi avviseremo quando saremo pronti a fare un annuncio.»

Seguii lo sceriffo nell'anticamera, sapendo che la stampa voleva qualcosa di interessante da raccontare. Lui disse: «Abbiamo dato loro tutto ciò che potevamo. Al resto ci penseranno loro.»

«Non appena il laboratorio avrà finito, potrà annunciare l'arresto, signore.»

«Ieri ho autorizzato quaranta ore di straordinario. Dovrebbero finire domani, al più tardi.»

«Grazie.»

Tornando in ufficio, il telefono vibrò per un messaggio di Derrick. A pochi passi dalla porta, lo rimisi in tasca.

Appena entrai in ufficio, Derrick domandò: «Com'è andata?»

«In realtà, piuttosto bene. Sanno che è un Reedy, ma non abbiamo dato loro nulla.»

«Bene, perché sulla barca non c'era niente.»

«Davvero?»

«Già. L'hanno spruzzata anche di luminol, e niente.»

«Strano. Il luminol rileva una parte su un milione. Loro pescano; doveva esserci del sangue.»

«Reedy deve averla pulita da cima a fondo.»

«Dovremmo sentire i suoi vicini, vedere se l'hanno visto lavarla.»

«Non ce ne sarà bisogno.»

«Ora non ci serve, ma i procuratori lo vorranno per costruire la narrazione in tribunale.»

Il telefono della mia scrivania squillò. «Omicidi.»

«Frank, sono Sergio.»

«Possiamo confermare che il sacchetto di plastica corrisponde al rotolo di sacchetti di casa della nonna.»

«Eccellente. Come ci siete riusciti?»

«Lo spessore e la colorazione sono identici e la lama nella fabbrica dei sacchetti usata per seghettare i bordi corrisponde.»

«Siete i migliori.»

«Sì, lo sappiamo.»

«Trovami il DNA sulla federa e ti offro il pranzo.»

«Un pranzo con te è da Wendy's.»

«Non ti piace il loro roast beef?»

«Addio, spilorcio.»

Riattaccai, lo dissi a Derrick e lui commentò: «Abbiamo incastrato il ragazzo.»

«Sì, ma non è una bella sensazione. Adolescenti che uccidono altri adolescenti; a che punto è arrivato il mondo?»

«Non vuoi una risposta, vero?»

«No. Iniziamo a preparare le scartoffie per l'arresto.»

«Io vado a pisciare, e poi comincio.»

Il cellulare vibrò. Era Mary Ann. «Ehi, Mare, che succede?»

«Hai avuto una buona giornata.»

«Perché dici così?»

«Ho visto il telegiornale. Hanno detto che stavi per arrestare Jason Reedy.»

«Siamo a un passo. Anzi, stiamo giusto iniziando a preparare il mandato d'arresto.»

«Congratulazioni.»

«Non so se sono appropriate.» Abbassai la voce: «Forse sto diventando troppo vecchio per questo mestiere, ma incastrare un ragazzino per averne ucciso un'altra non mi dà più alcuna soddisfazione.»

«So che è dura, ma stai facendo il tuo lavoro, ed è un lavoro importante.»

Il telefono della scrivania squillò di nuovo. «Ehi, devo andare. Ci vediamo dopo.»

«Omicid—»

«Frank, sono Sergio.»

«Cos'hai per me?»

«Un problema, uno grosso.»

CAPITOLO SETTANTUNO

Boccheggiai, come se avessi ricevuto un pugno nello stomaco da Mike Tyson. «Cosa vuoi dire, che la federa non corrisponde?»

«Abbiamo confrontato le fibre della federa recuperata a Marco Bay con quelle sequestrate a casa di Fenster. Non sono le stesse; persino i colori sono leggermente diversi.»

«E il DNA?»

«Lo stiamo analizzando. Dovremmo avere qualcosa a breve.»

«Va bene. Ma sei sicuro riguardo alle federe?»

«Sicuro al cento per cento.»

«Okay.» Sbattei giù il telefono mentre Derrick rientrava.

«Che succede?»

«Serge ha detto che la federa non corrisponde a nessuna di quelle di casa della nonna.»

«Davvero?»

«Già.»

«Forse il ragazzo se l'è portata dietro.»

«Questo significherebbe che era premeditato. Io non credo, altrimenti perché portarla a casa di sua nonna?»

«Non c'era nessuno a casa.»

«Il ragazzo è troppo sveglio per una cosa del genere.»

«Magari era una federa spaiata, l'ultima di una coppia. Era vecchia.»

«Sì. E la camera degli ospiti aveva un letto singolo.»

«Potrebbe essere quello.» Scivolò sulla sedia. «Sì, dev'essere per forza così.»

Avrebbe potuto chiederlo a suo padre. No, è una follia.

«E Centro? Potrebbe averne portata una lui.»

«È un'ipotesi campata in aria. Probabilmente veniva dalla camera degli ospiti. Avrà pensato che lei non se ne sarebbe mai accorta o che, se anche fosse successo, se ne sarebbe già dimenticata da un pezzo.»

«Sì, sono sicuro che l'anziana signora ha problemi di memoria, e la cosa non migliorerà con il tempo.»

Era facile essere superficiali riguardo all'invecchiamento quando si avevano poco più di quarant'anni. Un altro decennio e si sarebbe reso conto che anche per lui il tempo stava per presentare il conto.

Sfogliai un raccoglitore. «Ho il riassunto che ha mandato Bilotti, ma dov'è il referto completo dell'autopsia?»

«Dovrebbe essere nel fascicolo dell'omicidio.»

«Non c'è.»

«Spero di non averlo perso.»

«Non preoccuparti, chiamo Bilotti e me ne faccio mandare un'altra copia.»

Il medico rispose al secondo squillo: «Medico legale Bilotti.»

«Ehi, dottore. Sono Frank.»

«Come stai?»

«Bene. Mi spiace dirlo, ma sembra che abbiamo archiviato male l'autopsia della Holmes. Puoi mandarmi una copia via email?»

«C'è una prima volta per tutto. Te la mando subito.»

Non c'era bisogno di ammettere che non mi ricordavo un dettaglio del referto. «Grazie, mi salvi la vita.»

Ridacchiò. «In realtà, io arrivo dopo che la vita se n'è andata.»

«Non molto diverso da quello che facciamo noi qui.» Abbassai la voce. «Ti pesa mai?»

«Non è facile, soprattutto con le vittime più giovani. Tocca un nervo scoperto.»

Aveva perso una figlia, e mi pentii di aver sollevato l'argomento. «Parole sante. Ehi, come sta il tuo amico Coburn? Mi ha chiamato, ma non ho avuto modo di richiamarlo.»

«Dev'essere stato un paio di giorni fa, perché ha avuto un ictus molto grave.»

«Oh, no. Come sta?»

«Con il cervello non si sa mai, ma non sembra mettersi bene.»

«Mi dispiace, dottore.»

«Al matrimonio ha detto che non si sentiva bene, si sentiva un po' senza equilibrio. Gli ho detto di andare da un medico, ma non pensavo che avrebbe avuto un ictus.»

Era normale ignorare dolori, malesseri e sensazioni strane. Ma stavolta aveva avuto conseguenze serie. «Quando è la tua ora, è la tua ora.»

«Non sono d'accordo. Ci sono un sacco di modi per aumentare le probabilità di una lunga vita.»

Era stata una cosa indelicata da parte mia. «Lo so. Devo andare. Mandami il referto quando hai un attimo.»

«Sta arrivando.»

«Bilotti l'ha mandato.» Aprii l'allegato e scorsi le prime cinque pagine. L'informazione era a pagina sei. «Eccola: "Minuscole particelle di una fibra di cotone sono state trovate incastrate in profondità nella laringe e nella trachea superiore. I filamenti probabilmente provenivano dal materiale usato per soffocare la vittima".»

«Nessuna sorpresa. La ragazza lottava per la vita.»

Non c'era bisogno di ricordarmelo. «Sto solo cercando di mettere insieme i pezzi per i procuratori.»

«Che fretta c'è?»

«Mi piacerebbe prendermi un po' di ferie quando questo caso sarà chiuso.»

«Vai in vacanza da qualche parte?»

«No, solo una vacanza casalinga.»

«La nuova parola per dire che te ne stai a casa. Assicurati solo di rilassarti e di non fare un sacco di lavoretti in giro per casa.»

Aveva ragione. «Comunque sono un disastro. Qualsiasi cosa più complicata di una vite allentata, e Mary Ann non mi ci fa avvicinare.»

Lui rise.

«Non è divertente. Ti ricordi il casino che ho fatto quando ho ritinteggiato?» Avevo messo un barattolo di vernice sulla scala e, quando l'avevo spostata, era caduto.

«Quella sì che è stata una scena da comica.»

Peccato che fosse reale, e io rimasi lì talmente scioccato che mi ci vollero alcuni minuti per iniziare a pulire. Prima che potessi dare ragione a Derrick, squillò il telefono.

«Omicidi, detective Luca.»

«Frank, sono Sergio.»

«Ehi. Che cosa hai per me?»

Ascoltai per un istante. Ciò che disse mi provocò un sussulto nelle viscere. Era diarrea o vomito? Dissi: «Ti richiamo.» Scattai verso il bagno, incerto se sarei arrivato in tempo.

CAPITOLO SETTANTADUE

Dopo essermi sciacquato la bocca, mi gettai dell'acqua fredda sul viso. La nebbia cominciò a diradarsi. Tornai a fatica in ufficio.

Derrick mi accolse sulla porta. «Tutto bene? Sei bianco come un fantasma.»

«Il DNA di tutti e quattro è sulla federa.»

«Quali quattro? Che cos'è successo?»

«Il laboratorio ha trovato il DNA di Holmes e anche quello di Reedy e di Centro.»

«È una follia. Dev'essere stato Jason. Deve esserci una spiegazione.»

«Potrebbe essere un trasferimento secondario di DNA.»

«Dev'essere per forza così. Centro ha detto di non aver guardato nella borsa, ma deve averlo fatto.»

«Ci ha messo dentro la chiave a croce. Il trasferimento potrebbe essere avvenuto in quel momento.»

«Allora è così.»

«Ma questo non spiega il DNA di Reedy senior sulla federa.»

«È la casa di sua madre. Forse ha dormito su quel cuscino di recente.»

«Non ci hanno trovato capelli. E se non fosse stata lavata, ci sarebbero state cellule epiteliali dappertutto.»

«E se fossero d'accordo tutti e tre? Questo spiegherebbe tutto.»

«È possibile, ma è difficile mantenere segrete le cospirazioni.»

«Il vecchio è un maniaco del controllo. Forse è lui a tirare i fili.»

Mi venne in mente l'immagine sulla copertina de *Il Padrino* di Mario Puzo. «Ha un figlio adolescente, sa quanto sia difficile controllare quello che fa.»

«Perché non li portiamo qui e vediamo cosa dicono?»

«Aspetta.» Composi un numero. «Serge, sono Luca. Avremo bisogno che tu recuperi il DNA da ogni oggetto nella borsa e sulla borsa stessa. E anche la quantità di DNA trovata.»

«Possiamo farlo.»

«Quanto tempo ci vorrà?»

«Normalmente, direi una settimana come minimo, ma lo sceriffo ci ha concesso un blocco di straordinari. Mi dispiace usarlo per un solo caso.»

«Devi farlo; una ragazza è stata assassinata.»

«Ci metteremo subito al lavoro.»

Derrick disse: «Riusciremo a ottenere un livello di dettaglio tale da capirci qualcosa?»

«Non ne ho idea, ma qualunque cosa otterremo dovrà aiutarci, altrimenti siamo in un vicolo cieco.»

«È proprio la vita, no? Otteniamo uno strumento fantastico come il DNA, e ora i kit di raccolta sono così sensibili che rilevano di tutto.»

«L'unica costante è il cambiamento. Chiamo Bilotti; è andato a un congresso di scientifica a Tampa un mese fa.

Questa faccenda del trasferimento secondario sta diventando un problema per tutti; devono averne parlato.»

Rispose al primo squillo. «Ehi, dottore, ha un minuto?»

«Sempre, Luca. Cosa ti preoccupa?»

«Il caso Holmes. Abbiamo la federa usata per soffocarla; corrisponde alle fibre trovate nella sua gola.»

«Ricordo di aver estratto dei filamenti.»

«Beh, la scientifica ha scoperto il DNA di tre persone di interesse sulla federa.»

«Crede che abbiano partecipato tutti all'omicidio?»

«È una possibilità, ma mi sto chiedendo quali siano le probabilità che il DNA di uno o due di loro sia finito lì in una situazione di trasferimento secondario.»

«Oggetti maneggiati dagli altri sono entrati in contatto con la federa?»

«Erano nella stessa borsa. Cosa sa sulla differenza tra trasferimento primario e secondario?»

«È un'area di crescente interesse. Con l'aumentata sensibilità dei kit per il DNA, l'assenza o la presenza di DNA non è sufficiente a determinare se il DNA trovato sia primario o secondario. Pertanto, i risultati del DNA devono essere descritti in modo più preciso, in termini di quantità e qualità, per evidenziare le caratteristiche che aiutano a discriminare le attività.»

«Dottore, mi si incrociano gli occhi. Può semplificare?»

«In sostanza, l'obiettivo è esaminare tracce di DNA e determinare se possono essere classificate come secondarie.»

«Come fanno?»

«La quantità è un fattore. Ma dipenderebbe da dove si trova il DNA. Come si può immaginare, se un oggetto entra in contatto con un pezzo di stoffa, il trasferimento avviene più facilmente che se si trattasse di un pezzo di plastica.»

«Abbiamo a che fare con una federa. Gli altri oggetti erano

lattine di birra, una chiave a croce, fazzoletti e carte di caramelle.»

«Interessante. Al congresso hanno menzionato uno studio esaustivo per aiutare i tecnici a fare queste determinazioni.»

«Cosa diceva?»

«Mi dia un po' di tempo. Tiro fuori il materiale. Ricordo che avevano un paio di grafici che renderanno tutto facile da capire.»

«Grazie, dottore.»

Distesi le foto che avevo scattato quando era stata recuperata la borsa di plastica e cercai di immaginare come potessero essere avvenuti i trasferimenti di DNA. Sospirai. «Senza sapere se Centro ha frugato nella borsa, o cosa è successo quando ha gettato la borsa in acqua, è impossibile fare ipotesi.»

«Potremmo dover fare affidamento sulla possibilità che uno di loro crolli. Se sono d'accordo, uno di loro potrebbe abboccare se gli offriamo un patto.»

«Forse.» Il mio cellulare vibrò. Era mia moglie. «Ehi, Mary Ann, che succede?»

«Sei occupato?»

«No, sono qui seduto a sorseggiare un bicchiere di Chianti.» «Che c'è?»

«Stavo ricontattando quell'uomo che afferma di essere un allevatore. Il cucciolo per cui gli avevo detto di essere interessata non c'è più. Quando gli ho detto che ci tenevo tanto, mi ha risposto di non preoccuparmi, che ne avrebbe avuto un altro in un paio di giorni.»

«Okay.»

«Non capisci? Rubano su ordinazione.»

«Potrebbe essere, ma non posso indagare adesso. Sono immerso fino al collo nel caso Holmes. Dammi un paio di giorni e ci daremo un'occhiata.»

«Okay.»

«Ehi, devo andare. È appena entrato il dottor Bilotti.»

Mi alzai. «Non doveva venire fin qui. Sarei venuto io da Lei.»

«Avevo una riunione con le Risorse Umane. Non riesco a capire quale nuovo piano sanitario dovremmo scegliere.»

Era rassicurante che un dottore non riuscisse a districarsi nella complessità dei piani sanitari. «Noi abbiamo scelto quello con il premio più basso.»

Derrick disse: «Anche noi.»

«Siete entrambi un paio d'anni più giovani di noi, e la signora prende due medicine costose. Sembra che nessuno dei due piani le copra entrambe, il che pare assurdo. O l'uno o l'altro.»

Derrick era molto più giovane, ma io avevo avuto un cancro alla vescica. «Buona fortuna.»

«Grazie.» Posò un raccoglitore sulla mia scrivania. «Questo è quello che volevo mostrarLe. Penso che Le sarà d'aiuto.»

CAPITOLO SETTANTATRÉ

CHINI SULLA MIA SCRIVANIA, ESAMINAMMO METICOLOSAMENTE I dati del rapporto della scientifica. Indicai un punto. «Vedi, questi due punti hanno la più alta concentrazione di DNA.»

«La diffusione è più ampia di quanto si penserebbe se le tenesse un cuscino sulla bocca.»

«La Holmes non aveva assunto nulla; avrebbe lottato. Chiunque l'abbia soffocata ha dovuto mantenere la pressione per sei o dieci minuti mentre lei cercava di liberarsi.»

«Vero.»

«E la tabella che ci ha dato Bilotti diceva che applicare pressione su un tessuto trasferiva tanto DNA quanto lo sfregamento. È la prova del soffocamento. Possiamo usarla per ottenere una confessione.»

«Il suo avvocato la contesterà definendola una scienza inesatta e, con questa scoperta, sapranno che sulla federa c'erano anche altre due persone di interesse.»

«Quello è un problema per l'aula di tribunale. Remin ha detto di averne parlato con i procuratori, e loro hanno risposto che le quantità limitate lasciate dagli altri suggeriscono fortemente dei trasferimenti secondari.»

«Spero che basti.»

«Remin ha detto che hanno considerato le prove a sostegno che abbiamo raccolto. Pensavano che fosse abbastanza e hanno dato il via libera.»

Sbattei giù la cornetta. «Era O'Brien. Ha detto che sta arrivando con Jason Reedy, ma Reedy padre non viene. Ha detto che non lo rappresenta più. Ha detto che è un conflitto di interessi.»

«Ce lo aspettavamo. Ma perché tirarsi indietro all'ultimo minuto?»

«O'Brien è bravo. Sa che ci spiazzerà.»

«Probabile.»

«Non abbiamo neanche iniziato, e il piano sta già andando a rotoli.»

Derrick si alzò. «Andrà tutto bene. Vado a prendere un caffè. Ne vuoi uno?»

«No, grazie.»

La visualizzazione era una pratica che stavo cercando di adottare. Il numero di persone di successo che usavano quella tecnica mi aveva spinto a provare.

Chiusi gli occhi. Mentre ripercorrevo mentalmente un interrogatorio ottimale, il telefono sulla mia scrivania trillò. «Omicidi, detective Luca.»

«Ciao, Frank, sono Marjorie. Lo sceriffo vorrebbe vederti.»

«Adesso?»

«Sì. Ha detto immediatamente.»

«Ho degli interrogatori che iniziano tra pochi minuti.»

«È proprio di questo che vuole discutere.»

Scrissi un biglietto a Derrick e mi affrettai al piano di sopra.

Marjorie mi sorrise mentre entravo con passo svelto nell'ufficio dello sceriffo.

«Signore, aveva bisogno di me?»

«Si accomodi.»

«Abbiamo degli interrogatori da condurre...»

Lui annuì e io mi sedetti. «I procuratori hanno sollevato delle preoccupazioni riguardo all'andare in tribunale con la prova del DNA.»

«Non capisco; avevano dato il via libera.»

«Lei è del mestiere; sa che gli avvocati cambiano musica quando la loro spavalderia svanisce.»

O una volta messo sotto contratto un cliente. «Qual è la preoccupazione?»

«La realtà di affrontare il caso dipendendo da una scienza ancora in via di sviluppo.»

Mi mossi sulla sedia e il dolore al ginocchio tornò a farsi sentire. «Lo abbiamo sulla scena del delitto la notte in cui è stata uccisa. Il suo DNA è su tutta l'arma del delitto. Cos'altro ci serve?»

«Vorrebbero una confessione per eliminare il problema del trasferimento secondario. Altrimenti, temono che sollevi un ragionevole dubbio.»

E così, dal nulla, era sorto un altro problema, e la pressione aumentò di colpo.

Appena misi piede sulla soglia, Derrick disse: «Dove sei andato?»

Gli riferii ciò che aveva detto Remin. «Questa è una stronzata. Ci siamo fatti un culo così per ottenere quello che abbiamo. Cosa vogliono che facciamo, che andiamo anche in tribunale al posto loro?»

Una buona domanda. Raccogliendo tre fascicoli dalla mia scrivania, dissi: «Andiamo.»

Mentre camminavamo lungo il corridoio, dissi: «Mi dà fastidio che ci sia il ragazzo e non il vecchio? Non metterei mai mio figlio in prima linea al posto mio.»

«Probabilmente sta nascondendo qualcosa. Di nuovo.»

DAN PETROSINI

«E sganciarsi all'ultimo momento. Ogni volta che scarto l'ipotesi che sia stato il vecchio a orchestrare l'omicidio o a nasconderlo, mi si accende una lampadina.»

«O'Brien è il migliore della contea. Il vecchio sa che il ragazzo ha più bisogno di aiuto di lui.»

O'BRIEN AVEVA UN TAGLIO DI CAPELLI FRESCO. LA SUA CAMICIA bianca spuntava dalla giacca nella stessa misura su entrambe le maniche. Jason, che batteva la gamba come un martello pneumatico, indossava una cravatta più lunga di circa quindici centimetri.

Derrick sbrigò in fretta le formalità di rito e li ringraziò per essere venuti.

Dissi: «Avvocato, perché ha rinunciato a rappresentare il padre di Jason?»

«Conflitto di interessi.»

«Crede che i due siano in disaccordo?»

«Le mie convinzioni sono irrilevanti. Il fatto è che nessun avvocato rappresenterà due individui nello stesso caso.»

«Capisco, ma perché non rappresentare il signor Reedy? Cosa c'è dietro questa decisione?»

«Non sono qui per rispondere a domande riguardo al mio lavoro. Vada avanti, detective.»

Annuendo, dissi: «Il suo cliente, Jason Reedy, ci ha sviato in precedenza. Gli suggerirei caldamente di vuotare il sacco durante questo interrogatorio.»

«Siamo qui per chiarire gli ultimi malintesi.»

«Il suo cliente era con la defunta l'ultima notte della sua vita...»

«Lei questo non lo sa. L'ora del decesso non è mai definitiva.»

«L'intervallo di ore stabilito dall'ora del decesso lo colloca con lei.»

«Se mai si andrà in tribunale, i nostri esperti esamineranno la sua affermazione.»

«Bene, Jason, mi permetta di ricordarle che sappiamo che ha consegnato un sacchetto al suo fidato amico, Joey Centro, dandogli istruzioni di sbarazzarsene immediatamente.»

«Ve l'ho detto: avevo bevuto troppo e ho vomitato. Quando ho pulito, ho messo i fazzoletti in un sacchetto che tenevo per le lattine di birra.»

«Qual era l'urgenza di far sì che il signor Centro si sbarazzasse del sacchetto?»

«Gli ho solo chiesto di metterlo nei bidoni della spazzatura.»

«Ha fatto uno spuntino a casa di sua nonna?»

«Avevo portato un paio di barrette energetiche con me.»

«Le ha mangiate?»

«Sì.»

«Cosa ha fatto con gli incarti?»

«Li ho buttati nel sacchetto.»

«Stava cercando di eliminare ogni prova della sua presenza a casa di sua nonna.»

«Non volevo che sapesse che eravamo lì a passare il tempo, tutto qui.»

«Sua nonna era via e lei ha portato lì la sua ragazza, con dell'alcol, tra l'altro, e ha rimosso le prove affinché nessuno sapesse che era stato lì.»

«Immagino di sì.»

«Deborah Holmes non ha bevuto quella notte, vero?»

«No, non le andava.»

«Quindi lei ha bevuto, cosa, cinque, sei birre?»

«Qualcosa del genere.»

«Era piuttosto brillo.»

«Non ero ubriaco.»

«Allora perché ci ha detto che era troppo ubriaco per riaccompagnare a casa la signorina Holmes?»

Fece spallucce. «Non volevo rischiare.»

«Fermandosi a dormire, stava creando ulteriori prove della sua presenza lì.»

Altre spallucce.

«Quindi lei è ubriaco e cerca di fare sesso con la signorina Holmes.»

«Non è andata così.»

«Ha detto al suo amico di andarsene perché era nel bel mezzo di 'coccole' con la signorina Holmes.»

«E allora? Non è contro la legge.»

«Non lo è, ma imporsi su di lei senza il suo consenso è stupro.»

«Non ho stuprato nessuno!»

«Detective, non ci sono prove che la signorina Holmes sia stata aggredita sessualmente.»

«Vero, ma crediamo che il suo cliente si sia sentito frustrato, forse sotto la minaccia che la signorina Holmes rivelasse che lui aveva cercato di forzarla. La situazione è sfuggita di mano e lui ha soffocato la signorina Holmes.»

«Non ho fatto niente. Non farei mai del male a Deb!»

«Detective, capisco la sua necessità di avere una narrazione, ma dove sono le prove?»

«Lieto che me l'abbia chiesto, avvocato. Dentro il sacchetto che il suo cliente ammette di aver consegnato al signor Centro, con istruzioni specifiche di sbarazzarsene, c'era la federa usata per soffocare la signorina Holmes.»

«Se ciò fosse vero, non significherebbe nulla. Potrebbe avercela messa nel sacchetto il signor Centro.»

«Sulla federa c'era il DNA di Jason Reedy.»

«Non sono stato io.»

«Allora ci dica, chi è stato?»

CAPITOLO SETTANTAQUATTRO

DERRICK E IO STRINGEMMO LA MANO PAFFUTA DI BILL HARTMAN e sbrigammo le formalità.

Il bottone della camicia dell'avvocato difensore era sul punto di saltare alla prossima sorsata d'acqua. Ingaggiato per difendere Centro, Hartman non era della stessa levatura dell'avvocato di Reedy. Probabilmente costava duecento dollari in meno all'ora, ma la madre di Centro non era comunque nella posizione di essere spremuta.

Centro si mordicchiava un'unghia. Forse era la luce fluorescente, ma aveva un colorito cadaverico.

«Signor Centro, lei era nella stessa casa di Deborah Holmes l'ultima notte della sua vita.»

«Sì, le ho detto che ci sono andato.»

«Lo ha fatto. Tuttavia, ha detto che Jason Reedy l'ha convocata con una telefonata.»

«Esatto.»

«Un controllo dei suoi tabulati telefonici non ha confermato la sua affermazione.»

«Non è vero. Mi ha chiamato.»

«Ha anche detto che Jason Reedy l'ha chiamata mentre si recava a casa di sua nonna. Ma è stato lei a fare la telefonata.»

«Mi ha detto lui di chiamare.»

«Al suo arrivo, lei ha detto che Jason Reedy non l'ha fatta entrare in casa.»

«Esatto. Si comportava in modo strano.»

«Le ha dato un sacco della spazzatura e le ha chiesto di metterlo nel bidone sul lato della casa.»

«No. Mi ha detto di sbarazzarmene in modo che nessuno potesse trovarlo.»

«Cosa c'era dentro il sacco?»

«Non lo so. Non l'ho aperto.»

«Cosa ha fatto dopo che le ha dato il sacco?»

«Lo sa: l'ho portato lì, al Ponte Marco, dove l'ho gettato nella baia.»

«Non l'ha aperto?»

«No.»

«Ma ci ha messo dentro la chiave a croce della sua macchina per appesantirlo.»

«Oh, già. Ho dimenticato. Ce l'ho messa, sì.»

«Perché ha sentito il bisogno di metterci dentro qualcosa per tenerlo sott'acqua? Per non farlo trovare?»

«Sì. Jason si comportava in modo strano e mi ha detto di nasconderlo. Ho solo pensato che avrei dovuto farlo. Non ci stavo pensando davvero.»

«Il mio cliente l'ha portata nel posto in cui si è sbarazzato del sacco. Se fosse stato preoccupato per sé stesso che qualcuno lo scoprisse, l'avrebbe portata da un'altra parte.»

Aveva senso. «Signor Centro, cos'altro ci ha messo dentro?»

«Niente.»

«Ne è sicuro?»

«Sì.»

«La borsetta e il telefono della signorina Holmes erano dentro il sacco.»

«Continuo a dirle che non sapevo cosa ci fosse dentro.»

«Sa qual è la cosa strana? Se la signorina Holmes era in casa quando lei se n'è andato, perché la sua borsetta era nel sacco?»

«Detective, credo che questo punti chiaramente il dito contro Jason Reedy, non contro il mio cliente.»

«Un momento, avvocato.» Guardai Centro negli occhi. «Joey, sa cos'altro abbiamo trovato?»

Scosse la testa.

«Abbiamo trovato una federa dentro il sacco.»

La pancia di Hartman sbatté contro il tavolo. «Il mio cliente ha ripetutamente dichiarato di non aver visto il contenuto del sacco. Metterci dentro una chiave a croce non significa che abbia guardato all'interno. L'ha semplicemente lasciata cadere, ha chiuso il sacco e se n'è sbarazzito.»

«Una spiegazione ragionevole, tranne per il fatto che sulla federa c'era il DNA del signor Centro.»

«Andiamo, detective. Sa che i trasferimenti di DNA di natura secondaria accadono di continuo. Il DNA del signor Centro era sulla chiave a croce e si è semplicemente trasferito sulla federa.»

«Questo non lo spiega.»

«Spiega cosa?»

«La federa presentava due forti concentrazioni di DNA del suo cliente. Guarda caso, corrispondono alle posizioni in cui si troverebbero le mani mentre si soffoca qualcuno.»

«Questa è pura speculazione.»

«No, è supportata dalla scienza. Il trasferimento di DNA è molto alto quando si applicano pressione e frizione, specialmente sulla stoffa.»

«Produrremo i nostri esperti per controbbattere le sue affermazioni.»

Alzai una mano. «Le faremo un'offerta una tantum; se il signor Centro confessa di aver soffocato la signorina Holmes, le garantiamo di non chiedere la pena di morte.»

Centro si coprì il volto con le mani.

«Un momento, adesso. Non ha prove...»

«In questo momento, il veicolo di proprietà della signora Centro e guidato dal suo cliente quella notte è sotto sequestro, e una perquisizione della casa dei Centro è in corso.»

Centro gemette: «No! No! Mia madre, lei non ha fatto niente. Quello che è successo è stato un incidente. Non volevo farle del male.»

<hr />

DERRICK MI BATTÉ IL PUGNO. «ALLA FINE ABBIAMO MESSO insieme tutti i pezzi del puzzle.»

Non c'era niente di cui rallegrarsi. «Se Centro non avesse dovuto fare pipì, la Holmes sarebbe seduta in un'aula.»

«O un milione di altri se, come Reedy, che non beveva, o...»

Scossi la testa. «Quello che non mi va giù è che la Holmes avesse paura di chiamare i suoi genitori per un passaggio.»

«Lo so, ma alla fine dei conti, Centro era una bomba a orologeria pronta a esplodere. La Holmes respinge le sue avances, minaccia di dirlo a Jason, e lui la uccide? È una follia, ecco cos'è.»

«È dire poco. La società deve capire come insegnare ai ragazzi a gestire le emozioni del rifiuto. Questo non è un dannato videogioco.»

«Amen. Ehi, che ne dici del vecchio Reedy? Pensi che stesse cercando di fare ostruzionismo per suo figlio?»

«Probabilmente. Le persone fanno ogni genere di cose stupide quando cercano di proteggere la famiglia. Non riesco a immaginarmi di fare una cosa del genere, ma capisco il dilemma.»

Derrick sorrise. «Bella scelta di parole.»

Squillò il telefono della mia scrivania. «Omicidi, detective Luca.»

«Detective Luca, ha preso l'assassino?»

«Salve, Bruce. Come sta?»

«Mi dica come ha preso l'assassino?»

«Che ne dice se le racconto quello che posso quando faremo il giro di pattuglia?»

«Quando?»

«Che ne dice di domani?»

«Oh, cavolo! È fantastico.»

«La vedo domattina. Diciamo, alle dieci?»

«Sarò pronto.»

Disse Derrick: «Era Noon?»

«Sì. Si è esaltato per il giro di pattuglia.»

«Spero che non ti sia cacciato in qualcosa di cui ti pentirai.»

«No, farà bene a entrambi.» Presi il nostro rapporto sulla confessione firmata. «Vado a portare questo di sopra.»

Invece di andare dal procuratore, uscii nel parcheggio e composi un numero sul mio cellulare. «Jessie, sono papà.»

«Ciao, papà. Come va?»

«Bene. Come stai? Sei impegnata?»

«Sto bene. Sto giusto andando al centro studentesco. C'è qualcosa che non va?»

«No, va tutto bene.»

«E la mamma?»

«Sta benissimo. Ti ho chiamata solo per dirti una cosa.»

«Cosa?»

«Che non importa cosa, se sei nei guai o no, se hai bisogno di qualcosa o di un passaggio da qualche parte, se una situazione ti mette a disagio, mi chiami.»

«Da dove salta fuori questa cosa?»

«Dal nulla. Voglio solo che tu sappia che puoi contare su di me. Prometto, niente domande o giudizi. Voglio solo che tu sia al sicuro.»

«Lo sono, papà.»

«Lo so, ma ricorda, puoi chiamarmi per qualsiasi cosa, e intendo *qualsiasi*, e io ci sarò, senza fare domande.»

«Grazie, papà. Lo so, ma non devi preoccuparti per me.»

«Di' quello che vuoi, ma io e la mamma ci preoccuperemo sempre. Usa la testa, e se sei in un pasticcio, non provare a risolverlo da sola, chiamami.»

«Ok, papà. Ho capito. Adesso devo andare, ti voglio bene.»

«Anch'io ti voglio bene.»

Chiusi gli occhi, voltai il viso e mi godetti un minuto di sole prima di correre di sopra.

CAPITOLO SETTANTACINQUE

LA MATTINA SEGUENTE, IO E DERRICK USCIMMO DA UNA riunione con i procuratori. Dissi: «Allora è fatta, abbiamo chiuso con il caso Holmes. Ma i genitori ci dovranno convivere per sempre.»

«Già, che schifo. Ma abbiamo fatto il possibile. E adesso cosa ci terrà occupati?»

«Vado a fare un giro a est.»

«Cosa succede?»

«La banda di ladri di cani. Mary Ann ha detto che c'è un allevatore a Immokalee in cui c'è qualcosa che non torna.»

«In che senso?»

«Un paio di cose. I documenti di costituzione dell'azienda avevano due mesi e vendono i cani su Craigslist. Lei si è finta un'acquirente su quel sito. Usavano nomi di account diversi, ma erano lo stesso venditore. In più, i prezzi erano troppo bassi rispetto a quelli di altri allevatori. Sono rimasto sorpreso da quello che ha scoperto.»

«Era una detective.»

«A volte me lo dimentico. Vorrei che venissi con me, ma se ci presentiamo in due, è probabile che si insospettiscano.»

«Nessun problema.»

Mi fermai davanti a una casa gialla. Un SUV della Kia e un vecchio pick-up erano parcheggiati sulla destra.

Con la ghiaia che scricchiolava sotto i piedi, andai alla porta d'ingresso della casa in blocchi di cemento. Il campanello fu sommerso da un coro di latrati.

«Zitti! Zitti!»

Un uomo con un cappellino da baseball rosso senza logo aprì la porta. Dissi: «Sono Peter, mia moglie, Maureen, ha chiamato per il terrier.»

«Ah, sì, entri. Se n'è innamorata.»

Sopra i latrati, dissi: «Voleva venire, ma è su una sedia a rotelle ed è un'impresa.»

«Me l'ha detto. Lasci che prenda Missy.»

Scomparve lungo un corridoio e io ispezionai il soggiorno. Un divano a doppia reclinazione era sistemato davanti a un televisore grande come un lenzuolo.

«Eccola qui.»

Mi porse un cucciolo grigio. «Accidenti, è davvero adorabile. Come stai, piccolina?» Il terrier mi leccò il dito come un ghiacciolo. «Quanto vuoi per lei?»

«Millecinquecento. Solo contanti.»

«I contanti non sono un problema.» Tenni il cane davanti al viso. «Questa è da tenere.» Gliela restituii. «Posso vedere i documenti del suo pedigree?»

«Vuole tenerla mentre li vado a prendere?»

«No, va bene così.»

Un minuto dopo, tornò. «Eccoli.»

Esaminai il certificato di pedigree. Sembrava stampato di recente. La discendenza elencava un padre di nome Kokopelli Cup of Joe e una madre di nome Maggie Mae Stewart. «Sembra a posto.»

«Per quanto mi dispiaccia lasciarla andare, se ha i contanti, è tua.»

«Sa, abbiamo già avuto dei maltesi e sono facili da gestire.» Tirai fuori il telefono. «Maureen ha detto che ha anche questo. Posso vederlo?»

«Certo. Sa, i maschi sono più facili da gestire, proprio come nella vita reale.» Sorrise, scoprendo un dente mancante.

Risi con lui mentre andava a prendere il cucciolo.

«Ecco il signor Sam.»

«Oh, sei bellissimo, Sam.» La palla di pelo bianca tremava. «Va tutto bene.» Gli grattai la pancia. «Quanto?»

«Millenovecento.»

«Posso vedere i suoi documenti?»

«Certo.»

Scambiai il maltese con un altro certificato di pedigree. «Da dove viene?»

«Da un nostro allevatore in Ohio.»

Il padre del cane era indicato come Sexy Rod Java e la madre come Hot Legs Jane. Non ero un grande appassionato di musica, ma il collegamento con Rod Stewart era impossibile da non notare. Glieli restituii. «Anche se costa di più, preferirei prendere il piccoletto, ma devo assicurarmi che Maureen sia d'accordo. Sa come si dice, moglie felice, vita felice.»

«Okay, amico. Sappi solo che abbiamo altre persone interessate, quindi sbrigati.»

Risalii in macchina e mi allontanai. A circa ottocento metri di distanza, accostai e chiamai Gesso. «Sergente, sono passato da quei tizi che ha scovato Mary Ann, quelli di cui ti ho parlato.»

«I ladri di cani a Immokalee?»

«Sì, sono certo che siano loro. I documenti sono falsi.»

«Mando subito qualche pattuglia, li facciamo chiudere.»

Superata Oil Well Road, stavo per chiamare Mary Ann quando il mio cellulare squillò. Non riconobbi il numero, ma aveva il prefisso 239, e risposi: «Detective Luca.»

«Oh, salve. Lei non mi conosce, ma sono un'infermiera che si occupa del signor Coburn. Ha insistito perché la chiamassi.»

«Per cosa?»

Abbassò la voce. «Credo che stia perdendo lucidità; mi ha detto di dirle di indagare su un agente della DEA di nome Withers.»

Quel nome mi suonava familiare. I dettagli erano vaghi. «Ha detto altro?»

«Solo questo. Ha detto che sarebbe stato sufficiente.»

Usando il comando vocale, chiamai Mary Ann. «Ehi, ci sai ancora fare, ragazzina.»

«Cosa è successo?»

«I documenti erano un tantino sballati; il logo dell'AKC non era corretto e la genealogia era inventata. Quei tizi devono seguire un corso di creatività.»

«Lo sapevo.»

«Ottimo lavoro. Ho passato tutto a Gesso, li bloccherà oggi stesso.»

«E i cuccioli?»

Mi si strinse il cuore. Non ci avevo pensato. «Mi assicurerò che coinvolgano il Controllo Animali finché non riusciranno a identificare i legittimi proprietari.»

«Erano carini, vero?»

«Soprattutto quel terrier. Ehi, hai il tuo iPad a portata di mano?»

«Sì. Di cosa hai bisogno?»

«Ti ricordi quell'agente della DEA, Withers?»

«Non proprio.»

«Potrebbe essere stato prima che arrivassi tu. Vedi cosa trovi su di lui.»

Cliccò qualcosa. «Oh, cavolo. Si è suicidato.»

Giusto. «Cos'altro?»

«Stava lavorando a un grosso caso in cui sono spariti cento milioni di dollari in contanti.»

«Mi ero dimenticato che fosse così tanto. Hanno mai trovato i soldi?»

«Non sembra. Oh, qui dice che il denaro non è mai stato recuperato. Perché mi chiedi di lui?»

«Me ne ha parlato l'amico di un amico e non riuscivo a ricordare la storia.»

«Cento milioni. Wow. Chissà dove sono finiti?»

Bella domanda. «Chi lo sa? Probabilmente se li sono presi i narcotrafficanti.»

«Sarebbe bello trovarli, no?»

«Dovresti restituirli ai proprietari.»

«Non in Florida. Non ricordo esattamente, ma c'è una legge sul diritto di ritenzione del ritrovatore, che ha a che fare con la ricerca di tesori sommersi dei tempi dei pirati.»

«Non lo sapevo.» Era una svolta interessante. Ma ero pronto per una caccia al tesoro?

Grazie per aver dedicato del tempo a leggere **Ovunque Pericolo**. Se vi è piaciuto, per favore, prendete in considerazione di parlarne a un amico o di pubblicare una breve recensione. Il passaparola è il migliore amico di un autore.

Grazie, Dan

Dan ha una newsletter quindicinale con i suoi scritti, curiosità sul crimine e offerte speciali. Iscrivetevi su www. danpetrosini.com

La serie di misteri di Luca

Sono io l'assassino?

Scomparso

L'omicidio di Serenity

Terza possibilità

Un caso irrisolto

Poliziotto o assassino?

Il silenzio di Salter

Un passo falso mortale

Posta in gioco incerta

L'assassino del nonno

Vendetta pericolosa

Dove sono?

Sepolti al lago

L'assassino della riserva

Ovunque Pericolo

Omicidio, soldi e caos

La svendita d'oro

Segreti pieni di suspense

Il dilemma di Cory

La fuga di Cory

Il cambiamento di Cory

L'ARTE DELLA VENDETTA

CORSA ALLA VENDETTA

OLTRE LA VENDETTA

NON È FINITA

ALTRE OPERE DI DAN PETROSINI

L'ULTIMO NEMICO

TESTIMONE COMPLICE

RESPINGI

AMBIZIONE ALLA SCOGLIERA

Dan è un autore di bestseller per USA Today e Amazon che ha scritto la sua prima storia all'età di dieci anni e ama raccontare storie o barzellette.

Dan trae le idee per le sue storie esplorando la domanda: e se?

In quasi ogni situazione in cui si trova, Dan si chiede cosa succederebbe se accadesse questo o quello. E se questa persona morisse o facesse qualcosa di insolito o illegale?

Questo suo continuo lavorio mentale fornisce a Dan abbondante materiale da intrecciare in storie interessanti.

Amante di libri e film con colpi di scena e difficili da prevedere, Dan costruisce le sue storie in modo da impedire ai lettori di indovinarne lo svolgimento. Scrive ogni giorno, forzando le parole a uscire quando necessario, e a oggi ha scritto più di venticinque romanzi.

Non è una questione di voler scrivere, per Dan è semplicemente una necessità.

Dan crede fermamente che le persone possano realizzare i propri sogni se si concentrano e agiscono, ed è proprio ciò che incoraggia a fare.

Il suo detto preferito è: «Il prezzo della disciplina è sempre inferiore al costo del rimpianto»

Dan ricorda alle persone di eliminare la negatività dalle proprie vite. Crede che sia contagiosa e consiglia di stare alla larga dalle persone negative. Sa che avere una mentalità autentica e positiva dà la sensazione che la vita sia truccata a proprio favore. Quando si sente giù, si dice: «Non si può avere una bella giornata con un brutto atteggiamento».

Sposato, con due figlie e un Maltese bisognoso di attenzioni, Dan vive nel sud-ovest della Florida. Originario di New York, Dan ha insegnato nei college locali, scrive romanzi e suona il sassofono tenore in diverse jazz band. Beve anche decisamente troppo vino e non si prende mai, e poi mai, troppo sul serio.

Pubblica una newsletter bimensile con articoli, i suoi scritti e offerte speciali e occasioni imperdibili.

Iscriviti su www.danpetrosini.com